# Ines Thorn

## Die Verbrechen von Frankfurt
# SATANSKIND

Historischer Roman

Rowohlt Taschenbuch Verlag

2. Auflage Januar 2016

Originalausgabe
Veröffentlicht im Rowohlt Taschenbuch Verlag
Reinbek bei Hamburg, Juni 2015
Copyright © 2015 by Rowohlt Verlag GmbH,
Reinbek bei Hamburg
Umschlaggestaltung any.way, Cathrin Günther
Umschlagabbildungen akg-images
Satz New Baskerville PostScript, InDesign,
bei Pinkuin Satz und Datentechnik, Berlin
Druck und Bindung CPI books GmbH, Leck, Germany
ISBN 978 3 499 26774 1

INES THORN ✤ SATANSKIND

*Zur Erinnerung an Bernhard Naumann*

# KAPITEL I

*Frankfurt, im Sommer 1535*

D ie Erde ist ein Jammertal und das Leben ein Graus.»
Pater Nau nickte traurig zu seinen Worten und goss sich
einen weiteren großzügigen Schluck des guten Dellenhofener
Rotweins ein. Er hob den Becher, spitzte vorfreudig die Lippen, aber Gustelies war schneller und entriss ihm den Wein.
«So weit kommt es noch, dass du schon vor dem Frühstück
den Weinkrug hernimmst.»

Pater Nau verzog weinerlich den Mund. «Das ist alles deine
Schuld», maulte er. «Du lässt mich ja immer alleine. Du hast
mich verlassen. Krank und im Alter. Und keiner ist da, der
mir Frühstück macht. Welche Freuden habe ich denn noch
außer dem Wein?»

Gustelies pustete sich eine Haarsträhne aus der Stirn. «Du
hast zwei gesunde Hände. Du weißt, wo die Speisekammer
ist. Dort findest du Brot und Butter und alles, was du sonst
noch so brauchst, wenn ich einmal nicht da sein sollte. Jetzt
aber bin ich ja da.»

«Ich will aber nicht nur Brot und Butter, ich will meine Hafergrütze.» Pater Nau langte nach dem Becher, doch wieder
war Gustelies schneller und goss den Wein mit viel Schwung

9

durch die offene Küchentür auf ihr Kräuterbeet. «Du warst einverstanden, als ich dich fragte, ob ich beim Goldschlag Henn einziehen kann. Ja, du hast mir sogar zugeraten, mit ihm zusammenzuleben. Nun, ich habe getan, was du mir gesagt hast.»

«Ja, aber ich wusste nicht, dass du IHM jetzt die ganzen leckeren Sachen kochst und ich dabei leer ausgehe.»

«Jetzt reicht es.» Gustelies stemmte die Fäuste in die Hüften und funkelte Pater Nau empört an. «Ich komme jeden Tag, bringe dir etwas frisch Gekochtes. Ich wasche deine Wäsche, kaufe für dich ein und putze sowohl das Pfarrhaus als auch die Kirche. Ich denke nicht, dass du auch nur einen einzigen Grund zur Beschwerde hast.» Sie sah sich erbost in der Küche um. Der Tisch war mit Krümeln und Flecken übersät, dazwischen stand ein Tintenfass mit eingetunkter Feder, und ein paar weiße Blätter lagen kreuz und quer herum. Ein Weinkorken war gegen das heruntergebrannte Talglicht gerollt. Die Wassereimer waren ebenso leer wie der Holzkorb, und die Herdstelle lag voller Asche. Auf dem Bord mit dem irdenen Geschirr zeigte sich eine dünne Staubschicht, über den Küchenboden zog sich eine Spur verschütteten Rotweins, und der Pater selbst sah nicht viel besser aus. «Wann hast du dich zum letzten Mal rasiert?», wollte Gustelies wissen.

Der Pater langte unauffällig nach dem Weinkrug und zog ihn dichter zu sich heran. «Vielleicht vorgestern oder am Freitag. Ich weiß es nicht mehr. Aber ich bin alt und krank und immer allein. Immer! Und meistens ist mir auch noch langweilig dabei.»

Gustelies schnaubte. «Ich bin ein Jahr älter als du, ich hab's im Kreuz und in den Beinen und führe zwei Haushalte.» Sie hielt zwei Finger nach oben, dann wurde sie ernst: «Du lässt dich gehen, Bernhard. Du isst nicht richtig, deine Soutane hat Flecken, dein Haar ist nicht gekämmt, und deine Augen sind röter als ein frisches Stück Rindfleisch. Das geht so nicht mehr weiter. Du machst mir das Leben schwer.» Sie sann einen Augenblick lang nach, dann sprach sie zu sich selbst mit einem abgrundtiefen Seufzen: «Vielleicht war es doch falsch, dass ich mich auf meine alten Tage noch einmal mit einem Mann eingelassen habe. Es scheint ja wirklich so, dass du nicht alleine klarkommst.» Sie seufzte wieder. «Ich weiß ja, dass es sich für eine Witwe nicht ziemt, einfach ohne Trauschein mit einem Witwer zusammenzuleben, selbst wenn die Leute glauben, ich führe auch ihm nur den Haushalt. Aber Gott weiß, dass ich eine anständige Frau bin und meinen Bruder nicht im Stich lasse.»

Der Pater knickte ein. «Lass uns nicht streiten», bat er. «Ich würde jetzt viel lieber deine Hafergrütze essen. Und ich werde mir Mühe mit mir geben. Bleib du ruhig bei Henn Goldschlag. Ich will ja auch, dass du glücklich bist.» Seine Stimme hatte einen beinahe märtyrerhaften Klang.

Aber Gustelies, einmal in Fahrt, ließ nicht locker. Sie tippte mit dem Finger gegen den nahezu leeren Weinkrug, zeigte auf einen abgedeckten Teller, auf dem Brot, Käse und ein aufgeschnittener Apfel lagen. «Da! Das war dein Abendbrot. Du hast nichts davon gegessen, aber die Weinkanne ist leer.»

«Das ist nur, weil Bruder Göck gestern Abend da war. Er kümmert sich nämlich um mich. Wir hatten ein sehr schönes Gespräch über den geistigen Reichtum und überhaupt über die Vergeistigung des Alltags.»

«Unfug!», fuhr Gustelies dazwischen. «Der einzige Geist,

der euch beschäftigt hat, war der Geist des Weines.» Sie ließ die Arme sinken, setzte sich neben den Pater auf die Küchenbank, wischte mit einer Handbewegung ein paar Krümel vom Tisch, dann fragte sie leise: «Was ist denn eigentlich mit dir los, Bernhard? Du bist so freudlos, ich erkenne dich gar nicht wieder. Mmmmh, du hattest zwar schon immer einen leichten Hang zur Schwermütigkeit, aber so wie jetzt habe ich dich noch nie erlebt.»

Der Pater wedelte mit der Hand in der Luft herum. «Es ist nichts. Alles ist in Ordnung. Nur dass die Erde eben ein Jammertal ist und das Leben ein Graus. Und», er hob anklagend seinen Zeigefinger, «es wird immer grausliger.»

«Was wird grausliger?», wollte Gustelies wissen und strich ihm schwesterlich über das lichte Haar.

«Na, alles», klagte Pater Nau. «Früher, vor dem Luther, da war alles klar und eindeutig. Wir, die Geistlichen, hatten immer recht. Das Leben war eingeteilt in die Gerechten und die Ungerechten Gottes. Die Sünde trug zwar viele Namen, aber wenigstens konnte sie benannt werden. Es konnte Vergebung gewährt werden. Und heute? Keiner weiß mehr, welches der rechte Glaube ist: der vom Papst in Rom oder der vom Luther in Wittenberg. Die Menschen sollen sich selbst an den Herrn wenden und um Vergebung nachsuchen, aber niemand weiß, ob der Herr die Vergebung auch gewährt.» Er brach ab und starrte vor sich auf die Tischplatte. Eine Weile schwiegen beide.

Schließlich wagte Gustelies das erste Wort. «Du hast also Angst, dass du als Sünder sterben und in die Hölle kommen wirst, weil du nicht weißt, ob Gott deine Sünden vergibt? Ist es das?»

Der Pater schluckte. «Ja, das auch. Ich bin kein guter Mensch, weißt du? Ich habe schon gelogen, ein kleines bisschen gestohlen, Gott gelästert und so weiter. Aber wenn ich Wein trinke, dann vergesse ich mein Elend.» Er brach ab und betrachtete seine Schwester prüfend, dann sprach er leise weiter: «Ich habe es noch nie jemandem gesagt, aber ich habe eine große Sehnsucht nach Stille. Verstehst du?»

Gustelies zuckte mit den Schultern. «Na ja, die Welt ist eben laut.» Sie deutete auf das Fenster und den Karren, der draußen über das Kopfsteinpflaster rumpelte. Von weit her erklangen Kirchenglocken, der Messerschleifer rief seine Dienste aus, und überall hörte man ein Scheppern und Klirren und Scharren und Schaben. Männer fluchten, Frauen kreischten, ein Hund bellte, und ein Schwein quiekte. So wie an jedem Morgen.

«Nein, das meine ich nicht. Oder doch. Ich weiß nicht. Jedenfalls stören mich oft sogar die Geräusche, die ich selber mache. Das Tappen meiner Schritte auf dem Boden, das Knistern des Kopfkissens, wenn ich mich umdrehe, der morgendliche Husten. Alles gellt mir in den Ohren. Manchmal ist mir, als wäre ich schon in der Hölle. Und wahrscheinlich ist es gar nicht so schlecht, wenn ich mich jetzt schon daran gewöhne, denn der Himmel wird mir wohl verschlossen bleiben.»

Gustelies lächelte warm und nahm die Hände ihres Bruders zwischen ihre. Der Wunsch des Paters nach Stille bereitete ihr ein wenig Sorgen. «Du bist vielleicht nicht der beste Mensch, vielleicht bist du nicht einmal der allerbeste Geistliche, aber ein guter Mensch bist du schon.»

«Nein, das bin ich nicht», trotzte der Pater. «Es ist mir nicht gelungen, meine Kirche von dem neuen lutherischen

Gedankengut freizuhalten. Ganz im Gegenteil: Ich habe sogar manchmal selbst behauptet, lutherisch zu sein. Aber im Herzen ...» Der Pater schlug sich mit der flachen Hand gegen die Brust. «... aber in meinem Herzen, da war ich immer katholisch.»

Gustelies nickte und schwieg. Sie hatte keine Ahnung, wie sie ihren Bruder trösten konnte, denn was er sagte, war ja die Wahrheit. In Frankfurt, der freien Reichsstadt, ging in Glaubensfragen derzeit alles drunter und drüber. Mal war Frankfurt katholisch, mal evangelisch. Über Nacht wurden im Dom die katholischen Gottesdienste untersagt, der Almosenkasten den Lutherischen anvertraut, dann war alles wieder andersherum. Es war wirklich kein Wunder, dass sich selbst und gerade die Geistlichen nicht mehr auskannten in der Welt des Glaubens.

«Hast du deine Predigt für den Sonntag schon fertig?», wollte Gustelies wissen.

Der Pater machte eine vage Handbewegung. «Das ist auch so ein Problem. Worüber soll ich denn predigen? Was gilt noch, was nicht mehr? Weißt du das?»

Gustelies schürzte die Lippen. «Die Messe kommt bald, und mit ihr die Messfremden. Vielleicht solltest du etwas über Betrug predigen. Du weißt ja, dass es während der Messe zu Beutelschneidereien, Überfällen auf die Warenkolonnen und zu Diebstählen kommt. Außerdem sind die Hurenhäuser überfüllt, und in den heimlichen Spielhäusern glühen die Würfel.»

«Sodom und Gomorrha», sinnierte der Pater und blickte ernst auf den Küchentisch.

«Kommt der Antoniter heute nicht?», fragte Gustelies. Es

war schon bald Mittag, und meist erschien Bruder Göck, bester Freund des Paters, zu dieser Zeit ganz zufällig hier. Kochte Gustelies erst am Abend, fand sich Bruder Göck eben ganz genauso zufällig dann zum Essen ein.

Der Pater zuckte mit den Achseln. Von draußen erschollen Glockenschläge. «Einhalb nach elf», Pater Nau kratzte sich am Kinn. «Eigentlich müsste er bald eintreffen.»

Genau in diesem Augenblick klopfte es kurz, dann flog die Tür auf, und der Antonitermönch stürmte atemlos in die Küche. Ohne Gruß ließ er sich keuchend auf der Küchenbank nieder, grabschte nach dem Weinkrug, setzte ihn an und ließ den letzten guten Tropfen gluckernd in seine Kehle rinnen. Mit einem «Ahh, tut das gut!» setzte er den Krug wieder ab und betrachtete Gustelies. «Na, auch mal wieder da?», fragte er und schielte nach der Kochstelle, unter der noch immer nur kalte Asche lag.

«Jetzt fang du nicht auch noch an», fauchte Gustelies. «Du hast bestimmt keinen Grund zur Klage.»

«Oh doch, oh doch. Wenn du wüsstest.» Der Mönch nickte geheimnisvoll. «Heute bin ich auch der Meinung, dass die Erde ein Jammertal ist und das Leben ein Graus.»

Gustelies verzog den Mund. «Das kann ich mir kaum vorstellen. Ein gutes Mahl wird es bei euch drüben im Kloster ja sicher geben.»

Bruder Göck winkte ab. «Kohlsuppe. Als ob ein Mann davon satt würde. Aber tatsächlich steht mir gerade nicht der Sinn nach Essen. Es ist nämlich etwas Schreckliches geschehen.»

«Ist etwa ein Weinfass ausgelaufen?», wollte Gustelies wissen.

Bruder Göcks Miene verdüsterte sich dramatisch. «Nein, es ist viel schlimmer. Ich wage kaum, es auszusprechen, aber es muss wohl sein: Ich bin befördert worden. Schon sehr bald werde ich im Mutterkloster in Grünberg als Kellermeister zuständig sein.»

Pater Nau riss die Augen auf. «Du gehst weg?»

Bruder Göck nickte. «Meinst du, mir gefällt das? Hier auf dem Antoniterhof bin ich mein eigener Herr. Im Mutterhaus nur einer unter vielen.» Bruder Göck seufzte auf. «Und ich bin mir nicht einmal sicher, ob das wirklich eine Beförderung ist, da in Grünberg. Hier habe ich die Waren verwaltet, die die Antoniter auf der Messe gekauft und verkauft haben. So manches Fässchen ist dabei für mich abgefallen. Ich habe geschaltet und gewaltet, wie mir gerade zumute war. Ärmer bin ich dabei bestimmt nicht geworden, und auch das Mutterkloster hat von mir profitiert. Ach!»

Der Pater sprang auf und wedelte mit der Hand vor dem Gesicht des Antoniters herum: «Aber du kannst nicht weggehen. Was wird denn dann aus mir? Bin ich dann ganz und gänzlich einsam?» Er wirkte regelrecht erschüttert und zitterte am ganzen Körper. «Erst verlässt mich meine treue Haushälterin, um auf ihre alten Tage noch einmal die Liebe zu erleben, und jetzt will mich auch noch mein bester Freund im Stich lassen! Das geht nicht! Das halte ich nicht aus. Ihr könnt mich doch nicht alle alleine lassen!»

Erschöpft sank er auf seinen Küchenstuhl, langte nach der Weinkanne, die der Antoniter eben ausgetrunken hatte. Das war endgültig zu viel für die zarte Seele des Paters: Er brach in Tränen aus. Ja, er weinte wie ein kleines Kind, mit großen, dicken Tränen, die ihm über die Wangen rollten.

Verblüfft eilte Gustelies zu ihrem Bruder, presste seinen Kopf an ihren Busen und streichelte seine nassen Wangen. «Na, so schlimm ist es doch nicht. Wir sind ja alle nicht aus der Welt. Ich werde mich immer um dich kümmern, das weißt du doch. Und vielleicht findest du im Nachfolger von Bruder Göck auch einen guten Freund.»

Bruder Göck wiegte zweifelnd den Kopf. «Einen besseren Freund als mich?» Er schüttelte sich.

«Ich will aber nicht, dass sich etwas ändert», heulte Pater Nau. «Alles soll so bleiben, wie es ist. Nein, alles soll wieder so sein, wie es früher war. Vor dem Luther.» Und dann riss er sich aus Gustelies' Umarmung und stürmte die Treppe hinauf in sein Studierzimmer. Verblüfft schaute Gustelies ihm nach.

«Dass du weggegangen bist, das hat ihn schon schwer getroffen!», klagte Bruder Göck mit erhobenem Zeigefinger.

«Er ist doch kein kleines Kind mehr, das von den Eltern ausgesetzt wurde», verteidigte sich Gustelies.

«Aber er fühlt sich wie ein Waisenkind», fuhr Göck unbeirrt fort. «Fürs Alleinsein ist er einfach nicht gemacht.»

«Ich weiß. Ich weiß es ja. Aber, Herrgott im Himmel, ich habe doch auch ein Recht auf ein kleines bisschen Glück.»

«Im Prinzip schon», bestätigte Bruder Göck. «Aber sein Glück auf dem Unglück anderer aufzubauen, das ist Frevel.»

Gustelies wollte Bruder Göck schon mit einem Blick zu Eis gefrieren lassen, doch mit einem Mal erschrak sie und plumpste auf die Küchenbank. «Du denkst das wirklich, nicht wahr? Du glaubst, dass ich den Pater im Stich gelassen habe?» Ihre Stimme klang ein kleines bisschen zittrig.

Der Antoniter nickte. «Wenn wir nicht aufeinander achten

und uns gegenseitig unterstützen, dann sind wir in der Welt verloren.»

«Bist du deshalb in ein Kloster gegangen, weil du dort nicht verlorengehen kannst?»

Bruder Göck zog die Stirn in Falten. «Ja. Vielleicht. Vielleicht habe ich Angst vor der Welt da draußen. Angst, unterzugehen wie die Leute, die sich täglich vor dem Almosenkasten drängen. Vielleicht habe ich keine Familie gewollt, weil ich Furcht hatte, sie nicht ernähren zu können. Du weißt, ich bin der drittälteste Bruder. Also einer, der nichts zu erben hat.» Er starrte einen Augenblick lang auf die Tischplatte. So ernst und ehrlich hatte Gustelies ihn noch nie sprechen hören. Sie schluckte, suchte nach einem Trostwort, aber ihr fiel nichts ein. Das Leben war schwer. Jeden Tag wieder. Und ja, es gab Zeiten, da waren die Gründe zur Freude besonders spärlich gesät. Aber dass ein Mönch vor dem Leben Angst hatte! Nein, ausgerechnet von Bruder Göck hatte sie das nicht gedacht.

Der hob jetzt den Kopf, grinste verlegen, deutete auf die Weinkanne und fragte: «Ist noch was da von dem guten Dellenhofener?»

Und Gustelies, sonst nicht eben erpicht darauf, den Wein so früh am Tage freizugeben, nickte, nahm den Kellerschlüssel aus ihrer Kitteltasche und eilte hinunter zum Weinfass.

Richter Heinz Blettner hockte in seiner Amtsstube und kritzelte mit der Feder in einer Akte herum. Dann fiel sein Blick auf das offene Fenster. «Herrgott, was ist das denn für ein Lärm?», wollte er wissen. «Die Marktweiber schreien, als wäre der Leibhaftige unter ihnen.» Der Schreiber kicherte:

«Den meisten von ihnen steckt der Teufel ja auch unterm Rock. Kein Wunder, dass sie so lärmen.»

Richter Blettner machte eine unwirsche Handbewegung, und der Schreiber schloss endlich das Fenster und begab sich zurück hinter sein Schreibpult. Blettner hatte schlechte Laune. Er hatte sogar ausgesprochen schlechte Laune. Erst gestern Abend hatte er eine heftige Auseinandersetzung mit Hella, seiner Frau, gehabt. «Wir brauchen unbedingt ein größeres Haus», hatte sie gesagt. «Wir sind nicht mehr alleine.» Mit der Hand hatte sie auf die beiden Wiegen gezeigt, in denen die kleine Flora und der kleine Fedor schliefen. «Die Kinder sind nun mehr als ein Jahr alt. Sie fangen schon an zu laufen. Es wird Zeit für ein neues Haus.»

Der Richter hatte die Arme hochgerissen. «Ein größeres Haus? Wovon sollen wir das bezahlen? Hier wohnen wir billig und sauber. Die Gegend ist nicht die schlechteste, die Wände sind weder feucht noch schimmelig, und der Kamin zieht gut ab.»

Hella verschränkte kampfbereit die Arme vor der Brust. «Trotzdem! Das Haus ist zu klein. Wo sollen die Kinder schlafen? Sie brauchen eine eigene Stube. Und später dann sogar zwei. Einen Jungen und ein Mädchen können wir nicht ewig in eine einzige Kammer sperren. Und dann das Kindermädchen. Es braucht auch eine Kammer.»

«Wir haben doch gar kein Kindermädchen», stellte Richter Blettner fest.

«Eben! Wir haben nicht einmal ein Kindermädchen. Alles mache ich alleine. Und da willst du mir nicht einmal ein größeres Haus gönnen.» Hella schob ihren Busen mit den Armen noch ein Stück höher, und fast sah es aus, als wollte sie mit dem Fuß aufstampfen. Richter Blettner schaute sie verblüfft an. «Das begreife ich nicht», gab er zu. «Wozu brauchen wir eine Kammer für ein Kindermädchen, wenn wir doch gar kein Kindermädchen haben?»

Hella stieß laut die Luft aus. «Das ist es ja gerade. Eben weil wir kein Kindermädchen haben, ist das neue Haus ja so dringend.»

Der Richter schüttelte den Kopf. Er verstand seine Frau wirklich nicht, aber das war an sich nichts Neues. Hella neigte zu einer Art der Argumentation, der der Richter einfach nicht folgen konnte. Sie kam ihm nicht gerade logisch vor, und genau das musste er Hella jetzt mitteilen. «Sieh mal, mein Liebelein, wenn wir kein Kindermädchen haben, dann brauchen wir auch keine Kammer für sie. Und wenn wir keine zusätzliche Kammer brauchen, dann brauchen wir auch kein neues Haus.»

Hella schob trotzig die Unterlippe vor. «Siehst du, jetzt sagst du es selbst. Ich muss auf ein Kindermädchen verzichten, und ein neues Haus bekomme ich auch nicht. Ich bin sozusagen zweimal betrogen.»

«Aber wieso denn?» Der Richter breitete hilflos die Arme aus. «Alles bleibt einfach, wie es ist. Wir sind doch zufrieden, oder nicht?»

«Du vielleicht. Ich aber brauche mehr Platz. Die Kinder brauchen mehr Platz. Und wir brauchen ein Kindermädchen.»

Blettner zog die Augenbrauen hoch. «Du willst also ein neues Haus und noch dazu ein Kindermädchen?», wollte er wissen.

«Nein, nur ein neues Haus. Ich verzichte auf ein Kindermädchen, damit wir uns das neue Haus leisten können.» An dieser Stelle gab Heinz Blettner auf. Die Rede seiner Frau verwirrte ihn, und das ständige Nachfragen brachte auch keine Klarheit, also fasste er nur zusammen, was er zu verstehen glaubte: «Weil du also kein Kindermädchen hast, möchtest du ein neues Haus. Und du meinst, dass wir uns das leisten können, eben weil wir kein Kindermädchen bezahlen müssen. Ist das so?»

Hella nickte erfreut und löste die Arme. «Genau. Das hat ja ein Weilchen gedauert, bis du es verstanden hast. Dabei ist doch alles ganz klar.»

Für Blettner fühlte es sich alles andere als klar an, aber er hasste es, mit Hella zu streiten. «Wollen wir nicht wenigstens noch ein Jahr warten? Ich meine, die Kinder sind ja noch so klein. Sie werden ganz sicher ein weiteres Jahr mit bei uns schlafen können.»

Wieder schob Hella die Unterlippe vor. Kein gutes Zeichen, fand Blettner. «Gut, wie du willst. Aber dann kannst du die ehelichen Pflichten in den Kamin schreiben.»

«Aber wieso denn das jetzt?» Blettner verstand die Welt nicht mehr. «Was hat denn das eine mit dem anderen zu tun?»

«Alles. Bisher waren die Kinder noch Säuglinge. Jetzt aber beginnen sie, die Welt zu verstehen. Da können wir uns als ihre Eltern nicht des Nachts neben ihren Bettchen vergnügen. Sie bekommen ja alles mit. Hätten wir ein Kindermädchen, das in einer Kammer bei ihnen schläft, wären wir ganz ungestört.»

«Augenblick, Augenblick!» Richter Blettner rieb sich die Schläfen. Heftiges Kopfweh überkam ihn. «Heißt das, wenn ich kein neues Haus miete oder kaufe, dann gibt es keine nächtliche Liebe mehr?»

«Genau. Ich dachte schon, du kapierst es nie.»

Das tat der Richter auch nicht. Mit jedem neuen Satz verstand er seine Frau weniger. Jetzt griff er zum letzten Mittel: «Sollten wir nicht erst deine Mutter fragen, was sie dazu meint? Immerhin hat sie mit der Kindererziehung mehr Erfahrung als du und …»

«Auf gar keinen Fall», schnitt Hella ihm das Wort ab. «Über solche Dinge rede ich nicht mit meiner Mutter.»

Dem Richter schwirrte der Kopf, die Schmerzen hämmerten von innen gegen seine Schläfen. «Über was für Dinge?»

«Über das, was im Schlafzimmer vor sich geht.»

«Ich denke, da geht nichts mehr vor sich.»

«Ohne neues Haus nicht.»

Jetzt gab er sich geschlagen. «Ich werde mich umhören», versprach er und hoffte, dass seine Kopfschmerzen alsbald besser würden. Hella trat hinter ihn, massierte mit ihren weichen, warmen Händen den Nacken und die Schultern ihres Ehemannes und schnurrte ihm Liebeleien ins Ohr. Darauf ging Blettner auf der Stelle und – oh, Wunder – schmerzfrei ein. Er nahm seine Eheliebste auf den Arm und trug sie ins Schlafzimmer. Danach aber lag er schlaflos und suchte noch einmal den Sinn hinter Hellas Anliegen. Darüber schlief er ein und erwachte am nächsten Morgen wie gerädert. Und jetzt hockte er in seiner Stube des Malefizamtes und hatte noch immer keine genaue Ahnung, was er und Hella gestern eigentlich besprochen hatten. Nur eines war ihm klargeworden: Er musste sich um ein neues Haus kümmern. Und das, obwohl er sich in seinem derzeitigen Zuhause rundherum wohl fühlte.

«Schreiber? Weißt du, ob irgendwo ein Haus leer steht? Ich meine, ein günstiges.»

Der Schreiber verzog ein wenig hämisch den Mund. «Im Augenblick nicht, Richter. Aber der nächste Mord kommt bestimmt.»

Blettner holte tief Luft, um dem Schreiber verbal das Maul zu stopfen, doch in diesem Augenblick kam der Zweite Bürgermeister der freien Reichsstadt Frankfurt, Schultheiß Krafft von Elckershausen, zur Tür hereingestürmt.

«Richter», keuchte er. «Ich habe ein Problem, bei dem Ihr mir helfen müsst. Es geht um meine Frau.»

Er ließ sich in den hohen gepolsterten Lehnstuhl fallen, den er extra für seine Besuche bei Richter Blettner angeschafft hatte, und lehnte sich zurück.

Der Richter unterdrückte einen tiefen Seufzer. Immer wenn Krafft von Elckershausen sich persönlich in die Richterstube begab, lauerte der Ärger gleich um die Ecke. «Was gibt es denn?», fragte er, wollte es aber eigentlich überhaupt nicht wissen.

«Die Familie meiner Frau treibt doch Handel mit Florenz und Straßburg. Sie haben dort sogar Niederlassungen», begann der Schultheiß.

«Ich weiß.» Blettner nickte. Jeder in der Stadt wusste, wieso die von Elckershausen eine der reichsten Familien Frankfurts waren. Sie waren die Ersten gewesen, die im großen Stil Handel mit den Florentinern getrieben hatten, und das schon vor drei oder vier Generationen. Ja, ein Teil der Familie war mittlerweile schon mehr italienisch als deutsch, ein anderer Teil der Familie hatte sich dauerhaft in Straßburg niedergelassen.

«Ja. Gut. Und dort hat meine Frau einen Neffen. In Straßburg, meine ich.»

Der Richter stöhnte innerlich auf. Dieses Mal war also der Neffe der Schultheißin in Schwierigkeiten, und er musste sich bestimmt wieder etwas einfallen lassen, um den jungen Mann zu retten. «Was hat er angestellt?»

«Wie? Angestellt? Nichts. Das heißt, bisher noch nichts. Aber ich rechne mit dem Schlimmsten.»

Jetzt konnte Blettner den Seufzer doch nicht mehr unterdrücken. «Schreiber, hole bitte eine Kanne Wein aus dem Ratskeller», befahl er, weil er ahnte, dass er schon bald dringend eine Stärkung brauchen würde.

«Was ist das Schlimmste?»

«Nun», Krafft von Elckershausen stockte, dann beugte er sich zum Richter vor und flüsterte: «Er will in Frankfurt eine Bank gründen.»

Blettner hatte mit allem gerechnet: Mord, Totschlag, Notzucht, Raubüberfall. Aber was der Schultheiß da sprach, übertraf seine schlimmsten Befürchtungen.

«Eine Bank? Haben wir in Frankfurt nicht schon genug Ärger?», wollte Blettner vom Zweiten Bürgermeister wissen. «Außerdem gab es in Frankfurt schon einmal eine Bank. Ich habe es in den Annalen der Stadt gelesen. 1402 wurde sie gegründet, ein Jahr später dreigeteilt und schon bald wieder aufgelöst. Banken werden in Frankfurt nicht gebraucht. Wir haben schließlich die Geldwechsler.»

«Das weiß ich selbst, aber es nützt nichts. Die Meine will, dass wir eine Genehmigung beschaffen. Und in dieser Sache müsst Ihr mir helfen. Es wird doch bestimmt Verordnungen für diese Dinge geben. Und am Geld soll es nicht liegen ...»

Der Richter runzelte die Stirn, er wusste nur zu gut, was der Schultheiß da andeutete. «Das geht nicht so einfach. Das wisst Ihr.»

«Eben! Deshalb brauche ich Euch ja so dringend.»

Der Richter überlegte ganz kurz, ob er im Gegenzug für den unerhörten Gefallen, den er gleich angetragen bekommen würde, ein größeres Haus verlangen sollte, aber er verwarf den Gedanken. Erst mal anhören, was genau von Elckershausen wollte.

«Ja?»

«Was, ‹ja›?»

«Was genau soll ich für Euch tun?»

«Mir helfen. Was denn sonst?»

Allmählich fragte sich Heinz Blettner, ob sein Verstand nachließ. Gestern hatte Hella in Rätseln gesprochen, heute tat es der Schultheiß. «Ich meine: Wollt Ihr, dass er die Bank gründet, oder sollen wir es verhindern?»

Krafft von Elckershausen kratzte sich am Kinn. «Gute Frage. Darüber habe ich noch gar nicht nachgedacht. Wenn wir die Bank verhindern, kriege ich es mit der Meinen zu tun. Markus ist nämlich ihr Lieblingsneffe. Verhindern wir es nicht, dann ist sie zwar glücklich, aber die Stadt könnte ein Problem bekommen. Die Kaufleute und Patrizier warten sicher nicht auf einen Fremden, der hier so mir nichts, dir nichts eine Bank gründet. Die Kaufleute regeln ihre Geldangelegenheiten recht gerne allein. Kann sein, dass wir von dieser Seite Feuer kriegen.»

«Wenn Ihr selbst nicht wisst, was Ihr wollt, was wollt Ihr dann von mir?», wollte der Richter wissen.

«Eine Lösung!» Krafft von Elckershausen schrie beinahe,

doch zum Glück kam soeben der Schreiber mit dem Wein zurück. Er goss seinen beiden Vorgesetzten die Becher randvoll und zog sich hernach still in seine Schreibecke zurück.

Blettner kratzte sich am Kinn. «Eine Bank, eine Bank», murmelte er vor sich hin. Es gab bereits ein einigermaßen funktionierendes Kreditwesen. Und dazu die Wechselstuben auf dem Römer, eine Goldwaage, und drüben, bei den Deutschherren in Sachsenhausen, befand sich sogar eine städtische Münze.

«Wie hat er sich das denn vorgestellt? Der Neffe, meine ich.»

«Er sagt, er braucht nur ein Kontor. Aber das ziemlich zentral.»

«Womit will er noch handeln?»

«Das ist es ja eben. Mit nichts. Er sagt, er braucht nur einen Tisch und eine Bank, ein paar angespitzte Federn, einen Abakus und ein großes Kontobuch.»

«Einen Abakus? Eine Rechenmaschine, wie die Geldwechsler sie haben?»

«Ja, genau. Mehr braucht man nicht, um eine Bank zu gründen.»

«Das klingt eigentlich mehr nach einem Geldverleiher. Und davon haben wir in der Judengasse weiß Gott genug. Und überhaupt ist diese Tätigkeit einem Christenmenschen gar nicht so ohne weiteres gestattet. Wer Geld verleiht, nimmt Zinsen. Und Zinsen sind einem guten Christen verboten.»

«Ich weiß, ich weiß. Genau das ist ja das Problem.»

Der Schultheiß wirkte wirklich ratlos, doch dann hellte sich sein Gesicht mit einem Schlag wieder auf. «Ich weiß es, Richter. Wir werden Jutta zu Hilfe nehmen. Sie wird meinem

Neffen bei seiner Bank zur Seite stehen. Sie kennt sich aus, ist in Frankfurt bekannt. Gleich sollt Ihr losgehen, Richter, und die Jutta davon unterrichten.»

Auch das noch, dachte Blettner und war ganz sicher, dass ihm die beste Freundin seiner Schwiegermutter Gustelies, eben die Geldwechslerin Jutta, den Marsch blasen würde, käme er mit diesem Anliegen. «Und wenn sie nicht will, die Jutta?»

«Warum sollte sie nicht wollen?»

«Nun, sie ist ihre Unabhängigkeit gewohnt.»

«Ach, was», winkte der Schultheiß ab.» «Ihr wird sicher die Ehre, eine richtige Bank mit zu begründen, viel lieber sein, als viele weitere Jahre in ihrer zugigen Wechslerbude zu hocken. Ich jedenfalls würde dieser Ehre den Vorzug geben.»

Er erhob sich siegessicher und deutete mit dem Zeigefinger auf den Richter. «Am besten geht Ihr gleich einmal los. Es wäre gut, wenn ich meiner Gattin heute Abend günstige Nachrichten mitbringen könnte.» Mit diesen Worten ging er, und Blettner sah ihm nach und fragte sich, ob der Schultheiß wohl mehr Angst vor seiner Frau hatte als vor all den anderen Dingen, mit denen er täglich zu tun hatte. Noch nie hatte sich Krafft von Elckershausen vor einem Mörder gefürchtet. Und bei den Ratsversammlungen widersprach er jedem heftig und laut. Nur wenn seine Frau ins Spiel kam, wurde er kleiner und irgendwie blasser. Blettner kicherte, doch dann dachte er an Hella und daran, dass er sich sehr bald um ein neues Haus kümmern musste. Und zum ersten Mal in seinem Leben fragte er sich, ob die Macht des schwachen Geschlechts nicht viel größer war als gemeinhin angenommen.

# KAPITEL 2

Missmutig stapfte Richter Heinz Blettner über den Römer, auf dem heute Markt abgehalten wurde. Das Kopfsteinpflaster war ein wenig schmierig vom nächtlichen Regen, und auch jetzt noch hingen dickbäuchige Wolken über den Dächern der Stadt. Von drüben, von der Fleischschirn, trieb ihm der Geruch von frischem Blut und Schlachtabfällen entgegen. Eben passierte er eine Garküche, die den Duft von Schmalzkringeln um sich verbreitete, und vom Fluss her mischte sich der Geruch fangfrischen Fischs darunter. Um ihn herum brüllten die Marktweiber ihre Angebote in die Welt, Kutscher fluchten, Kinder heulten, Bettler klapperten mit ihren Büchsen, zwei Katzen kreischten beim Streit um einen Fischkopf, und die Mägde hatten sich am Brunnen versammelt, die Weidenkörbe zu ihren Füßen, und tratschten und lachten. Blettner schob sich durch das Gewühl und hatte den Eindruck, dass der Marktlärm heute ein anderer war als sonst. Irgendwie schriller, empörter. Aber dann glaubte er, dass es an seiner Stimmung lag, die Krafft von Elckershausen mit seinem Ansinnen noch tiefer in den Keller hatte sacken lassen. Jetzt rempelte ihn auch noch ein Wasserverkäufer an und vergoss einen Teil seines Eimerinhaltes auf Blettners Rock. «Tölpel, verdammter, kannst du nicht aufpassen?» Der

Mann zuckte mit den Schultern und ging weiter, schenkte mit einer Kelle aus dem Wassereimer aus und steckte die Kupfermünzen in seine Wamstasche. Blettner aber war sauer. Er machte auf dem Absatz kehrt und beschloss, erst einmal in die Ratsschänke zu gehen, bevor er den Auftrag des Zweiten Bürgermeisters erfüllte. Im Ratskeller traf er auf Bruder Göck. «Was machst du denn hier um diese Zeit?», wollte der Richter wissen, der sich insgeheim schon auf eine kleine, schweigsame Auszeit gefreut hatte.

«Ich ersäufe meinen Kummer», teilte der Antoniter mit und winkte mit dem leeren Becher nach dem Schankmädchen. Richter Blettner setzte sich ihm gegenüber und bestellte eine kleine Kanne Rotwein. «Was für einen Kummer?»

«Die Welt ist aus den Angeln, mein Freund. Und alles wird mit jedem Tag schlimmer.»

«Du hörst dich schon an wie Pater Nau.»

«Tja, er hat eben recht, das ist ja das Schlimme. Ich werde versetzt. Schon sehr bald muss ich ins Mutterkloster nach Grünberg. Man erwartet mich dort dringend.»

«Oh, oh!», machte der Richter und stieß seinen Weinbecher gegen den des Mönches. Er trank, wischte sich über die Lippen, schielte nach dem Schankweib, das seine Brüste nur lose im Mieder geschnürt hatte. «Da wird der Pater aber staunen.»

Bruder Göck winkte ab. «Er hat mir schon die Ohren vollgejammert. Erst verlässt ihn Gustelies, dann auch noch ich.»

Richter Blettner nickte. «Ja, er war wohl noch nie ganz allein.»

Beide tranken, starrten trübsinnig in ihre Weinbecher. Dann erhob sich der Richter. «Ich muss weiter.»

«Hm.»

«Oder ist noch was?»

Der Antoniter schaute derart kläglich zum Richter auf, dass er noch einmal nachfragen musste. «Ist noch was?»

Bruder Göck nickte.

Blettner seufzte. «Und was?»

Der Antoniter blickte sich nach allen Seiten um, aber um diese Zeit war die Ratsstube nur spärlich besucht. «Ich muss eine Übergabe der Bestände auf dem Antoniterhof machen.»

«Ja, und? Das ist doch üblich, oder nicht?»

Bruder Göck seufzte. «Mir fehlen zehn Fässer Wein.»

«Zehn Fässer?» Der Richter kniff die Augen zusammen, und Bruder Göck nickte betrübt. «Wo sind die hin?»

«Da!» Bruder Göck klopfte sich auf den Bauch.

«Schöner Mist», bestätigte Richter Blettner. «Wo willst du die jetzt herkriegen?»

«Das ist es ja. Ich weiß es einfach nicht. Mönche haben kein Geld. Und das, was in der Hofkasse ist, wird von Bruder Anselm überwacht. Und zwar mit Argusaugen.»

«Wie viel sind sie denn wert, die zehn Fässer?»

«Knapp vierzig Gulden insgesamt. Und ich habe noch genau vier Wochen, um das Geld zu beschaffen. Sag, kannst du mir nicht etwas leihen?»

Blettner schüttelte den Kopf. «Kann ich nicht. Selbst wenn ich es wollte. Hella will unbedingt ein neues Haus. Und von einer Kinderfrau war auch die Rede. Bei uns ist derzeit nichts zu holen. Tut mir wirklich leid.»

«Ich dachte es mir schon.» Bruder Göck nickte.

Der Richter rief nach dem Schankmädchen und wollte seine Zeche bezahlen. Aber das Mädchen winkte ab. «Geht heute aufs Haus. Der Wirt hat's so bestimmt.»

«Warum das denn?», wollte Blettner wissen. «Das ist ja hoffentlich kein Bestechungsversuch. Schließlich bin ich Richter des Rates.» Er überlegte, ob in seinem Aktenberg auf dem Schreibtisch etwas über den Wirt der Ratsstube zu finden sein könnte, aber ihm fiel nichts ein.

Das Schankmädchen zuckte mit den Schultern und sah gleichgültig zu, wie der Richter trotz allem ein paar Kupfermünzen auf den Tisch legte. «Die werden wohl da liegen bleiben», erklärte sie. «Ich habe die Anweisung, von Euch nichts zu nehmen.»

Schon schnellte eine Hand über den Tisch und grabschte nach dem Geld.

«Nein, Bruder Göck. Das ist nicht für dich. Das Geld bekommt der Wirt.» Richter Blettner sprach es, schlug noch einmal mit der Hand auf die rohe Holzplatte, dann erhob er sich und verließ die Ratsstube. Er sah nicht mehr, wie das Schankmädchen und Bruder Göck sich die Kupfermünzen teilten.

Als er wieder am Tageslicht war, schien ihm, als hätte sich der Marktlärm noch verstärkt. Die Verkäufer schrien, als würden sie dafür bezahlt, die Mägde kreischten, wenn ihnen ein Schlachter ein Ochsenauge vor die Füße warf. Ein räudiger Köter zerrte eine tote Ratte in den Rinnstein, und vor dem Haus der Gesellschaft zur Alten Limpurg wurden Weinfässer mit viel Getöse abgeladen. Richter Blettner beschirmte die Augen, damit er von der Sonne, die eben durch eine Wolke brach, nicht geblendet würde, und begab sich zur Geldwechselstube von Jutta Hinterer.

«Du hier?», wollte die Geldwechslerin, die in einer einfachen Bretterbude in der Nähe der Nikolaikirche hockte, von ihm wissen.

«Ich komme dienstlich», erklärte Blettner und zog sein Wams stramm.

«Dienstlich? Habe ich was verbrochen?»

«Nein. Hast du nicht. Der Schultheiß schickt mich.»

«Krafft von Elckershausen? Was will er dieses Mal?»

Der Richter druckste ein wenig herum, schließlich kratzte er sich am Kinn und fragte: «Sag mal, wie geht es dir eigentlich?»

Jutta Hinterer runzelte misstrauisch die Stirn. «Das fragst du doch sonst nie. Aber danke. Mir geht es gut. Mir geht es so, wie es mir immer geht. Aber bald kommen die ersten Messfremden, und ich bin jetzt schon gespannt, wie sich die Wechselkurse bis dahin gestalten.»

«Du weißt recht viel über das Bankgeschäft, oder?»

Jutta zog die Augenbrauen noch höher. «Ich mache diese Arbeit schon seit zwanzig Jahren. Es wäre ein Jammer, wenn ich nicht wüsste, wie Bankgeschäfte gehen.»

«Sag, wärst du in der Lage, eine eigene Bank zu gründen?»

«Warum soll ich das wollen? Eine Geldwechselstube ist wie eine Bank.»

«Und gibst du auch Kredite?»

«Jetzt langt es. Du kommst hier an, fragst mich nach meinen Geschäftspraktiken und willst mir nicht erklären, warum du das alles wissen willst. Entweder du lässt jetzt auf der Stelle die Katze aus dem Sack, oder unser Gespräch ist beendet.»

Der Richter seufzte, angelte nach einem Schemel und setzte sich. «Krafft von Elckershausen. Der Neffe seiner Frau will in Frankfurt eine Bank gründen. Und dabei braucht er Hilfe. Der Schultheiß hat dabei an dich gedacht.»

«Und wie hat er sich das vorgestellt?» Jutta verschränkte die Arme vor der Brust.

«Gar nichts hat er sich vorgestellt. Er ist einfach gekommen – wie immer – und hat mir den Auftrag erteilt, dem Neffen der werten Gattin unter die Arme zu greifen.»

Jutta schüttelte den Kopf. «Mein Geschäft ist nicht so einfach, wie du denkst.» Sie deutete auf ein Holzkästchen mit unterteilten Fächern, in denen verschiedene Münzen lagen. «Das sind nur ein paar der Währungen, die gerade im Umlauf sind. Siehst du? Rheinische Gulden, ungarische und spanische Dukaten, Salzburger Dukaten, Sonnenkronen, Pistolen von Kronengewicht, Philippstaler, Reichstaler und Guldengroschen.»

«Ja, und?»

«Die Leute kommen mit ungarischen Dukaten und wollen sie in Salzburger Dukaten umwechseln, um ihre Messeschulden zu bezahlen. Du musst für jede Währung den Wechselkurs wissen. Na, Richter, wie viele Salzburger Dukaten bekommt man für zehn ungarische? Weißt du das?» Sie nahm ein paar Geldstücke in die Hand und klimperte damit.

«Darf ich vielleicht einmal hier durch, oder wird der Tag des Herrn mit Geschwätz vertändelt?» Ein dicker Dominikanermönch schubste den Richter fast vom Schemel.

«Sie wünschen?», fragte Jutta.

Der dicke Mönch nestelte umständlich in seiner Tasche herum und knallte dann ein paar Rheinische Goldgulden auf den Tisch. «Was sind die wert?», wollte er wissen.

«In welcher Währung?»

«Reichstaler natürlich.»

Jutta runzelte die Stirn, schob ein paar Kugeln an ihrem Abakus hin und her und erwiderte dann: «Der Rheinische Goldgulden ist heute 20 und einen halben Batzen oder

82 Kronen wert. Der Reichstaler steht auf 18 und einen halben Batzen oder 74 Kronen.»

Der Mönch verzog verärgert das Gesicht. «Was?», brüllte er so laut, dass es über den ganzen Platz hallte. «Der Rheinische nur 82 Kronen? Da habt Ihr bestimmt ein bisschen davon abgezwackt für Euch.»

Jutta zuckte bei dem Gebrüll gleichgültig mit den Schultern. «Wenn es Euch bei mir nicht passt, so könnt Ihr gerne woandershin gehen.» Sie deutete mit der rechten Hand hinter ihren Rücken. «Vielleicht in die Judengasse? Die Geldwechsler dort rechnen ein bisschen anders als wir.»

«Halsabschneider», schrie der Mönch. «Alle miteinander. Was glaubst du denn, Weib, wo ich gerade herkomme. In der Judengasse wollen sie mir nur 80 Kronen auf den Gulden geben.»

In der Zwischenzeit hatten sich zwei Büttel, die eigentlich das Markttreiben beobachten sollten, eingefunden. Der eine schlug sich mit der Faust in die bloße Hand und fragte: «Gibt es Ärger?»

Der dicke Mönch plusterte sich noch weiter auf. «Und ob. Die da», er zeigte mit dem Finger auf Jutta, «ist eine Betrügerin. Noch gestern hätte ich in Mainz 84 Kronen auf den Gulden bekommen, heute will sie mir nur noch 82 Kronen geben. Das ist Betrug.»

«Weib, was hast du dazu zu sagen?» Der Büttel baute sich vor der Geldwechselbude auf.

«Nichts habe ich zu sagen», erwiderte Jutta kühl. «Der Mann ist ja nicht gezwungen, sein Geld bei mir zu wechseln. Wenn ihm meine Kurse nicht passen, soll er doch woandershin gehen.»

«Gab es bei Euch nicht schon letzte Woche Geschrei?», fragte der Büttel lauernd.

«Ja, gab es. Hier gibt es beinahe jeden Tag Zank und Streit. Wenn nicht bei mir, dann bei jemand anderem.»

Der Büttel beugte sich tief in Juttas Bude hinein und flüsterte: «Wir könnten Euch solche Kunden vom Hals halten. Ein paar Kronen hin und wieder, und Ihr wärt allen Ärger los.»

Jutta erhob sich und raunte dem Büttel recht laut ins Ohr: «Wenn du denkst, Stadtknecht, dass du mich erpressen kannst, dann bist du an die Falsche geraten. Ich habe dir schon hundertmal gesagt, dass es bei mir nichts zu holen gibt.»

Der Büttel schrak zurück. «Nun, dann muss ich mir überlegen, ob ich die Angelegenheit nicht dem Richter übergebe. Es kann ja durchaus sein, dass hier wirklich ein Betrug vorliegt.»

Da begann Jutta Hinterer zu lachen. Sie warf den Kopf in den Nacken und brüllte los, schlug sich dabei auf die Schenkel, wischte sich die Tränen von den Wangen und japste nach Luft.

Der Büttel stand ratlos und kratzte sich den Bart. Mit dieser Reaktion hatte er offensichtlich nicht gerechnet. In diesem Augenblick erhob sich der Richter, der bislang von dem dicken Mönch verdeckt worden war. «Hier liegt kein Verbrechen vor, es wurde gegen kein Gesetz verstoßen. Das Weib hat recht: Soll der Dominikaner woandershin gehen.» Er trat ganz dicht vor die beiden Büttel. «Und ihr schleicht euch, aber hastig! Sonst überlege ich mir noch, ob ich gegen euch nicht ein Verfahren wegen Erpressung einleite.»

Die Büttel bekamen hochrote Köpfe und rannten beinahe

davon. Blettner grinste. «Es ist ja nicht so, dass wir nicht wüssten, was diese Stadtknechte so treiben, aber vor den Augen und Ohren des Richters? Das geht zu weit.»

Als der Mönch endlich auch begriffen hatte, wer der ordentlich gekleidete Herr mit dem Stadtwappen an seinem Wams war, hatte er es auf einen Schlag sehr eilig und machte, dass er davonkam.

Jutta setzte sich wieder und verschränkte die Arme vor der Brust. «Da siehst du mal, wie es mir hier jeden Tag ergeht.»

Blettner nickte. So ein Gefeilsche hatte er wirklich nicht erwartet. Eigentlich hatte er überhaupt nichts erwartet, hatte sich niemals Gedanken über die Geschäfte in den Wechselstuben gemacht. Jetzt hatte er beinahe ein schlechtes Gewissen. Er hockte sich wieder auf den Schemel, winkte den Wasserverkäufer heran und kaufte für Jutta und sich zwei Becher, die der Wasserverkäufer bei sich trug und aus denen im Laufe des Tages wohl Dutzende Menschen tranken.

«Wie bist du eigentlich zur Geldwechselei gekommen?», fragte er. «Schließlich sind die meisten deiner Zunft ja Männer. Ich glaube, die Goldschmidt Marlies und du, ihr seid die einzigen Frauen.»

Jutta nickte. «Vor ein paar Jahren noch waren wir zu dritt. Aber dann ist die alte Gislinde vom Haus an der Brücke auf dem Heimweg von einem Fuhrwerk überfahren worden. Seither gibt es nur noch die Marlies und mich. Ich habe die Geldwechselstube von meinem Mann übernommen. Du weißt ja, dass ich sehr früh Witwe geworden bin. Erinnerst du dich noch an das Jahr 1519? An die Königswahl Karls V. zur Ostermesse?»

Heinz schüttelte den Kopf. Damals war er noch ein Kind

gewesen. Juttas Blick verlor sich schon in der Ferne, und sie begann zu erzählen: «Es war mein erstes Jahr als Geldwechslerin. Ich trug noch Trauer, da wurde Frankfurt zum Schauplatz der Geschichte. Die deutschen Kurfürsten hatten ihre Wahlstimmen nicht an Franz II. von Frankreich verkauft, sondern an den spanischen Karl. Und das aus einem einzigen Grund: Er bot ihnen mehr Geld für ihre Stimmen. Aber Karl V. selbst, obwohl er mit 851 000 Gulden Höchstbietender war, hatte gar nicht so viel Geld. Die Fugger gaben ihm mehr als eine halbe Million, die Welser 150 000, und drei italienische Bankhäuser boten 165 000 Gulden, und zwar teils in bar und teils in Wechseln, die zur Ostermesse in Frankfurt an die Kurfürsten ausbezahlt werden sollten.» Sie lachte auf, als erinnerte sie sich gern an diese Zeit. «Was hatten wir für eine Mühe, das ganze Bargeld zur Ostermesse zu beschaffen! Einige von uns taten sich zusammen und fuhren nach Straßburg, Mainz und Köln, um die Barmittel herbeizuholen. Und dann kam Karl V. mit einem riesigen Tross, und er wirkte ganz so, als wäre die Königswahl nicht dem Geld der Kaufleute zu verdanken, sondern einzig und allein seiner edlen und klugen Erscheinung.» Sie lachte wieder leise, dann kehrte sie in die Gegenwart zurück. «Nein, Heinz. So gern ich dir helfen würde, aber ich werde dem Neffen des Schultheißen nicht zur Seite stehen. Ich bin nicht mehr die Jüngste, habe weniger Geduld als früher, und ich werde auch schneller müde. Mein Geschäft hier füllt mich ganz und gar aus. Es tut mir leid.»

Und Heinz Blettner nickte, erhob sich, schob den Schemel zur Seite und sagte: «Mach dir keine Gedanken. Mir selbst ist es vollkommen gleichgültig, was der Neffe von Krafft von

Elckershausen treibt. Ich hoffe nur, wir sehen uns in den nächsten Tagen bei Henn Goldschlag zum Abendessen. Du kommst doch, oder? Schließlich müssen wir Gustelies' neue Liebe genauer kennenlernen.»

# KAPITEL 3

Am Abend hockte Gustelies noch immer in Pater Naus Pfarrhausküche. Eigentlich wollte sie schon längst zu Hause bei Herrn Goldschlag sein, aber die Stimmung ihres Bruders gefiel ihr so wenig, dass sie es einfach nicht wagte, ihn allein zu lassen. Pater Nau hockte ihr gegenüber und ließ den Kopf hängen.

«Was ist los mit dir?», fragte sie besorgt. «Leidest du noch immer oder schon wieder an der Welt?

«Nichts ist. Es ist alles in Ordnung», log der Pater. «Geh du nur ruhig in dein neues Zuhause.»

Zögernd stand Gustelies auf. «Brauchst du noch irgendetwas?», fragte sie.

«Nein, nein.»

«Und du versprichst mir, dass du das Abendbrot, das ich dir hingestellt habe, auch isst und nicht nur Wein trinkst?»

«Ja, ja.» Der Pater blickte so kläglich drein, dass es Gustelies beinahe das Herz brach.

«Was kann ich dir denn morgen Schönes kochen?»

Pater Nau winkte ab. «Ist mir egal. Mach irgendetwas für deinen Liebsten und bring mir die Reste mit.»

Gustelies wusste nicht, wieso, aber plötzlich schoss Wut in ihr hoch. Sie war gerade einmal fünfzig Jahre alt und hatte sich erst kürzlich nach langem Ringen dazu entschlossen, in ihrem Alter noch einmal die Liebe zu wagen. Und seither führte sich der Pater auf wie ein Kleinkind, dem man die Mutterbrust entrissen hatte. Unleidlich lungerte er in der Pfarrhausküche herum und ließ keine Gelegenheit aus, Gustelies ein schlechtes Gewissen zu bereiten. Herrgott noch einmal, hatte sie denn nicht auch ein Recht auf ein kleines bisschen Glück?

Sie spürte, wie der Ärger in ihr zu kochen begann, aber sie war so vernünftig, ihn nicht am Pater auszulassen. Also warf sie ihren Umhang über und sagte: «Na gut, dann gehe ich jetzt. Schlaf gut.»

«Ja, ja.»

Das Letzte, das sie sah, bevor die Tür ins Schloss fiel, war, wie der Pater die Zinnkanne hob und sich den Becher voll Wein goss.

Sie ging raschen Schrittes über den Liebfrauenberg und die Krämergasse hinab zur Straße der Goldschmiede, aber ihr schlechtes Gewissen ließ sie plötzlich innehalten. Sie drehte auf dem Absatz um, ging nicht nach links, sondern nach rechts und stand kurz darauf vor Hellas Haus. Schon von draußen hörte sie wildes Geschrei. Sie klopfte nur kurz, betrat sogleich das Haus ihrer Tochter und ging schnurstracks in die Küche. Dort stand mitten auf den Fliesen eine hölzerne Wanne, und darin saßen Hellas zwei Kinder Fedor und Flora. Gerade mühte sich Hella, ihrer Tochter die Haare zu waschen, doch das kleine Mädchen schrie, als sollte es am Spieß gebraten werden.

Seufzend richtete sich Hella auf, wischte sich mit dem Unterarm eine Haarsträhne aus der Stirn. «Gut, dass du kommst.

Kannst du vielleicht Fedor abseifen, während ich hier mit Flora kämpfe? Ein Kind schaffe ich, aber wenn sie sich gegen mich verbünden, sehe ich alt aus.» Liebevoll blickte sie auf die beiden nackten Kleinkinder, von denen sich eines die Tränen mit den Fäustchen aus den Augen rieb, während sich das andere fröhlich Seifenschaum in den Mund stopfte.

Gustelies ließ sich nicht lange bitten. Sie krempelte die Ärmel hoch, stellte den kleinen Fedor auf seine dicken Beinchen und seifte das Kerlchen von oben bis unten ein, dann übergoss sie ihn mit einem Eimer warmen Wassers, hob ihn aus der Wanne und rubbelte ihn kräftig trocken. Danach kam die widerwillige Flora an die Reihe, und ehe die Turmuhr die nächste Stunde schlug, lagen die beiden Kleinen schlafend in ihren Bettchen.

«Puh!» Hella, deren Kleid vorn ganz feucht war, ließ sich aufatmend auf einen Schemel sinken. «Ich hätte nie gedacht, dass zwei so kleine Menschlein so große Mühen machen.»

«Aber du nimmst diese Mühen doch gern auf dich, oder?»

Hella lachte. «Diese beiden kleinen Halunken machen mich glücklicher als alles sonst auf der Welt.»

«Und vergiss deinen Mann nicht.»

Hellas Lächeln erstarb.

«Was ist? Hast du Ärger mit Heinz?»

«Hach, ich weiß auch nicht. Wir brauchen dringend ein größeres Haus, aber Heinz will das einfach nicht einsehen.»

Gustelies blickte sich um, als wäre sie nie zuvor im Haus ihrer Tochter gewesen. «Na ja, wenn die beiden größer werden, dann braucht ihr sicher etwas Neues. Aber das eilt ja nicht, oder?»

Hella schob die Unterlippe vor, wie sie es schon als kleines

Mädchen getan hatte, wenn man ihr widersprach: «Doch!», sagte sie und verschränkte die Arme vor der Brust.

«Na, nun stampf mal nicht gleich mit den Füßen auf. Ich hänge mich da nicht rein, ich habe selbst genug Probleme.»

Da löste Hella die Arme und sah ihre Mutter aufmerksam an. «Du siehst irgendwie müde aus. Müde und traurig. Was ist mit dir?»

Gustelies seufzte tief. «Der Pater macht mir Sorgen. Er singt keine Kirchenlieder mehr, er isst kaum etwas, und überhaupt scheint er mir sehr schwermütig zu sein. Und jetzt wird auch noch Bruder Göck weggehen.»

«Der Antoniter? Warum das denn?»

Gustelies zuckte mit den Schultern. «Er war heute im Pfarrhaus und hat etwas von einer Beförderung gefaselt, die er gar nicht will. Er soll zurück ins Mutterkloster nach Grünberg und dort den Weinkeller verwalten.»

Hella lachte auf. «Da hat wohl jemand den Bock zum Gärtner gemacht.»

«Ja, schon. Aber für unseren Pater ist es ein Unglück.»

Die beiden Frauen schwiegen und lauschten nach nebenan, wo die beiden Kinder friedlich schliefen.

«Glaubst du wirklich, unser Pater hat ernsthafte Sorgen?», wollte Hella dann wissen.

«Ich weiß nicht, ob Sorgen das richtige Wort dafür ist. Er hat einfach keine Lebensfreude mehr.» Sie brach ab und sah Hella plötzlich angstvoll an. «Wenn ich es mir recht überlege, so spricht er noch häufiger vom Tod als sonst.»

«Du denkst ...»

«Niemals! Er ist ein Pater. Selbstmord ist eine große Sünde.»

«Was sollen wir tun?»

Gustelies scharrte mit den Füßen auf dem Boden herum. «Ich habe keine Ahnung, aber genau das macht mir solche Sorgen.» Sie stand auf. «Ich muss jetzt nach Hause. Henn wartet sicher schon. Vielleicht kannst du mal ein wenig über deinen Onkel nachdenken. Vielleicht fällt dir was ein, das ihm helfen könnte.»

Hella nickte, gab ihrer Mutter einen Kuss und schloss die Tür hinter ihr.

Heinz Blettner wollte schon längst zu Hause bei seiner Frau und seinen beiden Kindern sein. Er wusste, dass heute Badetag war und dass Hella dabei froh über jede zusätzliche Hilfe war. Aber er saß hier fest, vor sich ein aufgebrachtes Marktweib und vor der Tür noch ein halbes Dutzend weiterer schnatternder und empörter Frauen.

«Also: Was wollt Ihr zu Protokoll geben?», fragte er und machte dem Schreiber ein Zeichen. Der tunkte die Feder ins Tintenfass.

«Beschweren will ich mich. Mein Geld zurück will ich. Sonst nichts.»

«Und was genau ist passiert?» Blettner merkte, wie er allmählich die Geduld verlor. Schon fünf Minuten hockte das Weib da vor ihm, aber eine gescheite Aussage hatte sie noch nicht erbracht. «Erzählt ganz von Anfang an.»

«Also, ich habe heute Morgen in aller Herrgottsfrühe meinen Stand aufgebaut. Nach ganz vorne stelle ich immer die Honigtöpfe. Dahinter habe ich die Tiegel mit der Honigsalbe aufgereiht, und an den Seiten lagen die Honigseifenstücke. Ich richte sie immer der Größe nach aus, damit es für die Kunden hübscher aussieht.»

«Und weiter?»

«Na ja, dann habe ich mir die Schürze umgebunden und habe der Nachbarin, der Butterliese, einen Gruß gerufen. Und die Liese hat zurückgegrüßt, und dann kam auch schon der Scherenschleifer vorbei …»

«Hat das alles mit der Geschichte zu tun?», wollte Blettner wissen.

«Mit was für einer Geschichte?» Das Marktweib glotzte den Richter überrascht an.

Der stieß einen tiefen Seufzer aus. «Mit der Geschichte, die Ihr mir erzählen wolltet. Es ging dabei doch um Geld.»

«Ihr habt doch gesagt, ich soll alles erzählen.»

«Ja. Schon.» Der Richter tupfte sich mit einem Taschentuch die heiße Stirn ab. «Aber doch nicht jede Kleinigkeit. Draußen warten noch andere darauf, dass sie an die Reihe kommen.»

Das Weib schob trotzig die Unterlippe nach vorn. «Wenn Ihr alles besser wisst, obgleich Ihr nicht dabei wart, dann stellt mir gefälligst einfache Fragen.»

Blettner warf einen hilfesuchenden Blick zu seinem Schreiber, aber der hatte sich grinsend über sein Schreibpult gebeugt.

Einmal tief durchatmen, dachte der Richter, dann fragte er: «Wann genau habt Ihr bemerkt, dass mit dem Geld etwas nicht stimmt?»

Das Marktweib schürzte die Lippen. «Vielleicht so gegen Mittag. Morgens war alles wie immer, aber dann kam eine Gruppe Gaukler zum Einkauf.» Sie hob den Zeigefinger und stocherte damit in Richtung des Richters. «Ich sage, die waren das. Das kennt man doch. Die Jahrmarktsweiber und Handleser, die Feuerspucker, Seiltänzerinnen und die Gaukler. Die

Wäsche werde ich von der Leine nehmen, gleich, wenn ich nach Hause komme.»

«Da war also fahrendes Volk?»

«Ja. Und als die endlich weg waren, da haben wir alle erst einmal unsere Ware gezählt. Und die Butterfrau fingerte in ihrer Börse herum, und dann schrie sie auch schon: ‹Geldschneider, Falschmünzer, haltet die Diebe!› Aber da war es grad zu spät. Und die Büttel waren auch nirgends zu sehen. Ich möchte bloß mal wissen, wofür ich Marktsteuer zahle, wenn kein Stadtknecht da ist, der nach dem Rechten sieht. Erst letzte Woche …»

«Halt!» Blettner hob die Hand. «Als das fahrende Volk weg war, da habt Ihr das geschnittene Geld in der Börse gefunden?»

«Ja. Genau. Ich wollte es erst gar nicht glauben, aber dann habe auch ich gesehen, dass die Ränder nicht so glatt waren wie sonst, sondern irgendwie rauer. Gleich darauf ist die Butterfrau zu einem Geldwechsler gegangen und hat das Geld wiegen lassen. Und siehe da: Es war verschnitten. Und dann sind wir alle zu den Geldwechslern gegangen. Alle, bei denen die Fahrenden gekauft hatten. Und bei uns allen hatten sie mit beschnittenem Geld bezahlt. Bei manchen Geldstücken waren die Ränder so glatt, dass man es gar nicht merkte. Wir mussten jedes einzelne Geldstück wiegen lassen, und die Geldwechsler haben uns dafür eine Gebühr berechnet. Und die will ich auch wiederhaben, die Gebühr.»

«Gut, Weib. Ich danke Euch für Eure Aussage. Ihr könnt jetzt nach Hause gehen.»

Das Weib blies die Backen auf. «Nach Hause? Ohne mein Geld? Was glaubt Ihr denn, was der Meine mit mir macht, wenn ich ohne Geld nach Hause komme. Den Knüppel wird er nehmen. Nein! Ich bleibe hier, bis ich mein Recht in barer Münze ausgezahlt bekomme.»

Wieder warf der Richter einen bittenden Blick zum Schreiber, und dieses Mal reagierte der Mann. «Soll ich den Schultheiß holen?», fragte er. Blettner nickte. Das Weib nickte auch und stellte fest: «Jetzt kommt endlich mal einer, der weiß, wo es langgeht.»

Krafft von Elckershausen trat herein, kratzte sich am Kinn und stellte fest: «Die Stadtkasse ist nicht befugt, Euch die Marktbetrügereien zu ersetzen.» Noch ehe der Satz ganz verklungen war, war er schon wieder weg.

«Da habt Ihr es gehört», sagte der Richter. «Und nun geht, draußen warten noch andere.»

«Dann will ich wenigstens das beschnittene Geld wiederhaben.» Das Weib schnaubte entrüstet. Blettner schob die Geldstücke über seinen Schreibtisch, sah zu, wie sich das Weib alles ins Mieder stopfte, dann ging sie. Kaum war die Tür hinter ihm ins Schloss gefallen, wandte sich Blettner an den Schreiber. «Sag du mir doch mal, wie das Geldschneiden vor sich geht.»

Der Schreiber tat erst entrüstet: «Woher soll ich das wissen? Mit solchen Machenschaften habe ich nichts am Hut.» Doch ein Blick des Richters stimmte ihn um: «Also, das Geldschneiden ist ganz einfach. Man schneidet oder feilt tatsächlich den Rand der Silbergulden einfach ein bisschen ab. Nicht viel, nur ein paar Gramm. Die gewonnenen Späne schmilzt man ein und prägt am Ende daraus neue Münzen. Der Wert der ursprünglichen Silbergulden sinkt aber, weil der vorgeschriebene Silbergehalt der Münzen nicht mehr stimmt.

Normalerweise merkt das kein Mensch, denn die Ränder werden wieder glatt geschliffen. Dieser Geldschneider hier scheint dafür zu faul gewesen zu sein.»

«Na gut, dann weiß ich das jetzt. Wir müssen also morgen die Geldschneider ausheben. Gleich früh gehen wir mal schauen, ob wir die Gaukler noch finden. Sind sie noch da, durchsuchen wir alles, sind sie schon weg, hat sich unser Problem von ganz alleine gelöst. Das wäre mir am liebsten. Und nun ruft das nächste Weib zu mir.»

Der Richter hatte gedacht, das nächste Gespräch würde dem mit dem Marktweib aufs Wort gleichen, aber er hatte sich getäuscht. Vor ihm saß eine kleine, magere Frau, die unablässig weinte. Zuerst versuchte Blettner, die Frau mit «Pscht, pscht, pscht» zu beruhigen, doch daraufhin weinte sie nur noch lauter. Dann schickte er den Schreiber nach einem Krug Wasser, aber auch das half so gar nicht. Die magere, kleine Frau weinte und weinte. Die Turmuhr schlug die nächste Viertelstunde, ehe sie sich so weit beruhigt hatte, dass sie zwischen zwei Schluchzern erzählen konnte, was ihr widerfahren war.

«Ich weiß es nicht, ich weiß es nicht», klagte sie. «Woher soll ich denn wissen, wie alles gekommen ist? Ich hatte ein paar große Geldstücke, gute Taler und Viertelgulden und natürlich jede Menge Kupfergeld. Und dann kam ein Mann, der wollte mein Kupfergeld gegen Silbergeld tauschen. Er sagte, das Kupfer gefalle ihm so viel besser. Mir war es gleich, denn Geld ist Geld. Ich gab ihm mein Kupfer und er mir sein Silber, und hernach stellte sich heraus, dass das Silber beschnitten war. Er hat mich übers Ohr gehauen.»

«Was war das für ein Mann?»

Die Frau wiegte sich verzweifelt auf dem Stuhl hin und her. «Ich weiß es nicht, ich weiß es doch nicht. Er hat mir seinen Namen nicht genannt.»

«War es ein Bürger oder ein Gaukler?»

«Nun, er war groß und trug ein feines Wams.»

«Also ein Bürger?»

«Über dem Wams trug er ein rotes Tuch und einen kupfernen Armreifen.»

«Das klingt mehr nach einem Gaukler, oder?»

«Ich weiß es nicht, ich weiß es doch nicht.»

Die kleine Frau wirkte wirklich verzweifelt. Schon wieder rannen Tränen ihre Wangen hinab.


Später am Abend saßen der Schreiber, der Schultheiß und der Richter noch auf einen Becher Wein in der Ratsstube.

Der Schreiber, vom Wein ermutigt, erklärte mit schwerer Zunge: «Ich denke, wir haben es in Frankfurt mit einem großen Problem zu tun. Geldschneider sind imstande, ganze Städte zu ruinieren. «

Krafft von Elckershausen betrachtete den Schreiber, als hätte er ihn noch nie zuvor gesehen. «Das denkst du also? Man könnte glatt meinen, du wärest ein Geldwechsler.»

Der Schreiber verzog enttäuscht den Mund. «So was weiß doch jedes Kind.»

Der Richter sah Krafft von Elckershausen an. Der winkte ab. «Mich dürft Ihr nicht fragen. Ich verdiene nur ein bisschen Geld. Meine Frau gibt alles aus. Ich wette, sie weiß auch, wie Geldgeschäfte allgemein so gehen. Wobei wir beim Thema sind: Blettner, habt Ihr endlich mit der Geldwechslerin gesprochen? Wann kann sie anfangen?»

Auch das noch, dachte der Richter. Ist mein Tag nicht so schon schlecht genug? «Jutta Hinterer denkt noch nicht daran, ihre Arbeit in der Wechselstube aufzugeben.»

«Was heißt das genau?»

«Na ja, sie will nicht.» Der Richter war mit jedem Wort leiser geworden.

«Sie will also nicht, die liebe, beste Freundin Eurer Schwiegermutter. Hm. Sagt, kann man sie nicht, sagen wir mal, überreden?» Er rieb den Daumen und Zeigefinger der rechten Hand gegeneinander. Dreht sich denn heute alles nur ums Geld?, dachte Heinz Blettner verärgert und wünschte sich nach Hause zu Hella und den beiden Kleinen. «Nein. Sie will wirklich nicht. Und Geld hat sie genug.»

«Und was soll ich meiner Frau sagen?», fragte der Schultheiß jetzt den Richter. «Ihr kennt sie, Ihr wisst genau, dass sie mir die Ohren langzieht, wenn etwas nicht nach ihrem Kopf geschieht.»

«Wann kommt Euer Neffe denn hier an?», wollte Blettner wissen.

«Oh, in den nächsten Tagen. Vielleicht ist er auch schon heute Nachmittag gekommen. Kann alles sein.»

«Nun, dann braucht er ja noch ein paar Tage zum Eingewöhnen. Und bis er wirklich bereit ist, die Bank zu eröffnen, fließt noch eine Menge Wasser den Main hinab.» Blettner hörte sich diese Worte sprechen und hasste sich dafür. Selten nur gelang es ihm, ein kräftiges NEIN zum Schultheiß zu sagen. Auch jetzt nicht. Er hatte keine Ahnung, wie er dem Mann helfen konnte, er wusste nur, dass er eine Lösung finden musste, wenn er vor dem Schultheiß Ruhe haben wollte.

«Nein, das kann ich nicht annehmen.» Gustelies' Wangen färbten sich rot, ihre Augen strahlten, und ihr Lächeln war so breit, dass es sämtliche Falten aus ihrem Gesicht wischte. Sie hielt sich das kleine Goldkettchen um und wiegte sich dabei in den Hüften. «Steht es mir? Wie sehe ich damit aus?» Sie kicherte wie eine verliebte Magd beim Maitanz.

Henn Goldschlag saß am Tisch und betrachtete Gustelies liebevoll. «Du siehst wunderbar aus, mein Herz. Dazu brauchst du kein Goldkettchen.»

«Aber du hast es mir geschenkt!»

«Natürlich habe ich das. Ich würde dir gern alle deine Wünsche erfüllen. Sogar den mit den Sternen und dem Himmel.» Henn Goldschlag war nicht so erfahren mit Komplimenten. Er glaubte, wenn ein Mann derlei sagte, machte er sich auf der Stelle lächerlich. Aber bei Gustelies war das etwas anderes. Mit Gustelies war überhaupt alles anders. Er liebte sie schon seit dreißig Jahren. Die meiste Zeit freilich, ohne es gewusst zu haben. Er hatte sogar einmal um sie geworben, aber ihr Vater hatte sie kurzerhand mit dem Richter Kurzweg verheiratet. Tja, und er selbst hatte auch irgendwann geheiratet. Seine Frau war nach der Geburt ihres ersten Kindes im Kindbett gestorben, und so hatte er seine Tochter Adele alleine großgezogen. Nur mit der Hilfe einer Kinderfrau, und er hatte niemals mehr geheiratet. Und dann war seine geliebte Tochter im letzten Jahr ermordet worden, und Henn Goldschlag hatte geglaubt, nun sei auch sein Leben vorbei. Doch mitten in der allergrößten Trauer hatte er Gustelies wiedergetroffen. Sie hatte ihn mit ihrer Liebe zurück ins Leben geholt, und dafür war er ihr jeden Tag dankbar.

«Komm her, mein Herz.» Henn breitete die Arme aus, und

Gustelies hüpfte auf seinen Schoß, schmiegte ihre Wange an seine. «Danke für das schöne Kettchen», flüsterte sie. «Du brauchst dich nicht bedanken», murmelte Henn. «Alles, was mir ist, gehört auch dir. Und gerade laufen die Geschäfte wie geschmiert.»

Gustelies drückte sich noch enger an den Mann, den sie liebte.

«Der Goldpreis ist gestiegen», erklärte Henn, der eine recht ansehnliche Goldschmiede betrieb. «Und wie du weißt, nicht nur der Goldpreis. Es gibt einige, die sich von lieb gewordenen Sachen trennen müssen. Und auch Silber wird immer kostbarer.»

Eigentlich wollte Gustelies fragen, wie das sein konnte. Eigentlich wollte Gustelies Henn auch von Pater Nau erzählen, davon, wie schlecht es ihm ging, und dass selbst Hella nicht wusste, was da zu machen sei. Und sie wollte ihm von den beiden Kleinen erzählen und davon, dass Bruder Göck zurück ins Mutterkloster gerufen worden war. Sie wollte ihm auch erzählen, was sie heute auf dem Markt erlebt hatte. Aber jetzt saß sie auf seinem Schoß und fühlte sich so wohl und geborgen, so sicher und umsorgt wie seit Jahren nicht mehr. «Ist die Welt nicht schön?», flüsterte sie.

«Ja, das ist sie wirklich», erwiderte Henn Goldschlag. «Aber eines gibt es noch, das mir heute zu meinem Glück fehlt.» Und er stand auf und trug Gustelies, die wieder wie eine Küchenmagd kicherte, die Treppen hinauf ins Schlafzimmer.

# KAPITEL 4

E s war noch früh, als Richter Heinz Blettner sein Haus verließ und würdevollen Schrittes zum Römer ging. Aus der Ferne war ein gewaltiger Lärm zu hören, der nur von den vorbeirumpelnden Karren der Handwerker übertroffen wurde. Je näher Blettner dem Römer kam, umso lauter wurde der Lärm. Der Markt war heute bloß spärlich besucht. Einige Buden fehlten, und an den übrigen herrschte ein solches Geschrei, dass dem Richter die Ohren klangen. Er blieb dicht an den Hauswänden, hätte am liebsten nichts gehört und nichts gesehen, gleichwohl wusste er, dass der Lärm nur neue Geldschneiderei bedeuten konnte. Er flüchtete geradezu ins Rathaus, eilte ins Malefizamt hinter seinen Schreibtisch und stellte aufatmend seine Tasche ab. «Schreiber!», brüllte er sodann über den Flur, und gleich darauf hörte er den Mann kommen. «Wo in aller Welt warst du?»

«Habt Ihr vergessen, dass uns der Schultheiß vor das Stadttor zu den Gauklern befohlen hat? Wir sollen dort nach Diebesgut und geschnittenen Münzen suchen. Ich habe gerade den beiden Stadtknechten Bescheid gesagt. Sie warten vor dem Rathaus.»

Blettner kratzte sich nachdenklich am Kopf. «Ist es gescheit, die Stadtknechte mitzunehmen, bei allem, was auf dem Markt los ist?», fragte er. «Zur Not könnten wir vor Ort den Henker und seinen Gehilfen, den Stöcker, zu Hilfe rufen.»

Der Schreiber zuckte mit den Achseln. Ihm war das so egal, er wollte nur den Tag hinter sich bringen und dann zu Hause seine Gulden nachzählen.

Da flog die Tür auf, und herein kam Eddi, der Leichenbeschauer, der kein Blut sehen konnte.

«Eddi, du kommst wie gerufen», jubelte der Richter. «Du kannst gleich mit uns vor das Stadttor kommen. Wir haben eine Durchsuchung.»

«Sind Leichen dabei?»

«Eigentlich nicht.»

«Dann bleibe ich hier. Wo keine Leichen sind, ist kein Leichenbeschauer.»

Blettner runzelte die Stirn. «Muss ich erst dienstlich werden? Du kommst mit, wirst schließlich von der Stadt bezahlt. Und seit zwei Monaten hast du dein Geld fürs Nichtstun bekommen.»

Eddi knurrte noch eine kleine Weile, dann aber ging er voraus. Der Richter bestimmte den Bütteln, das Marktgeschehen im Auge zu behalten, dann zogen die drei los. Sie liefen in Richtung der Friedberger Warte, wichen ein paar Schweinen aus, die grunzend durch die Gassen hoppelten, sprangen vor einem Fuhrwerk zur Seite, ließen sich von einer Hausfrau das Spülwasser über die Schuhe schütten, langten endlich am Stadttor an und standen wenig später auf der Wiese, die in Sichtweite des Henkers- und des Freudenhauses lag und auf der die Gaukler ihr Lager aufgeschlagen hatten.

Es waren nicht viele, nur zwei Fuhrwerke und ein abgerissenes Zelt. Ein Feuerschlucker übte sein Programm und stieß mächtige Flammen in die Luft. Ein kleines Mädchen balancierte auf einem Seil, das zwischen zwei Bäume gespannt war, und ein älterer Mann korrigierte seine Haltung. Eine Frau mit langem Rock und klirrenden Armreifen hängte Wäsche auf eine Leine, die an zwei Wagen befestigt war, und ein junger Mann striegelte ein Pony.

Der Richter zog sein Wams stramm, dann wandte er sich an den Mann. «Wo ist euer Vorsteher?»

«Vorsteher? Was meint Ihr? So etwas gibt es bei uns nicht.»

«Dann eben der Älteste, der Meister, das Familienoberhaupt oder wie immer Ihr ihn nennt.»

«Das ist Viktor. Er steht bei dem Mädchen auf dem Seil.»

Die drei Männer liefen los. Bei Viktor angekommen, zog der Richter einen Beschluss zur Durchsuchung aus der Tasche, den der Schultheiß noch gestern unterschrieben hatte. «Ich bin der Richter der Freien Reichsstadt Frankfurt und ermächtigt, Eure Zelte und Wagen zu durchsuchen.»

Der Gaukler blieb ganz ruhig. «Aus welchem Grunde?»

«In der Stadt ist geschnittenes Geld aufgetaucht. Die Leute auf dem Markt bezeugen, dass die ersten falschen Stücke gestern mit Euch in die Stadt gekommen sind. Also?»

Der Gaukler nickte gedankenvoll. «Da habt Ihr wohl recht. Ihr müsst unsere Sachen nicht durchsuchen, ich gebe alles zu.»

«Ihr gebt alles zu? Dann muss ich Euch mitnehmen und einsperren.»

«Nicht so schnell, Richter. Wir haben mit beschnittenen Münzen bezahlt, die wir in Eurer Stadt bekommen haben. Woher sonst sollen wir das Frankfurter Geld haben, wenn nicht aus Frankfurt?»

Blettner zog die Augenbrauen hoch. Was der Mann sagte,

klang einleuchtend, aber eine Frage blieb offen. «Und wie seid Ihr an das Frankfurter Geld gekommen?»

Viktor lächelte. «Ganz einfach. Wir sind nicht nur Gaukler, wir sind auch Kaufleute. Im Frühjahr, nach der Ostermesse, ziehen wir über die Alpen ins Italienische. Dort arbeiten wir, kaufen mit dem Geld Waren, nehmen diese mit nach Frankfurt, wo wir sie vor der Herbstmesse weiterverkaufen. Zumeist an größere Kaufleute.»

«Und so habt Ihr es dieses Mal auch gehalten?»

Viktor nickte. «Wir haben Stoffe mitgebracht. Edle Seide aus Genua, wollene Tuche aus der Steiermark. Die haben wir einem Kaufmann gegeben, und der hat uns wohl mit falschem Geld bezahlt. Und trotzdem sind wir unschuldig. Seht, wir haben keine Goldwaage, wissen nicht, ob Geld beschnitten ist oder nicht.»

Während Viktor erzählte, stellte er sich so, dass er dem Richter den Blick auf die anderen Wagen verstellte, und so sah Blettner nicht, was dort vorging. Aber Eddi, der Leichenbeschauer, hatte seine Augen überall.

«Da hinten», rief er laut. «Das elende Weib rafft alles zusammen!»

Und schon stürzte er los, gefolgt vom Schreiber, und als der Richter hinterherstürzte, befanden sich die beiden Stadtangestellten schon tief im Getümmel. Eddi riss das Weib an den Haaren, das lauthals schrie, der Schreiber hatte seine Hände an den Schultern des Pferdejungen, das kleine Balanciermädchen zerrte an Eddis Hosenbeinen, und über all dem lag größtes Geschrei.

Eddi keuchte: «Gib freiwillig her, was du dir ins Mieder geschoben hast!»

«Nimm die Hände von meinem Busen, du Halunke», plärrte das Weib.

«Willst du eine Backpfeife?», brüllte der Schreiber, holte aus und versetzte dem Pferdejungen eine ordentliche Maulschelle.

«Schluss jetzt!», schrie der Richter, aber vergebens. Das Weib riss sich von Eddi los, holte aus und drosch ihm ihre Faust mitten ins Gesicht. Der Schreiber hing im Schwitzkasten des Pferdejungen fest, und das kleine Mädchen riss noch immer an Eddis Hosenbeinen.

«Sagt Euren Leuten, dass sie aufhören sollen, sonst erteile ich Euch ein Stadtverbot», befahl der Richter und stieß Viktor ein wenig nach vorn. Der tat, wie ihm geheißen, überschrie den allgemeinen Lärm mit ein paar Worten, die der Richter nicht verstand, dann herrschte Ruhe.

«Gib ihm, was du am Busen trägst», befahl Viktor, und die junge Frau zeterte, schnürte aber doch ihr Mieder auf und reichte Eddi ein kleines Säckchen mit, wie schnell zu sehen war, beschnittenem Geld.

Der Pferdejunge musste sich vom Schreiber die Taschen durchsuchen lassen, und auch er hatte ein paar beschnittene Geldstücke. Dann banden Eddi und der Schreiber den Jungen mit einem Strick am Baum fest, während sie das Weib an die Wagendeichsel fesselten.

«Das reicht», erklärte Blettner und ließ sich auf einen Schemel fallen. Dann zeigte er auf Eddi. «Lauf zum Henker und bring den Stöcker mit. Wir müssen diese drei Personen festsetzen.» Dann wandte er sich an den Schreiber: «Du passt auf den Pferdejungen und die junge Frau auf, und ich unterhalte mich noch einmal ausführlich mit Euch.» Sein Finger wies auf Viktor.

«Wie hieß der Kaufmann, dem Ihr Eure Waren verkauft habt?»

Viktor trat von einem Bein auf das andere. «Das sage ich nicht. Niemand verrät seine Geschäftskontakte.»

Blettner rümpfte die Nase. «Ihr seid kein Kaufmann, also los. Macht es mir nicht so schwer. Wenn es stimmt, was Ihr mir vorhin berichtet habt, dann habt Ihr keine große Strafe zu befürchten.»

Viktor schüttelte den Kopf und starrte zu Boden, während Blettner geduldig wartete. Aber schon kamen der Henker und der Stöcker gelaufen, banden die Gaukler auf einem Karren fest und zogen mit ihnen in die Stadt zum Verlies. Kaum waren sie weg, durchsuchten der Schreiber und Eddi auch schon die Wagen und Zelte. Sie fanden ein bisschen Schmuck, wahrscheinlich geklaut, der sie nicht interessierte, ein Beutelchen mit Opium, das sie nicht als solches erkannten, mehrere gezinkte Kartenspiele, ein halbes Dutzend falscher Würfel und insgesamt um die hundert Frankfurter Mark mit so glatten Rändern, dass erst die Goldwaage verriet, dass es sich auch hierbei um beschnittenes Geld handelte.

Ah, dachte Blettner, bei einem Teil des Geldes merkt nur ein Wechsler, dass es beschnitten ist, aber nun wird der Geldschneider wohl nachlässig und lässt die Ränder ungeglättet, sodass jede Marktfrau schon auf den zweiten Blick weiß, was sie da vor sich hat.

Blettner war zufrieden und erstattete dem Schultheiß eine Stunde später ausführlich Bericht.

«Ja, ja, jetzt erzählt nicht so lang und breit. Ich habe keine Zeit, Richter. Der Neffe meiner Frau ist gerade eingetroffen.

Die Geschichte mit dem beschnittenen Geld ist ja nun geklärt – für mich steht felsenfest, dass die Gaukler das Geld geschnitten haben.»

«Aber wir haben keinerlei Werkzeuge gefunden, keinen Brennofen oder sonstige Dinge, mit denen man Geld beschneiden kann.»

«Nun», befand der Schultheiß, «diese Sachen werden sie versteckt oder weggeworfen haben, um den Verdacht von sich abzulenken, aber das ist jetzt auch egal, denn schließlich haben wir sie geschnappt. Und Ihr habt jetzt ein wenig Zeit, oder nicht? Da könntet Ihr meinem Neffen helfen, seine Wagen abzuladen. Und nehmt den Leichenbeschauer mit, er soll sich auch mal wieder die Hände schmutzig machen.»

Blettner rümpfte empört die Nase. «Das sollen die Büttel erledigen!»

Aber Krafft von Elckershausen schüttelte energisch den Kopf. «Auf dem Markt herrscht noch immer Aufruhr. Die Büttel werden dringend gebraucht.»

«Dann nehmt Euch Tagelöhner. Oder fragt ein paar Lehrbuben.»

Auf diesen Vorschlag hin schnaubte der Schultheiß entrüstet. «Die kosten Geld. Also, Richter, meinetwegen bleibt Ihr hier, aber der Leichenbeschauer muss mit mir kommen.»

Blettner nickte, ganz froh, noch einmal davongekommen zu sein. Der Geiz des Schultheißen war sprichwörtlich, und wann immer es ihm in den Kram passte, spannte er die Bediensteten des Rathauses für seine Zwecke ein und machte dabei nicht einmal vor dem Richter halt.

«Ich werde jetzt auf den Markt gehen und sehen, was sich dort tut. Außerdem werde ich bekanntgeben, dass die Geldschneider gefasst sind, sodass sich die Menge allmählich wieder beruhigt.»

Der Schultheiß blickte erleichtert auf. «Dann sind bald alle Probleme gelöst, die Stadt kann beruhigt der Herbstmesse entgegensehen.»

Blettner war sich wirklich nicht sicher, ob Krafft von Elckershausen seine eigenen Worte glaubte oder nicht, aber eines wusste er ganz genau: Wen der Schultheiß für schuldig befand, der war es auch, selbst wenn alle Argumente dagegen sprachen.

Eddi störte es nicht, vom Schultheißen zu Sonderaufgaben beordert zu werden, denn wenn Krafft von Elckershausen auch geizig war, so vergaß er doch nie diejenigen, auf die er sich im Notfall verlassen konnte. Im letzten Jahr hatte Eddi sogar eine Einladung zum großen Hirschessen der Ratsherren abgestaubt. Und das war ein Abend gewesen, den er so schnell nicht vergessen würde! Nicht nur, dass sich die Tafeln unter den köstlichsten Gerichten nahezu bogen, auch der Wein floss in wahren Strömen wie der Main bei Hochwasser. Das Beste aber waren die Freudenmädchen, die Hübschlerinnen, gewesen. Oh, wie hatten sie ihn gezärtelt und verwöhnt! Und die Küsse von ihnen. Ja, die wussten wirklich, was sie taten – Eddi hatte im siebten Himmel geschwebt. Und wenn er jetzt dem Neffen der Schultheißin half, so konnte es gut sein, dass er bald wieder eine Einladung zum großen Hirschessen bekam. Langsam schlenderte Eddi in Richtung des Dominikanerklosters, wo Markus von Mehringen, der Neffe, in einer Seitengasse ein Haus bezog. Als er um die Ecke bog, traute er seinen Augen nicht. Ein halbes Dutzend hoch beladene

Wagen standen vor dem Haus. Ein paar Männer rannten schwerbepackt hin und her, woraufhin auch Eddi, den die Neugier auf den neuen Mitbürger plagte, sich eine hölzerne Truhe schnappte und das Haus betrat. Im Flur stand eine Frau. Nein. Keine Frau. Dort stand eine Göttin, und Eddi fiel die Kinnlade herab. Er wollte sich sein lichtes Haar zurechtstreichen, er wollte sein bestes Wams anziehen, sich die Nase kürzen lassen, den Bauch einziehen und ach, so viel noch, aber er stand einfach nur da und glotzte. Und die Frau, die Göttin, schlang sich ihr bunt besticktes Tuch anmutig um die schmalen Schultern, lächelte mit ihrem Kirschmund, blinzelte mit ihren Nachthimmelaugen, bis Eddi schließlich schluckte und fragte, wohin er mit der Kiste sollte. Sie hob graziös einen Finger und deutete nach oben, und Eddi, den gerade noch die Arme geschmerzt hatten, flog geradezu die Treppe hinauf, als hätte die Frau, die Göttin, ihm eigenhändig Flügel an sein Wams geheftet.

Oben stand ein Mann von blendendem Aussehen. Das blonde Haar reichte ihm bis auf die Schultern, der Bart war ordentlich gestutzt, und die blauen Augen blickten intelligent. «Was habt Ihr da?», wollte er wissen.

«Ich weiß es nicht, habe mir irgendetwas genommen», stammelte Eddi.

«Zeigt her. Oh, das ist die Truhe von Claudette. Bringt sie in die hintere Kammer.»

«Claudette?», wollte Eddi wissen. «Ist das die Frau unten im Flur?»

«Seid nicht so neugierig, das schickt sich nicht. Aber ja, sie ist es.»

«Ist sie Euer Eheweib?»

«Nein, natürlich nicht. Gott bewahre. Claudette ist meine Bankgehilfin und manchmal auch meine Köchin. Aber müht Euch gar nicht erst um sie. Sie ist stumm wie ein Fisch.»

Markus von Mehringen forderte Eddi mit wedelnder Hand auf, Platz zu machen. Und Eddi schaffte die Truhe dorthin, wo sie hinsollte, und war so glücklich, dass er es kaum fassen konnte: Claudette war nicht nur die schönste Frau, die er je gesehen hatte. Sie konnte auch noch kochen. Aber das Beste war: Sie war stumm. Konnte einem Mann Besseres passieren?

# KAPITEL 5

Der Richter machte sich murrend auf den Weg ins städtische Verlies. Krafft von Elckershausen hatte angeordnet, dass das fahrende Volk noch heute in die Freiheit entlassen werden sollte, versehen mit einem Stadtverbot für Frankfurt, gültig für die nächsten drei Jahre.

Blettner ärgerte sich. Nicht nur, dass er jetzt hier zum Verlies laufen musste, weil die Stadtknechte noch immer auf dem Markt unabdingbar waren, er ärgerte sich auch wieder einmal über den Stadtschultheiß. Für Krafft von Elckershausen gab es nur die Probleme, die direkt vor seiner Nase lagen. Und die löste er mit Verlies oder Verbannung. Für alles andere war der Richter zuständig, und für Blettner hieß das heute, dass er endlose Protokolle anfertigen musste, die der Schultheiß hernach so nebenbei unterschrieb und die dann auf Nimmerwiedersehen im Gerichtsarchiv verschwanden. So manches Mal hatte sich Blettner schon überlegt, ob er nicht einfach das Märchen vom Rotkäppchen aufnotieren sollte, denn er war sich sicher, dass das niemand bemerken würde. Er klopfte mit aller Kraft gegen die schwere, mit Eisen beschlagene Holztür des Stadtverlieses und trat ungeduldig von einem Bein auf das andere. «Schläft der Wärter?», murrte er. «Warum dauert das so lange?» Endlich wurde die

Tür geöffnet, und der Wärter schaute ihn freundlich an. Er hatte hochrote Wangen, seine Äuglein blinzelten vergnügt, und er hatte sein Wams bis zur Hälfte aufgeknöpft. Der Richter maß ihn mit einem strengen Blick, und der Wärter murmelte verlegen eine Entschuldigung und knöpfte sein Wams zu.

«Ich komme wegen der Fahrenden», erklärte Blettner. «Sie sind sofort auf freien Fuß zu setzen und zum Stadttor zu begleiten.»

Der Wärter winkte ab. «Von mir aus können sie noch bleiben. Sie stören überhaupt nicht.»

Der Richter hatte nicht die Absicht, mit dem Verlieswärter über die Beschlüsse des Schultheißen zu debattieren. «Lass mich rein.»

Zögernd trat der Wärter zur Seite, und als Heinz Blettner in den düsteren Gang trat, fiel ihm die Kinnlade herab. Das fahrende Weib tanzte mit geschürzten Röcken vor der Stadtwache, während Viktor mit dem anderen Wächter das Hütchenspiel spielte, der Pferdejunge auf seiner Fidel den Bogen schwang und das Balanciermädchen ein Rad schlug.

«Was ist denn hier los?», wollte Blettner wissen.

Die Feiernden schraken zusammen, das Weib ließ die Röcke fallen, Viktor sammelte seine Hütchen ein, und die Stadtwachen rieben sich verdattert die Augen und starrten Blettner angstvoll an. Doch der hatte keine Lust, ein Fass aufzumachen. Noch mehr Schreiberei, die niemanden interessierte. Er zeigte mit dem Finger nacheinander auf die vier Fahrenden. «Packt euch. Und lasst euch hier nie wieder sehen.» Die Stadtwache erhob sich und führte die Malefikanten davon, während die beiden Wärter verlegen herumstanden. Kaum waren die Fahrenden weg, streckte der Richter seine Hand aus. «Her damit!», befahl er.

«Womit?» Der Wärter mit den roten Wangen machte große Augen.

«Das Geld will ich haben, das du beim Hütchenspiel gewonnen hast.»

Der Wärter wollte alles abstreiten, aber der Richter hielt ihm seine Hand vor die Nase: «Her mit dem Geld, es ist sowieso nichts wert.»

Seufzend gehorchte der Wärter. Blettner hielt die Geldstücke ins Licht und konnte gut den abgekratzten, schartigen Rand erkennen. «Hast du auch Geld verloren?»

Der Wärter nickte verlegen.

«Ich wette, deine Verluste und Gewinne hielten sich die Waage.»

«Na ja», der Wärter kratzte sich am Kopf. «Ich bin schließlich auch nicht dümmer als dieser Zigeuner.»

«Oh doch, das bist du. Denn Viktor hat bei dir sein beschnittenes Geld gegen unbeschnittene Münzen eingetauscht. Sieh her.»

Der Richter zeigte dem Wärter den abgeschabten Münzrand, und der Wärter riss Augen und Mund auf. «Ich bin betrogen worden», schrie er. «Haltet die Leute auf, ich will mein gutes Geld zurück.» Er machte Anstalten, aus dem Verlies zu stürzen.

«Hiergeblieben. Du hast während deiner Arbeitszeit dem Glücksspiel gefrönt. Sei froh, dass ich keine Lust habe, einen Bericht darüber zu verfassen. Oder willst du neben dem Geld auch noch deine Anstellung verlieren?»

Kleinlaut schüttelte der Wärter den Kopf, und Richter

Blettner schüttelte ebenfalls den Kopf, allerdings über die Dummheit des Wärters. Dann verließ er das Gefängnis, und es wunderte ihn kein bisschen, dass auf dem Markt noch immer ein großes Geschrei herrschte. Er seufzte nur und verdammte in Gedanken seinen Vorgesetzten. Dann schlenderte er zwischen den Marktbuden entlang, um der Ursache des Geschreis auf den Grund zu gehen. Die Händler weigerten sich, Geld zu nehmen. «Weiß ich denn, ob es beschnitten ist? Ich habe keine Goldwaage», schrie die Butterfrau. «Gib mir ein Huhn für ein Stück Butter, so kommen wir ins Geschäft.»

Gustelies stand hilflos am Rande einer Bude und winkte erleichtert, als sie ihren Schwiegersohn sah. «Stell dir vor, die Händler wollen kein Geld mehr nehmen. Sie verlangen Gold- oder Silberstücke, und unser Kupfergeld zählt ihnen gar nichts mehr. Aber für meine neue Halskette kriege ich ein Viertel Schwein. Was soll ich mit dem ganzen Fleisch?»

«Das fehlt mir noch», stellte der Richter fest und wandte sich an die Butterfrau. «Wie kommt Ihr dazu, die guten Frankfurter Pfennige abzulehnen?»

Die Butterfrau stemmte die Fäuste in die Hüften. «Wie ich dazu komme? Seid Ihr nicht ganz gescheit? Sonst kann ich meine Butter gleich verschenken. Es weiß doch jeder, dass unser Geld nichts mehr wert ist.»

«Ihr habt Euch selbst verpflichtet, Ware gegen Geld zu tauschen. Das ist Euer Beruf.»

«Pfffft!», machte die Butterfrau. «Und wenn ich am Ende des Tages weniger habe als am Morgen, dann ersetzt mir wohl die Stadtkasse meinen Verlust?»

Blettner winkte ab und wandte sich an Gustelies. «Ich werde den Ausrufern sagen, sie sollen den Leuten erklären, dass die Gefahr gebannt ist. Was soll ich sonst tun?» Er winkte einen der Büttel heran, die hilflos im Wege herumstanden und von den Käuferinnen gerempelt wurden, und erteilte den Auftrag, dass die Ausrufer die Neuigkeit verbreiten sollten. Dann wünschte er seiner Schwiegermutter noch einen schönen Tag und machte, dass er ins Malefizamt kam.

Währenddessen hockte Pater Nau neben Bruder Göck am Küchentisch im Pfarrhaus. Gustelies war auf dem Markt, um Nieren für eine Pastete zu kaufen, und so waren sie ungestört.

«Du sollst ja nicht richtig betrügen», redete Bruder Göck auf den Pater ein. «Du sollst nur einen Teil der Kollekte an den Antoniterhof zu Frankfurt weitergeben.»

«Das werde ich gewiss nicht tun. Die Kollekte ist für die Armen der Stadt bestimmt.»

«Ich bin arm!» Bruder Göck breitete die Arme aus. «Ich bin nicht nur arm, ich bin sogar verschuldet. Ich bin überaus bedürftig.»

Der Pater hielt das Samtsäckchen mit dem Geld an seine Brust gedrückt. «Du darfst zum Mittagessen bleiben, mehr gibt es nicht.»

«Na gut, dann gieß mir wenigstens noch einen Becher Wein ein.» Pater Nau nutzte die gute Gelegenheit, sich ebenfalls nachzuschenken. «Trink schnell, ehe Gustelies wiederkommt. Sie wird uns die Ohren langziehen, wenn wir schon vor dem Mittagessen zechen.»

Bruder Göck kicherte und leerte seinen Becher in einem Zug. Dann sah er zu, wie der Pater die Weinkanne unter der Küchenbank versteckte, die beiden Becher spülte und an die Haken am Küchenbord hängte.

«So, und jetzt lass uns die Kollekte zählen.» Er schüttete den Inhalt des Säckchens auf den Tisch und stapelte die Münzen zu kleinen Türmchen. Plötzlich hielt er inne. «Sieh dir das an! Jetzt versuchen unsere guten Christenmenschen schon, den lieben Gott zu bescheißen. Schau her. Das Geld ist beschnitten!»

Für einen Augenblick guckte Bruder Göck verdutzt aus der Wäsche, aber dann richtete er seinen Blick nach oben, faltete die Hände und rief aus: «Ich danke dir, Herr. Du lässt deinen Diener nicht im Stich.»

«Wie bitte? Was?», fragte der Pater.

«Ganz einfach. Mein Problem ist gelöst. Ich werde gegenüber dem Mutterkloster wunderbar dastehen, weil ich nämlich sagen werde, dass ich gewisse Dinge mit Wein bezahlt habe, als die Geldschneider in der Stadt umgingen. Oh, sie werden mich loben und preisen als einen, der das Schlimmste für das Kloster verhindert hat.» Wieder schaute er nach oben, faltete die Hände, schloss die Augen und sagte inbrünstig: «Danke, Gott.»

Pater Nau verzog den Mund. «Du bist ein Schlitzohr, weißt du das? Und damit ich meinen Mund verschließe, wirst du mir eine schöne Altarkerze aus dem Antoniterhof mitbringen. So eine richtig schöne dicke aus echtem Wachs. Wage es nicht, mit einem Talglicht zu kommen. Und überhaupt: Was willst du sagen, was du für den Wein bekommen hast? Wo steht dieser Einkauf in deinen Büchern?»

Bruder Göck schnaubte: «Du bist schlimmer als ein Pferdehändler, aber was du sagst, das stimmt leider.» Mit vor Nachdenken zerfurchter Stirn bückte er sich nach der Weinkanne.

Jutta Hinterer wunderte sich nicht lange darüber, dass die Geldwechselbude von Marlies heute geschlossen blieb. «Sie macht es richtig», erklärte sie dem Wasserverkäufer, der auf ihrem Schemel hockte, um sich auszuruhen. «Wer nicht arbeitet, kann keine Fehler machen. Sie wird zu Hause geblieben sein und abwarten, bis sich der ganze Rummel gelegt hat. Weißt du, manche Geldstücke sind so gut beschnitten, dass man einfach keinen Unterschied merkt ohne Goldwaage. Du solltest auch wiegen lassen, was du eingenommen hast.»

Der Wasserverkäufer wiegte den Kopf. «Ich weiß nicht, ob du recht hast. Ich bekomme nur Kupfermünzen, und die Gebühr für das Wiegen würde meine gesamte Tagesbeute auffressen. Und Marlies … nun, mir hat sie gesagt, sie wolle heute unbedingt kommen, um zu sehen, wie sich die Kurse weiterentwickeln, gerade jetzt, wo solche Unruhe auf dem Markt herrscht.» Er beugte sich zu Jutta hinüber. «Ich glaube, sie wittert das große Geschäft. Erst gestern hat sie einen ganzen Rheinischen Goldgulden Gewinn gemacht.»

Anerkennend nickte Jutta und beschloss, auf dem Heimweg bei Marlies vorbeizuschauen. Und das tat sie auch. Die Turmuhr verkündete die siebte Abendstunde, als sie in die Goldmachergasse einbog, in der die meisten Geldwechsler und mit ihnen Marlies wohnten. Kurz vor deren Haus stockte sie. Ein ausländischer Händler – Jutta sah es an seiner Kleidung – klopfte eben an Marlies' Haus, doch er erhielt keine Antwort. «Kann ich Ihnen helfen?», fragte sie freundlich.

«Ich weiß es nicht.» Der Kaufmann sprach mit starkem französischem Akzent. «Ich habe Geschäfte getätigt in der Stadt, und ich wollte mein Frankfurter Geld in Rheinische Gulden umwechseln. Oder vielleicht auch als Konto anlegen, je nachdem, wie der Wechselkurs steht.» Er stockte, dann sagte er leise: «Wobei ich nicht weiß, wie viel Verlust ich heute hier gemacht habe. Es gibt ja kaum noch gutes Geld. Ich war schon bei drei Geldwechslern.»

Jutta lächelte. «Wären Sie gleich zu mir gekommen, hätte ich Ihnen sicher helfen können. Ich habe nur gutes Geld, weil ich jedes Stück auf die Goldwaage lege, bevor ich es ankaufe. Aber ich bin ganz sicher, dass Marlies es ähnlich macht.»

Sie stieß dabei mit dem Ellbogen gegen die Tür, und zu ihrer Überraschung schwang die Tür auf. Komisch, dachte sie. Marlies schließt doch sonst alles ab und verriegelt ihr Haus, als ob sie die Stadtkasse bewachen müsste. «Marlies?», rief Jutta. «Marlies, ich bin es, Jutta. Bist du da?»

«Keine Antwort!» Jutta sah den Franzosen ratlos an.

«Geht doch rein und schaut nach!», schlug der vor, aber eine winzige Stimme in ihrem Inneren ließ Jutta zögern. War es ein merkwürdiger Geruch? War es die Abwesenheit jeglichen Geräuschs? Ein ungutes Gefühl beschlich sie.

«Alleine gehe ich da nicht rein», beschloss Jutta. «Und wenn Ihr ein Ehrenmann seid, so begleitet Ihr mich nicht nur, sondern geht mutig voraus.»

Der Kaufmann seufzte. «Nichts als Ärger in dieser Stadt. Früher bin ich so gerne hergekommen, habe hier meine besten Geschäfte gemacht, aber dieses Mal? Ein Grauen, ein wahres Grauen.»

Er stieß die Tür ganz auf und ging voran. Über die Schulter rief er Jutta zu: «Wisst Ihr, ein Ausbund an Ordnung ist Eure Freundin ja nicht gerade. Und dabei dachte ich immer, Geldwechsler wären die Pingeligkeit in Person.»

«So täuscht man sich immer wieder in den Menschen», erwiderte Jutta gleichgültig, doch gleich darauf stieß sie einen Schrei aus. «Seht doch genau hin, das Geschirr ist zerbrochen, die Truhe aufgestemmt. Das ist keine Unordnung, das sieht nach einem Überfall aus. Marlies! MARLIIIIIES!» Jutta sah sich ratlos um, spürte ihr Herz so heftig schlagen, dass ihr ganz schwindelig wurde. Der Schweiß brach ihr aus, und das ungute Gefühl hatte sich so weit verstärkt, dass sie regelrecht Angst verspürte.

Der Kaufmann hatte sich bereits im Nebenzimmer umgesehen, und als Jutta ihm folgen wollte, versperrte er ihr plötzlich den Weg. Er hielt sie an den Schultern, verdeckte mit seinem Rücken die Sicht. «Ihr solltet Euch das hier wirklich nicht ansehen», sagte er leise mit aschgrauem Gesicht. «Es ist wohl besser, den Richter zu holen – und den Leichenbeschauer.»

# KAPITEL 6

Die tote Marlies war so blutverschmiert, dass Eddi, der Leichenbeschauer, als Erstes in den Garten stürmen und sich dort übergeben musste. «Macht mal jemand die Frau sauber? Bitte!», rief er von draußen, und Gustelies fackelte nicht lange, sondern tunkte einen Lappen in den Wassereimer, wischte die Lache unter Marlies Kopf weg, wusch auch die Tote sauber und goss dann das blutige Wasser direkt vor Eddis Füßen aus. Dabei schimpfte sie: «Ein Leichenbeschauer, der kein Blut sehen kann, das ist wie ein Metzger, der kein Fleisch isst.» Sie wohnte gleich nebenan, und als sie ihren Schwiegersohn aus dem Fenster gesehen hatte, war sie auf der Stelle hinaus- und in Marlies' Haus hineingestürmt. Auf ihre Frage, was hier los sei, hatte ihr Schwiegersohn lediglich mit einem tiefen Seufzer geantwortet und mit einem Talglicht in der Hand weiter die gute Stube von Marlies beäugt. Alle Schubladen waren herausgezogen, überall lagen Hauben, Mieder und Unterröcke herum. Sämtliche Truhen waren aufgebrochen, natürlich auch die Geldtruhe, erkennbar an dem eingeschnitzten Hund auf dem Boden, die zersplittert und leer in einer Ecke lag.

«Erst muss ich meine Abendmahlzeit unterbrechen», schimpfte Gustelies weiter. «Und jetzt fällst du mir hier noch vor den Füßen herum, anstatt ordentlich und rasch deine Arbeit zu tun.»

Eddi zuckte bei dem Geschrei nur mit den Schultern und ging zurück zum Tatort. Dort kniete er sich neben die Leiche, zog ihre Lider zurück und beguckte die Augen, öffnete ihren Mund, schaute sogar in die Nasenlöcher, dann drehte er die Tote auf den Bauch und betrachtete die riesige klaffende Wunde an deren Hinterkopf. «Es ist wohl keine Überraschung, wenn ich euch sage, dass sie erschlagen wurde, oder?»

Richter Blettner nickte. «Dachte ich mir. Kannst du sonst etwas finden?»

«Sie ist noch nicht lange tot. Die Leichenstarre ist kaum ausgeprägt. Sie beginnt am Kinn, und ich konnte ihren Mund noch relativ leicht öffnen. Außerdem muss der Schlag überraschend gekommen sein. Die meisten Sterbenden nässen sich ein oder schlimmer noch, aber die Marlies hier ist ganz sauber. Armes Ding.» Eddi drehte sie zurück auf den Rücken und strich ihr ungeschickt die Haare glatt.

«Also müssen wir nach dem Tatwerkzeug suchen. Eddi, was meinst du, war es ein Kerzenleuchter oder so etwas?»

Eddi schüttelte den Kopf. «Nein, das wohl nicht. Ich tippe eher auf ein Holzscheit, ein großes Holzscheit. Richter, halte mal das Licht hierher.» Mit einer Pinzette zog Eddi einen schmalen Holzsplitter aus Marlies Haar und hielt ihn in die Höhe. «Von der Farbe her müsste das Holz behandelt worden sein. Vielleicht ist ein Stuhlbein die Tatwaffe. Oder auch ein ganzer Stuhl.»

Zugleich blickten Eddi, der Schreiber, Gustelies und der Richter auf die Feuerstelle, in der eine für das warme Som-

merwetter beachtliche Glut schwelte und einen Geruch verbreitete, der eindeutig nicht an Buchenscheite erinnerte.

«Dein Tatwerkzeug kannst du wohl vergessen. Ich glaube,
das verbrennt hier gerade», stellte Gustelies fest. «Na ja, dann
kannst du eigentlich auch gleich mit zu mir rüberkommen
und dort Jutta und den komischen Kaufmann befragen.»

Blettner brummte drohend, und Gustelies zog ein klein
wenig den Kopf ein. Er war hier der, der die Befehle erteilte.
Gustelies sollte ihre Kochtöpfe rumkommandieren, aber nicht
ihn. Und trotzdem gehorchte er, denn Gustelies widersprach
man nicht so leicht. Blettner gab dem Leichenbeschauer den
Auftrag, sich noch einmal genau umzusehen und dann im
Nachbarhaus Bericht zu erstatten.

Drüben angekommen, sahen sie Jutta Hinterer käsebleich
auf der Küchenbank sitzen, während der Hausherr Henn
Goldschlag und der französische Kaufmann sich einen
Branntwein genehmigten. Fürsorglich legte Gustelies einen
Arm um ihre beste Freundin. «Na, geht es wieder?»

«Es war grauenhaft, einfach grauenhaft. Noch nie habe ich
einen ermordeten Menschen gesehen.»

«Na ja», wiegelte Gustelies ab. «Bei der letzten Hinrich-
tung warst du schon auch dabei. Und wenn mich nicht alles
täuscht, sogar mit einem gewissen Vergnügen.»

Ehe Jutta sich verteidigen konnte, klopfte es an der Tür,
und Krafft von Elckershausen trat ein. «Ein Mord, höre ich?»
Er rieb sich die Hände. Dann deutete er mit dem Finger auf
die Gläser. «Was trinkt Ihr denn da? Branntwein? Oh, ich
hätte auch gern einen.» Ungefragt ließ er sich in einen gepolsterten Lehnstuhl sinken.

«Wollt Ihr Euch nicht erst einmal die Tote ansehen?», begehrte der Richter zu wissen, doch der Schultheiß winkte ab. «Es reicht, wenn Ihr sie gesehen habt. Also, berichtet.»

Der Richter holte seine Notizen hervor und legte los: «Bei dem Mordopfer handelt es sich um die 52-jährige Marlies Goldschmidt, von Beruf Geldwechslerin. Sie wurde vermutlich in ihrem Haus erschlagen, davor oder danach wurde das Haus durchsucht. Was gestohlen wurde, konnte noch nicht ermittelt werden. Auch eine Tatwaffe wurde nicht aufgefunden.»

«Das ist alles?», wollte der Schultheiß wissen, und der Richter nickte.

An dieser Stelle griff Gustelies ein. «Ich habe gesehen, dass ihre schwere goldene Kette fehlt. Um ihren Hals trug sie immer diese dicke Goldkette mit einem goldenen Reichstaler. Um Weiteres festzustellen, müsste ich noch einmal bei Tageslicht in das Haus.»

«Nicht nötig.» Krafft von Elckershausen winkte ab. «Ich denke, es ist uns allen klar, dass die Geldwechslerin Marlies Selbstmord verübt hat.»

«WAS?» Gustelies fiel die Kinnlade herab, Jutta zog empört die Augenbrauen hoch, und Heinz Blettner fragte laut: «Wie soll sie sich umgebracht haben? Soll sie sich etwa selbst den Hinterkopf eingeschlagen haben?»

«Natürlich nicht.» Der Schultheiß strafte den Richter mit einem verächtlichen Blick. «Es liegt doch auf der Hand, was passiert ist. Sie war wahrscheinlich an der Geldschneiderei beteiligt, und als ihr Gewissen sich meldete, ließ sie sich von hinten gegen ihren Schreibtisch fallen und tötete sich auf diese Weise.»

Für einen Augenblick herrschte ungläubige Stille. Der Erste, der in brüllendes Gelächter ausbrach, war der französische Kaufmann. «Und vorher hat sie ihre Wohnung durchsucht? Das eigene Haus? Mon Dieu, wo habt Ihr denn die Rechtswissenschaft studiert, Monsieur? Bestimmt nicht in Frankreich.»

Der Schultheiß warf auch dem Fremden einen scharfen Blick zu, doch der ließ sich davon nicht beeindrucken. «Wenn sie es nicht selbst getan hat, dann waren es eben ihre Kumpane. Die Fahrenden», erklärte Krafft von Elckershausen überzeugt.

«Die Fahrenden?»

«Ja. Wer sollte sonst in Frage kommen?»

«Die Fahrenden können es nicht gewesen sein, die waren zum Zeitpunkt des Todes gar nicht mehr in Frankfurt. Ich selbst habe sie heute Morgen auf Eure Anweisung hin aus dem Verlies entlassen und mit einem Stadtverbot belegt.»

«Tatsächlich?»

«Tatsächlich, Schultheiß. Hier liegt ein Mord vor.»

Krafft von Elckershausen zog die Unterlippe zwischen die Zähne, und Heinz Blettner wusste ganz genau, dass er nach einer weiteren Möglichkeit suchte, den Mord als solchen zu vertuschen. Die Herbstmesse stand vor der Tür. Würde neben der Geldschneiderei auch noch ein Mord ruchbar, so blieben am Ende die Kaufleute weg, und der Kaiser entzog der Stadt womöglich gar das Messerecht und trieb Frankfurt damit in den Ruin. Das, was der Schultheiß hier versuchte, war nichts Geringeres als die Rettung seiner Stadt. So zumindest würde er es heute Abend der Schultheißin erklären. In diesem Augenblick trat Eddi durch die Tür und ließ sich auf die Küchenbank fallen. Er wirkte derart blass, dass Henn

Goldschlag ihm unaufgefordert einen kleinen Becher Branntwein hinschob, den Eddi mit einem einzigen Schluck austrank.

«Nun, wenn wir Selbstmord ausschließen können, dann muss es ein Unfall gewesen sein. Marlies war betrunken, hat etwas gesucht, ist dabei gestürzt.»

Eddi hob den Finger, um anzukündigen, dass er etwas mitzuteilen habe, aber niemand beachtete ihn.

«Aber die Marlies hat doch nie Wein oder Schnaps getrunken, nie auch nur einen winzigen Schluck Alkohol», erklärte Jutta.

Der Schultheiß deutete mit dem Finger auf Jutta. «Eben deshalb. Ihr sagt es selbst. Sie war das Trinken nicht gewohnt, deshalb hatte sie so große Ausfälle, dass sie gestürzt ist. Das passiert jeden Abend irgendwo in der Stadt. Es gibt Männer, die fallen buchstäblich aus der Schänke nach Hause.»

Gustelies schüttelte den Kopf. Sie hatte Marlies zwar nie so recht gemocht, denn die Geldwechslerin war eine ziemlich gut aussehende Frau und zugleich die Nachbarin ihres Herzliebsten gewesen, aber Wahrheit musste Wahrheit bleiben. «So eine war sie nicht.»

Krafft von Elckershausen zuckte mit den Achseln. «Ja. Na ja. Wir können nicht in die Menschen hineinsehen. So mancher hat sich schon in seinem Nächsten getäuscht.» Er erhob sich. «Richter, Ihr fertigt mir morgen das Protokoll an. Schreibt es so, wie ich es Euch gesagt habe. Es war ein Unfall.»

Er wartete nicht auf eine Antwort, sondern verließ umgehend das Haus, und endlich kam Eddi zu Wort. «Ich habe an keiner Stelle weiteres Blut gefunden», verkündete er. «Und das hätte ich wohl, wäre sie auf einen Tisch oder eine Kommode mit dem Kopf aufgeschlagen.»

Gustelies blinzelte Eddi misstrauisch an. «Bei dir kann ich mir gar nicht so recht vorstellen, dass du aufmerksam nach Blut gesucht hast. Du wärst doch sofort wieder umgefallen.»

Blettner dagegen nickte Eddi zu und sagte nachdenklich: «Es gab eine Tatwaffe, mit der der Schlag ausgeführt wurde, aber leider ist diese Waffe zu Asche verbrannt.» Dann wandte er sich dem französischen Kaufmann zu und wies diesen verlegen zurecht: «Vielleicht wird bei Euch das Recht härter ausgelegt als bei uns, dafür hat unser Schultheiß immer das große Ganze im Blick.»

«Oh, natürlich.»

«Und nun erzählt, was Ihr gesehen habt.»

Der Franzose machte seine Aussage, der Schreiber kritzelte, hernach kam Jutta an die Reihe, während Henn Goldschlag einen Branntwein nach dem anderen ausschenkte. Doch als die ganze Gesellschaft sich zum Gehen fertig machte, zögerte Jutta. «Ich weiß, es ist vielleicht ein bisschen albern, aber ich möchte nicht allein durch die Dunkelheit nach Hause gehen.»

«Soll ich dich bringen?», wollte Eddi wissen. «Ich habe ganz in der Nähe hier noch etwas zu tun.»

Jutta war einverstanden, und kurz darauf geleitete Eddi die Geldwechslerin zu ihrem Haus. Kaum war Jutta hinter der Tür verschwunden, drehte sich Eddi auf dem Absatz um und machte sich auf den Weg zum Frankfurter Neubürger Markus. Der staunte nicht schlecht, als er den Leichenbeschauer vor sich sah. «Nun, ich wollte nur fragen, ob ich Euch heute noch einmal helfen kann. Bei so einem Umzug fällt sicherlich ein Haufen Arbeit an.»

Markus runzelte die Stirn, als wüsste er beim besten Willen nicht, ob und wo er diesen Mann schon einmal gesehen hatte. Doch dann schlug er sich an die Stirn. «Seid Ihr nicht der, der sich gestern so ausführlich nach meiner Gehilfin erkundigt hat? Nun, kommt herein, kommt herein. Ich werde Claudette gleich rufen. Wenn sie auch nicht spricht, so hört sie doch noch die leiseste Maus husten.»

«Äh … hmmm.» Eddi war verdattert. Natürlich war er wegen Claudette gekommen, aber dass der Bankherr ihm dies auf die Stirn zusagte, störte ihn doch. «Nein, bemüht Euch nicht, ich komme ein anderes Mal wieder.»

«Aber wieso denn? Nur immer herein in die gute Stube. Ich wette, Claudette wird sich freuen.» Er senkte die Stimme: «Sie erhält nicht viel Besuch.» Und ehe Eddi es sich versah, saß er auf der gepolsterten Küchenbank, hatte einen Becher Wein vor sich stehen, und Claudette saß ihm gegenüber. Er schluckte. Er wusste, er musste jetzt etwas sagen. Aber was? Was nur? Eddis Erfahrungen mit Frauen waren begrenzt. Spätestens, wenn die jeweilige Dame seines Herzens erfuhr, welchen Beruf er ausübte, dann war es vorbei.

«Also, ich bin nur gekommen, um zu fragen, ob ich etwas helfen kann», erklärte er und wedelte hilflos mit der Hand herum. Claudette nickte freundlich, dann schüttelte sie den Kopf, um anzudeuten, dass er nicht helfen brauchte. Hernach herrschte wieder Schweigen.

«Ihr … Ihr kommt also aus dem Elsass? So zumindest habe ich es gehört. Aus Straßburg seid Ihr also. Nun, da war ich auch schon einmal. Ein herrliches Stück Landschaft», stammelte Eddi weiter.

Claudette, die Hände brav im Schoss gefaltet, die Haare

ordentlich zu einem Knoten gesteckt, nickte. Sie sah ihn dabei mit ihren mitternachtsblauen Augen direkt an, sodass Eddi leicht errötete. «Es ... es ist bestimmt ... äh ... schön im Elsass. Habt Ihr dort noch ... äh ... Familie?»

Diesmal reagierte Claudette gar nicht, aber sie lächelte noch immer. Da legte Eddi los. Er wusste selbst nicht, wie die Worte in seinen Mund kamen, ja, es war so, dass er eigentlich gar nicht reden wollte, aber seine Lippen öffneten sich ganz von selbst. «Wisst Ihr, ich stamme ursprünglich vom Lande. Mein Vater züchtete Schweine, er war Metzger. Und einmal in der Woche, meistens donnerstags, schlachtete er ein Schwein. Er schlug ihm mit der Axt zwischen die Augen, dann hängte er es an den Hinterbeinen auf und durchschnitt seine Kehle. Mein Bruder und ich sollten das warme Blut trinken. Aber während mein Bruder nichts Köstlicheres kannte, ekelte es mich immer. Das ist bis heute so geblieben. Ich kann kein Blut sehen und auch kein Blut riechen.»

Claudette hielt den Kopf leicht geneigt und riss die Augen weit auf, und Eddi erkannte die Frage darin. «Warum ich Leichenbeschauer geworden bin? Tja, ich weiß auch nicht. Metzger wollte und konnte ich nicht werden, beim Medizinstudium wurde mir immer schlecht vom Blut, ins Kloster wollte ich auch nicht, also wurde ich Leichenbeschauer. Mir wird noch immer übel, wenn ich Blut sehe oder rieche, aber meistens geht es.»

Claudette lächelte freundlich. Da warf sich Eddi in die Brust und redete weiter: «Ich habe eine gute Anstellung, könnte mit meinem Geld eine kleine Familie ernähren. Ich bin gesund und einigermaßen kräftig.»

Claudette schwieg und lächelte weiter.

«Also, na ja, nicht, dass Ihr mich falsch versteht, es ist nur so, dass ich mir schon ein Weib an meine Seite wünsche. Sie muss nicht schön sein, ganz und gar nicht ...» Er sah auf und erblickte leichten Ärger in Claudettes Gesicht. «Oh, nein, so meine ich das nicht. Ihr seid so schön wie der ... äh ... Morgentau. Ich meinte nur, dass ich nicht so auf Äußerlichkeiten achte, versteht Ihr? Auf das gute Herz kommt es mir an. Sie sollte nicht zänkisch sein, wisst Ihr?» Er fuhr mit dem Finger in seinen Kragen, als schnürte ihm etwas die Kehle ab. «Ihr versteht mich doch nicht falsch, oder?» Ihm war heiß, so heiß. Der Kragen scheuerte an seinem Hals, seine Kehle war trocken und ließ sich auch vom Wein nicht befeuchten. Er wusste nicht, wohin mit den Händen, und rutschte unruhig auf seinem Sitz herum.

Claudette schwieg. Ihr Lächeln war ein wenig schmaler geworden.

«Jedenfalls wollte ich nur sagen, dass ich ein gesunder und guter Mann bin, der eine Frau so recht von Herzen lieben könnte. Und die Kinder natürlich auch. Ja. Ich trinke nicht. Zumindest nicht mehr als andere, aber einen guten Tropfen Wein nach der Arbeit weiß ich schon zu schätzen. Ich spiele nicht mit Karten oder Würfeln und gehe auch nicht zu den Hübschlerinnen ins Freudenhaus.»

Jetzt hatte Eddi noch viel mehr den Eindruck, sich hier um Kopf und Kragen zu reden. Eilig sprang er auf, ließ den halbleeren Weinbecher stehen und stürzte davon.

# KAPITEL 7

U nd?», fragte Hella und sah ihren Mann mit hochgezoge-
nen Augenbrauen an.

Heinz Blettner war hundemüde, hungrig und durstig und
hatte keine Ahnung, worauf Hellas Frage zielte. Er ging zum
Waschgeschirr, goss Wasser in eine Schüssel, wusch sich das
Gesicht, die Hände, trocknete sich ab und ließ sich am Tisch
fallen. Sein Essen stand vor ihm, dazu ein gefüllter Becher
Wein, und der Richter hatte nur einen Wunsch: nämlich in
Ruhe zu essen und zu trinken.

«Hast du in Sachen neues Haus etwas erreicht?» Hella setzte sich zu ihm, goss sich selbst einen Traubensaft ein.

«Liebelein, ich hatte heute einen Mord. Und einen schrecklichen noch dazu.»

Hella lehnte sich bequem zurück, lauschte noch einmal
nach den beiden schlafenden Kleinkindern, dann trank sie
einen Schluck von dem Traubensaft. «Erzähl!», forderte sie
ihn auf.

«Du weißt, ich darf dir nichts erzählen, weil …»

«Ja. Ich kenne die Leier. Nur, weil Krafft von Elckershausen dir verboten hat, deine eigene Ehefrau und deren Mutter
über die Verbrechen der Stadt zu informieren. Und das hat
er bloß getan, weil wir, Mutter und ich, schon mehr als ein

Verbrechen aufgeklärt haben. Gib doch zu: Ohne uns wäre Frankfurt ein Sodom und Gomorrha.»

Blettner seufzte. «Gustelies war ja sogar am Tatort.»

«Was?» Hella richtete sich kerzengerade auf. «Meine Mutter war da, und mich hat wieder einmal niemand gerufen!»

«Du warst bei den Kindern.»

«Na und? Eine Nachbarin, die nach den beiden sieht, ist rasch gefunden. Und jetzt berichte und lasse ja nichts aus.»

Eigentlich war Heinz Blettner mit seiner Frau Hella sehr glücklich. Ja, er liebte sie von ganzem Herzen. Aber manchmal, Herrgott, da war sie einfach zu neugierig. Der Pater hatte sich sogar schon berufen gefühlt, ihm einzuschärfen, dass der Mann das Haupt der Familie sei, aber was sollte er tun, Hella hatte ihren Eigensinn von der Mutter, und in manchen Punkten war einfach nicht mit ihr zu spaßen.

«Ich höre!», wiederholte sie ungeduldig.

«Die Geldwechslerin Marlies ist in ihrem Haus erschlagen worden, aber der Schultheiß hat verfügt, dass es ein Unfall war.»

«Die Marlies? Ein Unfall? Wie kann das passiert sein?»

«Sie hatte eine schlimme Verletzung am Hinterkopf. Und in der Wunde war ein Holzsplitter.»

«Und worauf ist sie aufgeschlagen?»

«Das weiß ich leider nicht, es war kein weiteres Blut zu finden. Aber ihr Haus war durchsucht worden. Trotzdem besteht Krafft von Elckershausen darauf, dass es ein Unglücksfall war.»

«Und damit gibst du dich zufrieden?»

«Was soll ich machen?»

«Das, was deine Aufgabe ist: den Mörder finden.»

Blettners Gesicht bekam einen weinerlichen Zug. «Ach, Hella, lass doch. Der Schultheiß hat seine Gründe. Marlies ist nun einmal tot, und nichts und niemand kann sie wieder aufwecken. Also lass dem Schultheiß seine Meinung. Dann muss ich nicht ermitteln und habe mehr Zeit, für uns ein neues Haus zu finden.»

«So weit kommt es noch!» Hella stemmte die Hände in die Seiten. «Natürlich wirst du ermitteln. Und wenn du es nicht tust, so werden Gustelies und ich wieder eingreifen müssen. Aber jetzt erzähle mir alles von Anfang an.»

Der Richter tat, wie ihm geheißen. Er redete schnell, denn er hatte nur noch einen Wunsch, nämlich in sein Bett zu kommen. Doch als es endlich so weit war und er seine Gattin liebevoll umschlang und nach ihren Brüsten tastete, drehte Hella sich brüsk um. «Nein. Heute verweigere ich die ehelichen Pflichten», ließ sie ihn wissen.

«Warum denn das?»

«Weil du es auch tust. Du kümmerst dich nicht um meine Bedürfnisse, also können mir deine Bedürfnisse ebenso gestohlen bleiben.»

«Was denn für Bedürfnisse?» Blettner schloss ergeben die Augen.

«Das neue Haus und ein Ehemann, der seinen Beruf ernst nimmt und für Gerechtigkeit in der Stadt sorgt.» Sie sprach es, drehte sich um und sagte keinen weiteren Mucks mehr. Blettner seufzte und schlief dann schneller ein, als er zu hoffen gewagt hatte.

Am nächsten Morgen, der Richter war kaum aus dem Haus, packte Hella ihre beiden Kinder, band sich eines vor die Brust und eines auf den Rücken und machte sich auf zu

Henn Goldschlags Haus, in der Hoffnung, dort ihre Mutter anzutreffen. Die Hoffnung war berechtigt.

«Wir müssen noch einmal in Marlies' Haus», erklärte sie ihrer Mutter. Gustelies lauschte nach der Werkstatt, in der Henn Goldschlag gerade Gold zu Blättern ausrollte und das Blattgold hämmerte. «Ich weiß. Aber niemand darf davon erfahren. Und eigentlich müsste ich jetzt schon auf dem Weg ins Pfarrhaus sein.»

«Pater Nau kann ruhig mal ein bisschen auf dich warten. Marlies ist jetzt erst einmal wichtiger. Na, komm.»

Sie entließ den kleinen Fedor aus seinem Rucksack, band auch Flora los und setzte sie auf den Boden. «Die Kinder bleiben natürlich hier. Ich denke nicht daran, sie in ein Mörderhaus mitzunehmen. Henn soll auf sie achten.» Der kam soeben aus der Werkstatt, setzte sich Fedor auf das eine und Flora auf das andere Knie und sang ihnen mit brüchiger Stimme etwas vor.

«Das macht dir doch nichts aus, Liebling?», fragte Gustelies scheinheilig, denn es war längst beschlossen, dass Henn Goldschlag gar keine andere Wahl hatte.

«Ich tue es gern», sagte er. «Adele ist tot. Ich werde niemals eigene Enkelkinder auf dem Schoß schaukeln können. Und sowieso habe ich mein Herz an die beiden Kleinen hier verschenkt.»

Hella lächelte und drückte Henn einen Schmatz auf die Wange. «Du bist der beste Großvater, den man sich wünschen kann.»

Dann begab sie sich mit Gustelies ins Nachbarhaus. Zuerst öffneten sie Fensterläden und Fenster, um den eigentümlichen Geruch zu vertreiben und um genügend Licht zu haben. Dann blickten sich die beiden Frauen um. Die Leiche war gestern Abend schon fortgeschafft worden, aber Marlies' Geist war noch überall im Haus.

«Hast du sie gut gekannt?», wollte Hella von ihrer Mutter wissen.

Gustelies machte eine vage Handbewegung. «Na ja, sie war halt die Nachbarin. Henn kannte sie sehr gut. Viel zu gut, für meine Begriffe.»

«Gibt es Erben?»

Gustelies zuckte mit den Schultern. «Du denkst an einen Erbstreit?»

Hella schüttelte verlegen den Kopf. «Ehrlich gesagt, denke ich daran, dass dieses Haus für uns sehr passend wäre. Zumal mit dir als Nachbarin.»

«Schäm dich! Du bist pietätlos», schimpfte Gustelies, nur um hinzuzufügen: «Aber eigentlich hast du recht. Ich werde Henn danach fragen.»

Nun sahen sie sich in allen Räumen um, stiegen über zerbrochenes Geschirr, wirbelten Bettfedern auf, rückten zerfetzte Lehnstühle zur Seite, schauten in jeden Schrank, jede Schublade und jede Truhe.

«Fällt dir was auf?», wollte Hella wissen. «Du kennst das Haus schließlich.»

Gustelies schüttelte den Kopf. «Außer der Kette scheint nichts zu fehlen. Und mit ihrer Wäsche habe ich mich wirklich nicht ausgekannt.»

«Aber mir fällt etwas auf. Sie war Geldwechslerin. Warum gibt es dann hier im Haus nur Frankfurter Geld? Wo sind die ungarischen Dukaten, die Philippstaler und die Goldkronen? Ich sehe auch keinen Abakus, keine Goldwaage und auch sonst nichts, das auf ihren Beruf hindeutet. Außerdem vermisse ich die Kontobücher und das geheime Buch.»

«Das geheime Buch?»

«Ja, so nennt man das Buch, in dem die Schuldner eingetragen werden. Ist das Buch weg, sind die Schulden auch weg, oder? Es gibt ja keinen Nachweis mehr darüber.»

«Und woher weißt du das alles?»

Hella warf den Kopf in den Nacken. «Jutta hat es mir einmal erklärt. Sie nimmt ihre Bücher jeden Tag mit in die Stube und am Abend wieder mit nach Hause.»

«Du hast recht. So macht sie es tatsächlich, und so wird es auch die Marlies gehalten haben.» Gustelies schob mit der Schuhspitze das zerbrochene Waschgeschirr zur Seite. «Vielleicht hat sie die Sachen dieses Mal in ihrer Geldwechselstube auf dem Römer gelassen?»

Hella schüttelte den Kopf. «Nie im Leben. Die Buden sind aus Holz, jedes Kind kann sie aufbrechen. Und Jutta lässt niemals etwas in ihrer Bude. Warum also sollte Marlies das tun? – Wie gut kennst du sie eigentlich?»

Gustelies verzog ein wenig den Mund. «Nun, unsere Bekanntschaft war eher flüchtig. Mit Henn war sie wohl befreundet, und ich kann nicht sagen, dass mir das gepasst hat.»

«Bekam sie oft Besuch?»

Gustelies schüttelte den Kopf. «Nicht, dass ich wüsste. Ich glaube, sie lebte eher zurückgezogen.»

«Hat sie Erben?», fragte Hella erneut.

Gustelies schüttelte den Kopf. «Ich habe keine Ahnung, aber Henn könnte das wissen.»

«Und was machen wir nun?»

«Pass auf, wir überprüfen jetzt erst einmal alle Türen und

Fenster. Dann wird sich ja herausstellen, ob jemand einge-
brochen ist.»

«Meinst du nicht, dass Heinz das gestern schon erledigt
hat?», wollte Hella wissen.

«Hat er nicht. Ich war dabei. Es war viel zu dunkel.» Also
gingen die beiden Frauen von Zimmer zu Zimmer, sahen
auch nach der Keller- und der Hintertür und stellten hernach
fest, dass alle Schlösser in Ordnung waren.

«Das heißt womöglich, dass Marlies ihren Mörder gekannt
und selbst eingelassen hat. Oder dass Krafft von Elckershausen mit seiner Theorie des Unfalls im trunkenen Zustand
recht hat.»

# Kapitel 8

S ie hat mich vergessen», beklagte sich der Pater bei Bruder Göck. «Sie hat mich einfach vergessen. Denkst du etwa, sie wäre da gewesen, hätte die Küche aufgeräumt oder mir Hafergrütze gekocht? Natürlich nicht. Ganz allein bin ich, und wenn das so weitergeht, dann werde ich hier elendiglich verhungern.»

«Wirst du nicht», tröstete Bruder Göck. «Sie wird schon noch kommen.»

«Meinst du?» Pater Nau schüttelte den Kopf. «Die Erde ist ein Jammertal und das Leben ein Graus. Zuerst bescheißen die guten Christen den lieben Gott um seine Kollekte, und dann vergisst mich die eigene Schwester und überlässt mich mitleidlos meinem Elend.»

Bruder Göck hatte keine Lust, sich das Gejammer noch länger anzuhören. «Lass das Gegreine», bestimmte er. «Damit änderst du nichts. Hole lieber eine Kanne Wein aus dem Keller. Du wirst sehen, nach dem zweiten Becher geht es dir schon besser.»

Als der Pater sich nicht erhob, sondern vor sich auf die verschmierte Tischplatte stierte, stand schließlich der Antonitermönch auf, nahm den Kellerschlüssel vom Haken und begab sich in die Tiefen des Pfarrhauses. Er kam mit einer randvoll mit dem guten Dellenhofener Wein gefüllten Kanne zurück, knallte zwei Becher auf den Tisch und füllte diese zügig. «Ah, tut das gut», stellte er einen Augenblick später fest und stieß den Pater in die Seite. «Los, trink auch.»

Pater Nau verzog ein wenig weinerlich den Mund. «Ich habe keinen großen Appetit.»

«Du hast was? Keinen Appetit auf Wein?» Bruder Göck erhob sich, zerrte des Paters Lid nach oben, fasste nach dessen Stirn und ließ sich die Zunge zeigen. «Komisch, du wirkst eigentlich ganz gesund. Aber wenn du keinen Wein magst, dann musst du krank sein. Schwer krank sogar.»

«Wer ist hier schwer krank?» Keiner von beiden hatte bemerkt, dass Gustelies das Haus betreten hatte. Sie lockerte das Band ihrer Haube und wischte sich mit dem Handgelenk über die verschwitzte Stirn.

«Der Pater will keinen Wein!» Die Stimme des Antoniters klang höchst alarmiert.

«Das ist doch gut», meinte Gustelies. «Dann wird ihm gleich das Essen besser schmecken.»

«Ich habe keinen Hunger», jammerte der Pater, doch Gustelies hörte nicht auf ihn. Stattdessen erzählte sie: «Stellt euch vor, es gibt wieder einen Mord in der Stadt. Die Geldwechsler-Marlies hat es diesmal getroffen. Krafft von Elckershausen behauptet zwar, es wäre ein Unfall gewesen, aber ich weiß es besser. Es war natürlich Mord.»

Der Pater hob ein wenig den Kopf. «Schon wieder ein Mord? Ich sage ja immer: Die Erde ist in Frevlerhand. Der Untergang ist nahe, die Apokalypse steht vor den Toren der Stadt.»

Noch betrübter ließ er den Kopf wieder sinken. Gustelies

betrachtete ihren Bruder jetzt doch ein wenig sorgenvoll und seufzte. Dann aber stellte sie den Weidenkorb auf den Tisch und holte daraus ein halbes Dutzend frisch gebackene Schmalzkringel hervor.

«Magst du davon etwas haben?»

Schon langte Bruder Göck beherzt zu, aber Gustelies schlug ihm auf die Finger. «Zuerst ist der Pater dran. Er hat heute bestimmt noch nicht gefrühstückt, während dir in deinem Antoniterhof sicherlich schon Speck gebraten wurde. Du kannst haben, was der Pater übrig lässt.»

Der griff jetzt zaghaft zu, nagte ein wenig an dem Schmalzgebäck herum und fragte dann: «Steht der Mord an der Marlies mit den Geldschneidern in Zusammenhang?»

«Der Schultheiß sagt nein, aber ich denke: auf jeden Fall. Um das sicher zu wissen, muss ich allerdings gleich auf den Römer.»

In diesem Augenblick klopfte es, und Hella stürmte herein. Sie hatte die beiden Kinder jeweils links und rechts auf ihrer Hüfte sitzen und drückte den kleinen Fedor nun Bruder Göck auf den Schoß, während die kleine Flora auf Pater Naus Knien zu sitzen kam. «Ich war nur kurz zu Hause», erklärte sie. «Und auf dem Weg dorthin ist mir etwas eingefallen: Im gesamten Haus haben wir keinen einzigen persönlichen Gegenstand von Marlies gefunden: keine Haarbürste, keine Briefe, keine getrockneten Blumen oder andere Erinnerungsstücke. Nur Wäsche, Möbel, Geschirr und Ähnliches. Wo sind ihre Sachen hin? Wer hat sie genommen? Und warum hat diese Person die Sachen mitgenommen? Weil sie Hinweise auf den Mörder liefern?»

Hella hatte so schnell gesprochen, dass Gustelies kaum

hinterherkam. Der Pater aber fragte: «Warum ist das alles so wichtig für dich? Gustelies hat doch gesagt, die Sache wird als Unfall abgetan.»

«Willst du nicht, dass der Mörder seine gerechte Strafe erhält?», wollte Hella wissen, aber der Pater war in schlechter Stimmung und gab keine Antwort.

«Wir müssen den Mörder finden. Mutter, du musst mir unbedingt dabei helfen.»

Gustelies nickte. «Du hast schon recht, es wäre eine Schande, wenn ein Verbrecher ungeschoren davonkommt.» Zögerlich fügte sie hinzu: «Aber was, wenn es doch ein Unfall war?»

«Unmöglich!» Hellas Stimme ließ keinen Widerspruch gelten. «Das war Mord. Und wenn wir ihn aufklären, dann ist der Schultheiß uns etwas schuldig, und wir können darauf hoffen, der Stadt das Mordhaus günstig abzukaufen, falls es keine Erben gibt.»

«Wusste ich es doch», nörgelte Pater Nau. «Nichts auf der Welt geschieht mehr aus reiner Menschenliebe. Selbst das eigene Fleisch und Blut ist nur auf seinen Vorteil bedacht.» Nach dieser Ansprache warf er vorwurfsvolle Blicke auf seine Schwester und seine Nichte und seufzte noch einmal zum Gotterbarmen.

Gustelies aber achtete gar nicht auf ihn. «Was hast du vor?»

Hella streichelte der kleinen Flora sanft über die rosige Wange, küsste Fedor aufs Haar, dann begann sie: «Na ja, zuerst müssen wir in die Geldwechselstube von Marlies und sehen, was wir dort finden können. Soweit ich weiß, hat Jutta einen Schlüssel, so wie Marlies einen Schlüssel für Juttas Wechselstube hatte und …»

«Einen Augenblick!» Gustelies hatte die Hand erhoben.

«Jutta hat einen Schlüssel von Marlies und umgekehrt. Das ist wahr, das hat sie mir erzählt. Aber wo ist dieser Schlüssel jetzt? In Marlies' Haus habe ich jedenfalls keinen von Juttas Schlüsseln gesehen.»

«Darum kümmern wir uns später», unterbrach Hella sie. «Jetzt besprechen wir unser weiteres Vorgehen. Also, zuerst gehen wir auf den Römer, und dann gehen wir zurück in die Goldgasse und befragen die Nachbarn. Jutta wird natürlich auch befragt. Vielleicht weiß sie etwas mehr über das Leben von Marlies.»

Bruder Göck stand auf und hielt Hella ihr Kleinkind hin. «Gut, da jetzt alles geklärt ist, kann ich ja gehen. Denn Mittagessen scheint es hier heute nicht zu geben.»

Aber Hella verschränkte die Arme vor der Brust. «Du wirst gemeinsam mit dem Pater auf die beiden Kleinen aufpassen», bestimmte sie. «Schließlich bist du ein Geistlicher und musst dich in der Nächstenliebe üben.»

«Aber ein Mittagessen gibt es doch?» Pater Nau grabschte rasch nach dem letzten Schmalzkringel, und Bruder Göck hatte das Nachsehen.

«Natürlich gibt es ein Mittagessen. Ich habe eine wunderbare Rindfleischsuppe gemacht. So, wie du sie liebst, Paterchen.» Gustelies holte einen Topf aus ihrem Weidenkorb und stellte ihn auf die Feuerstelle.

«Na, wenigstens etwas», knurrte Bruder Göck und wippte das Kleinkind auf seinen Knien. «Dann tut eben, was ihr tun müsst. Auf uns jedenfalls könnt ihr euch verlassen.»

Gustelies hängte sich den Korb über den Arm. «Und keinen Wein, solange die Kinder da sind.»

Die beiden Geistlichen nickten, aber Gustelies sah ganz

genau, dass Bruder Göck hinter seinem Rücken die Finger kreuzte.

Jutta saß betrübt in ihrer Geldwechselbude und betrachtete das Treiben auf dem Römer. «Seht euch das an», klagte sie. «Da ist jemand gestorben, aber die Welt dreht sich einfach weiter. Ist das nicht traurig?»

«Na ja. Irgendwie muss es doch weitergehen», erklärte Gustelies. «Und du wirst schließlich Vorteile von Marlies' Tod haben. Immerhin war sie auch eine Konkurrentin.»

«Was denkst du eigentlich?» Jutta blickte aufgebracht hoch. «Zuallererst war sie meine Freundin. Nicht so eine enge Freundin wie du, aber trotzdem.»

Hella stieß ihrer Mutter den Ellbogen leicht in die Seite und flüsterte: «Die Vorteile sind gerade das falsche Thema», aber Gustelies hatte schon damit begonnen, der Freundin die Schulter zu tätscheln. «Was war sie für eine Frau? Ich kannte sie eigentlich nur vom Sehen. Hatte sie einen Liebhaber?»

Jutta schniefte und holte ein Taschentuch aus ihrem Ärmel, putzte sich die Nase, dann erzählte sie: «Marlies war eigentlich eine ganz Liebe. Aber sie hat nicht viel von sich erzählt. Im Grunde kannte ich sie wahrscheinlich gar nicht so gut. Sie verstand etwas von Geldgeschäften, gab nicht nur während der Messe Kredite und Wechsel an Kaufleute, sie wusste sogar ein paar Dinge, die ich nicht weiß. Aber sie war immer ehrlich.»

«Ja, das glaube ich gern. Die arme Frau. Wird denn sonst gar niemand um sie trauern?» Hella hatte eine mitleidige Miene aufgesetzt.

Jutta zuckte mit den Schultern. «Sie hat ihre Arbeit gemacht. Und am Sonntag ist sie in die Kirche gegangen. Von einem Verehrer oder Liebhaber weiß ich nichts.»

«Gab es da jemanden, der öfter zu ihrer Stube kam?», fragte Gustelies weiter.

Wieder schniefte Jutta und schüttelte den Kopf, aber dann merkte sie auf. «Moment mal, ihr nehmt gar keinen Anteil an meinem Kummer, ihr ermittelt schon wieder. Und gerade fragt ihr mich aus.»

Gustelies setzte sich auf den Schemel und strich über Juttas Hand. «Willst du denn nicht wissen, wer sie getötet hat? Willst du nicht, dass deiner Freundin Gerechtigkeit widerfährt?»

Jutta blinzelte noch einmal misstrauisch, dann nickte sie. «Natürlich will ich das. Noch dazu, wo es doch keinen anderen gibt, der sich darum ernsthaft bekümmert.» Sie dachte nach und kratzte sich dabei an der Nase. «Einen gab es, der hat seine Geschäfte immer nur mit ihr gemacht. Ich weiß das deshalb, weil zwar jeder von uns seine Stammkunden hat, er aber nicht einmal zu jemand anderem gegangen ist, wenn Marlies krank gewesen ist. Lieber hat er seine Geschäfte verschoben.»

«Weißt du, wer das war?»

«Ein Tuchhändler. Einer von hier, aber ich komme nicht auf seinen Namen.»

Gustelies und Hella sahen sich an, und Hella nickte leicht. «Wo wohnt er, weißt du das?»

Wieder schüttelte Jutta den Kopf, aber dann fiel ihr wohl etwas ein. «Habt ihr schon gehört, dass der Neffe der Schultheißin eine Bank in Frankfurt eröffnen möchte?»

«Eine Bank?» Für Gustelies hörte sich das ebenso geheimnisvoll und anrüchig an wie die Eröffnung eines weiteren Hurenhauses.

94

«Eine Bank, ja. Im Grunde das, was wir machen, nur mit mehr Kredit- und Wechselgeschäften, mit Kontoführungen und Kontrakten mit den italienischen Banken. Im großen Stil. Er heißt Markus von Mehringen, kommt wohl aus Straßburg und hat mich fragen lassen, ob ich ihm beim Aufbau der Bank helfen könnte. Gegen gute Bezahlung natürlich.»

«Und? Was hast du gesagt?», wollte Gustelies wissen.

«Ich habe abgelehnt, aber vielleicht war er danach bei Marlies, und vielleicht hat sie zugestimmt. Wer weiß?»

Gustelies nickte und tätschelte ihrer Freundin weiter die Hand. «Du hast doch einen Schlüssel für Marlies' Stube, nicht wahr?»

«Ja, den habe ich.»

«Kannst du uns den mal kurz ausleihen?»

Jutta lächelte schmerzlich und schüttelte den Kopf. «Der Richter war vorhin hier. Er hat mir ausdrücklich untersagt, euch den Schlüssel auszuhändigen.»

«Hach!», empörte sich Hella. «Und ist er selbst schon dort gewesen?»

«Soweit ich weiß, noch nicht. Sie suchen noch nach Erben der Geldwechslerin. Aber ich glaube, da gibt es niemanden.»

Wieder wechselten Mutter und Tochter einen Blick, dann nickten sie Jutta zu und begaben sich auf der Stelle ins Malefizamt.

# KAPITEL 9

Drei Tage waren seit dem Mord an der Geldwechsler Marlies vergangen. Gustelies und Hella hatten ihre Wechselstube durchsucht, aber nichts, rein gar nichts gefunden. Auch hier ließen sich keine Einbruchsspuren finden, und die Stube war so leer und sauber wie ein Kinderzimmer vor der Geburt. Nun standen Hella und Gustelies wieder bei Jutta auf dem Römer. «Ob ihr es glaubt oder nicht, aber mir ist nicht mehr wohl hier», gab Jutta zu und schaute misstrauisch nach links und rechts. «Irgendwie kann ich den Leuten nicht mehr vertrauen. Marlies hat keiner Menschenseele etwas Böses getan, und trotzdem ist sie ermordet worden.»

Hella nickte, und Gustelies nahm tröstend Juttas Hand. «Der Schultheiß war gestern hier», erzählte Jutta weiter. «Marlies hatte ein Testament bei einem Advokaten hinterlegt und bestimmt, dass die Stadt Frankfurt sie beerben soll, und die Stadt will das Haus wohl an den Schreiber geben. Krafft von Elckershausen ist der Ansicht, dass die Anwesenheit eines Beamten der Stadt in der Goldgasse für Ruhe und Sicherheit sorgen kann.»

«Was?» Hella richtete sich kerzengerade auf. «Der Schreiber? Er hat zwar eine Frau, aber keine Kinder. Das Haus ist doch viel zu groß für ihn.»

Jutta wiegte den Kopf. «Die Kinder werden schon noch kommen.»

«Und Heinz soll mir mal nach Hause kommen!» Hella schäumte vor Wut. «Warum kann dieser Mann nicht einmal zuerst an seine eigene Familie denken? Na, warte, Freundchen.»

Gustelies konnte ein leises Lächeln nicht unterdrücken. «Wenn du ihn ausschimpfst, erreichst du gar nichts, meine Liebe. Bei Männern helfen nur zwei Dinge: Schmeichelei und Erpressung.»

«Ich bin für Erpressung!» Hella hatte Mühe, nicht mit dem Fuß aufzustampfen. «Ich werde ihm sagen, dass er entweder das Haus für uns besorgt, oder ich kümmere mich selbst darum. Und dann wird es teuer, das kann ich jetzt schon versprechen.»

«Sei nicht kindisch», tadelte Gustelies ihre Tochter. «Und wenn es teuer wird, dann auch für dich, schließlich seid ihr verheiratet.»

«Da hat sie recht», Jutta nickte energisch. «Versuch's mal lieber mit Schmeicheleien. Koch ihm sein Lieblingsgericht, schenke ihm Wein ein, setz dich auf seinen Schoß.»

«Pfft! Dazu habe ich gerade gar keine Lust.» Hellas Augen funkelten vor Zorn, aber Gustelies gab ihr einen kleinen Stoß in den Rücken. «Los, geh einkaufen. Schmorbraten hat er gern. Tu ein paar Mohrrüben und einen halben Sellerie in die Soße, das heizt das Blut an.»

Hella wollte noch etwas sagen, aber dann tat sie doch, was die Mutter ihr geheißen hatte. Sie schlenderte zwischen den Marktbuden entlang und kaufte an der Schirn ein schönes Stück Rindfleisch, doch als der Metzger ihr den Preis dafür sagte, verschlug es ihr für einen Augenblick die Sprache. «Geld will ich nicht», erklärte der Mann mit der blutigen Schürze. «Geld ist nichts mehr wert die Tage. Gebt mir die silberne Schließe von Euerm Umhang.»

«Meine Schließe? Seid Ihr von Sinnen? Seit wann bekommt man Fleisch gegen Schmuck?»

Der Metzger zuckte mit den Schultern. «Niemand will mehr Geld. Und Ihr müsst ja nicht hier kaufen, wenn Ihr nicht wollt.»

Entrüstet wandte sich Hella ab, erlebte beim nächsten Metzger dasselbe, und auch beim übernächsten, bis sie endlich eine kleine Fleischbank aufsuchte, die ganz am Rande der Schirn stand. «Gibt es bei Euch etwas für Geld, oder seid Ihr auch nur auf Schmuck aus?», wollte sie barsch wissen.

Ein junges Mädchen schnitt gerade ein Kuheuter in kleine Stücke, richtete sich auf und stieß dabei an einen Hammelkopf, dem die Zunge violett und geschwollen aus dem toten Maul hing. «Natürlich nehme ich Geld. Aber geschnitten darf es nicht sein.»

Hella deutete auf ein schönes Stück Braten und reichte einen Viertelgulden über den Tisch. Das Mädchen betrachtete ihn von allen Seiten, fuhr sogar mit der Zungenspitze über die Ränder, dann nickte es. «Euer Geld ist in Ordnung.» Sie packte den Braten in große Rhabarberblätter und reichte ihn Hella. Dann steckte sie das Geld in ihr Mieder und wünschte noch einen schönen Tag. Auf dem Gemüsemarkt gelang es Hella mit Mühe und Not, einen halben Sellerie und ein paar Möhren mit Kupferstücken zu bezahlen, doch schon die Butterfrau wollte von ihr einen Gegenwert statt Geld. «Bringt mir Wein oder Honig, Brot oder meinetwegen ein bisschen Holz.

Eine gute Haarbürste könnte ich auch gebrauchen. Für Geld gebe ich nichts mehr.»

Und Hella, des Herumlaufens müde, überlegte nicht lange, holte ihre Haarbürste aus der Tasche und reichte sie der Butterfrau. Die Händlerin beäugte das Stück von allen Seiten. «Gutes Marderhaar, oder? Fühlt sich nicht so hart an wie Schweineborsten. Na, dafür gebe ich Euch ein gutes Pfund bester, gelber Butter.» Und sie fuhr mit dem Schaber in ihr Butterfass, klatschte einen großen Klecks in Hellas mitgebrachte Butterbüchse, nickte ihr zu und wandte sich dann an den nächsten Kunden. «Was habt Ihr mir für meine gute Butter zu bieten? Ich nehme fast alles, aber bei Gott kein Geld.»

Auf dem Weg nach Hause hatte sich Hella noch immer nicht von ihrer Verblüffung erholt. Sie hätte noch Brot gebraucht und ein wenig Öl, ein paar Zwiebeln und Talg für die Lichter, aber sie hatte nichts dabei, was sie hätte tauschen können. Es reichte schon, dass sie nun keine Haarbürste mehr hatte. Sollte sie vielleicht ihren Schal gegen Öl tauschen? Wie viel Öl gab es denn eigentlich für einen Schal? Und dann würde sie Wolle brauchen, um sich einen neuen Schal zu stricken. Und womit sollte sie die Wolle bezahlen? Mit Butter oder Zwiebeln vielleicht? Sie musste unbedingt mit Heinz darüber sprechen.

Ganz in Gedanken versunken versorgte sie ihre Kinder, briet das Rindfleisch, kochte die Soße und wartete darauf, dass Heinz endlich nach Hause kam.

«Und?», fragte sie, kaum dass er ihr einen Begrüßungskuss gegeben hatte.

«Tja, na ja, ich komme einfach nicht dazu.»

«Wovon sprichst du gerade?», wollte Hella wissen.

«Ich dachte, du wolltest wissen, was es in Sachen Haus Neues gibt.»

«Ja. Das auch, aber später. Zuerst will ich wissen, was du dagegen zu tun gedenkst, dass man auf dem Markt nicht mehr mit Geld bezahlen kann.»

Verblüfft riss Heinz die Augen auf. «Kann man nicht?»

«Nein, die Butterfrau wollte meine Haarbürste. Und ich habe keine Ahnung, womit ich morgen das Brot bezahlen soll. Vielleicht möchte der Bäcker ja deine Nachtmütze haben oder den kleinen Spiegel, den du mir zum letzten Geburtstag geschenkt hast.»

«Du hast deine Haarbürste gegen Butter eingetauscht?» Fassungslos sah Blettner seine Gattin an.

«Ja, habe ich. Und von dir will ich jetzt wissen, was der Rat der Stadt dagegen unternimmt.»

«Äh … ja … na ja, wir haben ja noch den Mord an der Marlies.»

«Und ich wette, ihr seid mit den Ermittlungen keinen Schritt weitergekommen. Ich wette sogar, du hast heute den halben Nachmittag mit dem Schultheiß in der Ratsstube gesessen. Und dabei sind wohl kaum die Sorgen und Nöte der Bürger zur Sprache gekommen.»

Ertappt kratzte sich Heinz am Kinn. «Die Messe steht vor der Tür. Da gibt es einiges zu besprechen. Schließlich stehen wir während dieser Zeit im Mittelpunkt der Handelswelt.»

«Und was denkst du, wird die Welt dazu sagen, wenn es heißt, in Frankfurt gibt es Butter nur gegen Haarbürsten?»

Das hielt Heinz Blettner tatsächlich für ein Problem, aber noch war er nicht gewillt, sich damit zu befassen. «Das werden die Nachwirkungen der Geldschneiderei sein», erklärte er beruhigend. «Das gibt sich bald wieder. Du wirst sehen, morgen bekommst du das Brot gegen Geld.»

Hella verschränkte die Arme vor der Brust. «Das glaube ich nicht. Der Ausrufer brüllt zwar von jeder Ecke, dass die Gefahr gebannt sei, aber niemand glaubt ihm. Ihr müsst etwas unternehmen, und zwar dringend. Oder würde es dir gefallen, wenn die Bürger der Stadt außer Rand und Band geraten und die Messfremden um Brot anbetteln, weil sie keine Haarbürsten mehr zu Hause haben?»

«Oh, Gott!» Blettner stöhnte auf und ließ den Kopf in die Hände sinken. «Auch das noch. Das fehlt mir gerade noch. Was soll ich bloß machen?»

«Tja, das weiß ich auch nicht», erwiderte Hella kühl. «Immerhin habe ich dir dein Lieblingsessen gekocht. Genieße es, vielleicht musst du nämlich den nächsten Schmorbraten gegen dein Kopfkissen tauschen.»

«Schmorbraten?» Das Wort belebte den Richter sichtlich. «Mit Butterbroten dazu?»

Hella nickte, nahm die Teller vom Küchenbord und stellte sie auf den Tisch. «Ich sage es noch einmal. Genieße das Fleisch wie eine Henkersmahlzeit. Denn die Geldschneiderei ist dein kleineres Problem, wenn sich herausstellt, dass Jutta recht hat und das Haus der Goldschmidt Marlies an den Schreiber geht.»

Jetzt erschrak Heinz ernsthaft. Er wurde sogar ein wenig blass, seine Lippen wurden schmal, das Kinn kantig. «Und woher weiß sie das? Die Jutta, meine ich?»

«Krafft von Elckershausen hat es ihr erzählt. Er ist der Meinung, dass ein städtischer Bediensteter in der Goldgasse für Sicherheit und Ruhe sorgen kann.»

Heinz schüttelte den Kopf. «Glaube mir, das wusste ich nicht.» Er starrte an die Wand, schüttelte noch einmal den Kopf und fluchte: «Und der Schreiber, der Haderlump, hat mir auch nichts davon gesagt.»

Als Heinz Blettner endlich im Bett lag, brummte sein Schädel, als hätte er mehrere Kannen schlechten Rotwein getrunken. Seine Gedanken wirbelten wie ein Schneesturm durch seinen Kopf, und er überlegte, was für Schliche notwendig wären, um dem Schultheiß das Haus in der Goldgasse aus den Rippen zu leiern und den Schreiber anderswo unterzubringen. Vielleicht sogar in dem Haus, in dem sie jetzt lebten? War das nicht eine fabelhafte Idee? Er würde das Thema gleich morgen ansprechen. So getröstet, schlief der Richter endlich ein, ohne zu ahnen, was sich gerade am anderen Ende der Stadt abspielte.

# KAPITEL 10

Jutta war heute länger in der Geldwechselstube geblieben als gewöhnlich. Sie hatte wenig Kundenverkehr und daher Zeit gehabt, darüber nachzudenken, woher sie bis zur Messe noch ausreichend gutes Gold- und Silbergeld bekommen sollte, um die Wechsel zu bedienen. Ihr war natürlich nicht entgangen, dass die einfachen Markthändler mittlerweile überhaupt kein Geld mehr akzeptieren wollten, und Jutta hatte keine Ahnung, wie das weitergehen sollte. Der Kerzenmacher konnte vielleicht Kerzen gegen Eier tauschen, der Seifensieder, der Schildmacher, der Weißbinder, der Färber und alle anderen Handwerker auch, aber was taten die Übrigen? Sie hatte heute schon ein paar Leute gesehen, die sich vor den Almosenkasten drängten, obgleich sie nicht zu den Armen der Stadt zählten.

Sie räumte ihren Abakus in eine verschließbare Truhe, schloss ordentlich das Konto- und das geheime Buch dort ein, trocknete die Schreibfeder und drückte den Korken in das Tintenfass. Sie warf zwei Apfelreste in den Rinnstein, spülte ihren Becher am Brunnen, dann schlang sie sich ihr Umschlagtuch um die Schulter – am Abend war es manchmal noch kühl – und sah sich zufrieden in ihrer Stube um. Alles stand an seinem Platz, alles war in Ordnung. Kurz noch fühlte sie nach dem Beutel mit dem Geld, das sie heute eingenommen hatte, und den sie wie einen Gürtel um die Hüfte trug. Mit einem zufriedenen Seufzen schloss sie ihre Stube und begab sich auf den Heimweg. Die Dämmerung hing über der Stadt, malte dunkle, halb verwischte Schatten an die Häuser. Die Ersten hatten bereits Talglichter angezündet, und Jutta konnte durch die offenen Fenster sehen, wie sie beim Abendbrot saßen. Die Straßen waren still. Nur ein paar Ladenjungen schoben Ständer und Karren durch die Gassen. Eine dicke Hausfrau stand mit verschränkten Armen vor ihrem Haus und beäugte misstrauisch den Himmel. «Na, Geldwechslerin, was meint Ihr? Wird es noch regnen? Soll ich die Wäsche draußen lassen?»

«Lasst sie hängen, Gevatterin. Morgen wird bestimmt die Sonne scheinen, und dann trocknet Eure Wäsche im Nu.»

In einer Nische drückten sich zwei junge Leute aneinander, und Jutta sah, wie der Junge nach der Brust des Mädchens griff. Sie lächelte, bog dann ab in eine stille Gasse und fröstelte plötzlich ein wenig. Die Goldschmidt Marlies fiel ihr ein, und Jutta hoffte, dass sie in der kommenden Nacht nicht wieder von ihr träumen würde. Sie fühlte sich müde und erschöpft, hatte nur noch den Wunsch, bald zu Hause anzukommen, sich einen Kräutersud zu kochen und dann die Füße hochzulegen. Sie wusste noch immer nicht, woher sie das viele Bargeld zur Messe nehmen sollte, wenn die Händler kamen und ihre Wechsel ausbezahlt haben wollten, doch bis zur Messe war noch ein klein wenig Zeit. Der Rat muss etwas unternehmen, dachte sie. Gleich morgen muss ich mit Heinz sprechen. Es kann ja so nicht weitergehen, das muss auch der Schultheiß einsehen. Sie ging an einem Haus vorbei, aus dem

Gezeter drang. «Dummes Ding, ich hatte gesagt, du sollst die Küche aufwischen. Und was machst du? Du fegst sie aus.» Dann knallte eine Maulschelle, eine Mädchenstimme heulte auf, und schon war Jutta weiter. Sie hatte es jetzt nicht mehr weit bis zu ihrem Haus, aber das bedrückende Gefühl, das sie heute schon den ganzen Tag quälte, wurde stärker. Sie sah in jede Hausnische, lauschte auf jedes Geräusch, aber als plötzlich der Knüppel auf ihrem Kopf niedersauste, fiel sie einfach wie ein umgestoßenes Fass. Sie spürte die Tritte in die Rippen kaum, denn sie erblickte plötzlich ein friedliches, warmes Licht und ihre Mutter, die sie zu sich winkte. Dann versank alles in der tiefsten Schwärze.

«Wir müssen etwas unternehmen. Das heißt, Ihr müsst etwas unternehmen.» Heinz Blettner saß hinter seinem Schreibtisch im Malefizamt, der Schultheiß in dem gepolsterten Lehnstuhl davor.

«Und was soll ich unternehmen?» Die Stimme des Schultheißen klang quengelig wie die eines Kindes. Es war noch recht früh am Morgen, und Krafft von Elckershausen hatte schlecht geschlafen. «Wenn Ihr wüsstet, welchen Ärger ich zu Hause habe, Ihr würdet Euch nicht wundern über mein Schädelbrummen. Oh, es raubt mir jede Freude.»

Blettner schwieg. Er wusste, dass der Schultheiß keine Antwort von ihm erhoffte. Und schon sprach er auch weiter: «Sie zetert den ganzen Tag. Gestern Abend hat sie sogar ihren Pantoffel nach mir geworfen, nur weil ich in Sachen ihres Neffen noch nichts erreicht habe. Ich bin ganz erschöpft, wenn ich morgens ins Amt komme. Und jetzt wollt Ihr noch, dass ich die Stadt vor der Geldschneiderei rette. Wie stellt Ihr Euch das denn vor? Ach, wenn nur mein Schädel nicht so weh tun würde.»

Der Schultheiß blickte so kläglich drein, dass Blettner beinahe Mitleid mit ihm bekam. Aber dann dachte er an Hella und an den eigenen Haussegen und beschloss, wenigstens seine Haut zu retten. «Ich hatte da gestern einen Einfall», begann er und verschwieg natürlich, dass der Einfall eigentlich von seiner Frau stammte.

«Was für einen Einfall, Richter? Ich glaube nicht, dass ich noch mehr Ärger ertragen kann.»

«Ganz im Gegenteil. Ich glaube, ich würde die Lösung für all Eure Probleme finden, wenn ich nur etwas mehr Ruhe zum Nachdenken hätte.»

Krafft von Elckershausen richtete sich halb auf. «Ja? Erzählt!»

Blettner lehnte sich in seinem Stuhl zurück und spielte mit einem Rötelstift. «Na ja, ich weiß nicht so genau. Ich habe mir die letzte Nacht um die Ohren geschlagen, und das, obwohl mir keiner dafür einen roten Heller zahlt.»

«Was wollt Ihr, Richter? Eine Einladung zum großen Hirschessen? Geht in Ordnung.»

Blettner winkte ab. «Was soll ich beim Hirschessen? Außerdem bezweifle ich, dass Hella mich dort hingehen ließe.»

«Was wollt Ihr dann?»

«Tja, Schultheiß, auch ein kleiner Richter wie ich hat so seinen Kummer und seine Sorgen. Die Welt wird nicht besser, aber die Ansprüche steigen. Die Meine, die sitzt mir im Nacken wegen des Mordhauses von der Goldschmidt Marlies. Dort würde sie gern wohnen, zumal Gustelies im Nachbarhaus lebt.»

«Aber das habe ich dem Schreiber schon zugesagt.» Krafft von Elckershausen kratzte sich unglücklich dreinblickend am Kopf. Er kannte den Richter lange genug, um zu wissen, dass dieser nicht lockerlassen würde. Und schon gar nicht, wenn ihm sein Weib im Nacken saß.

«Der Schreiber könnte unser Haus haben. Er hat keine Kinder, der Platz sollte ihm allemal ausreichen.»

«Könnt Ihr nicht trotzdem sagen, was Euch eingefallen …?»

Der Schultheiß beendete den Satz nicht, denn Blettner schüttelte energisch den Kopf. «Ich kann nur in Ruhe nachdenken, wenn mich meine häuslichen Probleme nicht belasten.»

Nun war Krafft von Elckershausen zwar ein Mann, der wusste, wann er verloren hatte, aber seine Natur verbot ihm, dies offen zuzugeben. «Tja, Richter, wenn ich wüsste, ob Euer Einfall etwas taugt? Wie kann ich da sicher sein? Ich müsste wenigstens wissen, worum genau es sich dreht.»

«Es hat etwas mit Eurem Neffen Markus zu tun und mit den Geldschneidereien in der Stadt. Zwei Fliegen mit einer Klappe.»

Krafft von Elckershausen zog die Unterlippe zwischen die Zähne und kaute ein wenig darauf herum. Schließlich seufzte er und sagte: «Was soll's? In einer Welt, in der die besten Freunde zu Erpressern werden, habe ich wohl keine Wahl.»

Heinz Blettner hatte nicht gewusst, dass er zu den besten Freunden des Schultheißen zählte, und er hatte davon auch noch nichts gespürt. «Ja, mein Lieber, die Erde ist ein Jammertal und das Leben ein Graus.»

Krafft von Elckershausen nickte. «Ich sichere Euch das Haus der Marlies nicht zu, aber ich gebe Euch eine Option darauf.»

«Dieselbe wie dem Schreiber?»

«Nein. Ihr bekommt die erste Option, unter der Voraussetzung, dass der Schreiber in Euer Haus einziehen darf.»

Blettner lächelte, legte den Rötelstift auf den Tisch und ließ seinen Vorgesetzten noch ein wenig zappeln.

«Wenn Ihr jetzt nicht gleich sagt, was Euch eingefallen ist, dann ziehe ich die Option zurück», knurrte Krafft von Elckershausen. «Ihr seid nicht besser als mein Weib.»

«Nun, was haltet Ihr davon, wenn Ihr alles Geld der Stadt einsammeln würdet?»

«Wie soll das denn gehen? Soll ich vielleicht die Büttel losschicken, auf dass die mit dem Knüppel das Geld aus den Leuten prügeln? Meint Ihr, es gibt auch nur einen einzigen Bürger in Frankfurt, der freiwillig sein Geld herausrückt, sei es auch noch so beschnitten?» Krafft von Elckershausen runzelte die Stirn und wurde ganz rot vor Empörung. «Nie im Leben, Blettner, Euer Einfall ist ein Hirnschiss!»

«Nein, ist er nicht», widersprach der Richter. «Ihr solltet mich ausreden lassen. Also, Ihr lasst das Geld einsammeln oder, besser noch, umtauschen und gebt den Leuten dafür unbeschnittenes Geld.»

Der Schultheiß riss die Augen auf. «Wir, die Freie Reichsstadt Frankfurt, sollen uns selbst betrügen?»

«Nein, nur umtauschen. Wir lassen das unechte, beschnittene Geld gegen gutes Geld umtauschen. Dann sind die Bürger zufrieden, der Rat hat bewiesen, dass er mit Krisen gut umgehen kann, und die Messfremden werden noch lieber nach Frankfurt kommen als ohnehin schon. Tja, ein paar kleine Verluste lassen sich nicht vermeiden, aber diese werden so gering sein, dass sie nicht weiter auffallen. Ansonsten schlage ich vor, dass wir allen eine Umtauschsteuer aufbrummen, die der Steuereintreiber auf der Stelle einzieht. Am Ende, Schultheiß, kann es gut sein, dass Ihr dabei noch einen Gewinn macht.»

«Hmm.» Krafft von Elckershausen hatte noch immer die Stirn gerunzelt. «Woher soll ich die Leute dafür nehmen?»

Jetzt grinste Blettner und tätschelte sich zufrieden seinen Bauch. «Ihr braucht gar keine Leute dafür. Ihr habt ja Euern Neffen. Er wird seine Bank eröffnen und den Umtausch vornehmen. So hat er einen leichten Start bei uns, die Kaufleute empfinden ihn nicht als Konkurrenten, sondern als Freund, und die Schultheißin sitzt Euch nicht länger im Nacken.»

Da begann das Gesicht des Schultheißen so sehr zu strahlen, dass es selbst die Morgensonne in den Schatten stellte. «Richter, Ihr seid genial. Ein Schurke zwar, aber ein genialer Schurke. Ich wusste es gleich, als ich Euch vor Jahren in das Amt berufen habe.» Er stand auf, schlug Blettner so gewaltig auf die Schulter, dass der Richter in seinem Stuhl zusammensackte. «Ich lade Euch zum Mittagessen in die Ratsstube ein. Ihr könnt essen, was immer Ihr wollt.»

«Nein.» Blettner winkte ab. «Ich habe keinen Hunger. Außerdem bin ich heute Abend bei meiner Schwiegermutter eingeladen, und sie ist, wie Ihr wisst, eine begnadete Köchin. Eure Dankbarkeit könnt Ihr mir bezeugen, indem Ihr mir das Mordhaus zusprecht.»

«Ich gebe mein Bestes, Richter, das verspreche ich Euch.» Mit diesen Worten verschwand der Schultheiß, und Richter Blettner hörte ihn draußen auf dem Flur fröhlich vor sich hin pfeifen.

Draußen, auf dem Markt, herrschte wieder großes Geschrei und Gezänk. Arme Frauen trugen ihre schreienden

Säuglinge auf dem Arm und versuchten, für ihre Pfennige wenigstens etwas Brot zu bekommen. Aber die meisten Händler blieben stur. «Wir nehmen kein Geld. Wenn Ihr es unbedingt loswerden wollt, so wendet Euch an den Mönch dort in der Ecke.» Sie zeigten in Richtung von Juttas Geldwechselstube, und Gustelies, die das natürlich gehört hatte, begab sich auf der Stelle dorthin. Und obgleich sie wenig aus der Fassung zu bringen vermochte, so überraschte sie doch, was sie dort sah. Beziehungsweise, wen sie dort sah. Kein anderer als der Antonitermönch Bruder Göck hatte es sich auf dem Schemel vor Juttas Bude gemütlich gemacht, und vor ihm stand eine ansehnliche Schlange.

«Was machst du hier?», verlangte Gustelies zu wissen. «Und wo ist Jutta?»

Bruder Göck schaute fröhlich zu ihr auf. «Wo deine Freundin steckt, weiß ich nicht, aber ich tue das, wozu der Herr mich berufen hat.»

«Und was genau ist das?»

«Ich sorge für die Seelen der armen Frankfurter, die Angst vor der Zukunft haben. Hier!» Er hielt ein mit Tinte beschriebenes Blatt hoch. Gustelies nahm es und hielt es sich dicht vor die Augen: «Mit diesem Schreiben wird dem armen Sünder ein Ablass gewährt. Er lebe fortan in Frieden und sündige nicht mehr.»

«Genau.» Der Antonitermönch strich sich zufrieden über den Bauch.

«Was ist denn das? Verteilst du etwa Ablassbriefe?» Gustelies war so empört, dass ihr Gesicht im Nu rot angelaufen war. «Bist du nicht besser als dieser Beutelschneider Tetzel in Leipzig?»

Vor etlichen Jahren hatte es auf der Frankfurter Messe nur ein Thema gegeben, nämlich den Ablasshandel. Albrecht, der Erzbischof von Mainz, hatte große Schulden beim reichen Kaufmann Fugger gehabt. Die hatte er machen müssen, um sich beim Papst die Bischofsmütze zu kaufen. Nun wollte nach einiger Zeit der Fugger sein Geld zurück, aber Albrecht hatte alles verprasst. Also verabredete er mit dem Papst, einen Ablass auszurufen. Das eingenommene Geld wollte er mit dem Papst teilen. Die armen, geplagten Seelen konnten sich von ihren Sünden freikaufen. Damals kostete ein Schwein vier Gulden, ein Mord wurde für acht Gulden vergeben, und am teuersten war der Ehebruch: Der kostete neun Gulden. Albrecht schickte seine Mönche los, die in Kirchen und Klöstern ihre Ablasskränze auslegten. So auch in Leipzig. Dort war der berühmte Ablassprediger Johann Tetzel zu Gange. Und als er eines Tages im Paulinerkloster zu Leipzig seinen Ablasskranz auslegte und auf die Sünder wartete, kam ein junger Ritter des Weges. «Tetzel», sagte der, «ich habe noch nicht gesündigt, aber, bei Gott, es juckt mir in den Fingern. Kann ich mich schon im Vorfeld von meinen Sünden loskaufen?»

Der geldgierige Tetzel überlegte nicht lange. «Wenn das Geld im Kasten klingt, die Seele aus dem Fegefeuer springt. Nur immer zu, Ritter, welche Sünde wollt Ihr begehen?»

Der Ritter schürzte die Lippen. «Na ja, einen Raubüberfall könnte ich mir schon vorstellen. Seid versichert, dass dabei niemand einen körperlichen Schaden erleidet.»

«Dann gebt mir sechs Gulden, und Eure Sünde sei Euch vergeben. Hier, nehmt den Brief. Da habt Ihr es schwarz auf weiß.»

Der Ritter nahm das Papier, und als Johann Tetzel am Abend mit seiner gut gefüllten Geldlade durch die dunklen Leipziger Gassen zu seiner Unterkunft strebte, sprang aus einer finsteren Nische eine graue Gestalt und entriss dem Tetzel die Lade. Der Tetzel fing an zu zetern und zu schreien, doch der Ritter hielt ihm seinen Ablassbrief vor die Nase, und Tetzel fiel die Kinnlade herab. An diese Begebenheit dachte Gustelies, als sie den Mönch auf dem Schemel hocken sah.

Bruder Göck stand auf, segnete beiläufig die Menge und flüsterte Gustelies ins Ohr: «Bei dem, was ich hier mache, ist jedem geholfen: mir, dem Kloster und vor allem diesen guten Leuten hier.»

Schon trat der Nächste auf den Antoniter zu, erzählte von seinen Lügen, und Bruder Göck nahm eine Handvoll beschnittenes Geld entgegen und überreichte den Ablassbrief. Eigentlich wollte Gustelies empört sein. Eigentlich fand sie das, was der Mönch da trieb, ungeheuerlich, aber dann sah sie die glücklichen Gesichter derer, die einen Ablassbrief bekamen, und sie beschloss, den Mund zu halten. Nur eine Frage hatte sie noch: «Wo steckt eigentlich die Geldwechslerin?»

Gustelies hatte laut gefragt. Bruder Göck riss die Arme zum Himmel und erklärte: «Hier war sie nicht, seit ich da bin. Aber sie ist nicht die Einzige, die heute fehlt. Schau dich um, Gustelies, die Hälfte aller Geldwechsler ist zu Hause geblieben.» Gustelies wandte sich um, und tatsächlich: Einige der Geldwechslerbuden waren geschlossen, vor den anderen jedoch herrschte großes Gedränge. Nein, dachte Gustelies, ein solches Geschäft würde sich Jutta niemals entgehen lassen. Was also war mit ihr? Und vor allem: *Wo* war sie?

Ein Sünder wurde gerempelt und gegen Bruder Göcks

Schemel gestoßen, sodass die Geldlade ihm beinahe von den Knien gerutscht wäre: «Pass doch auf, du Tölpel», schrie der Antoniter erbost, aber als er sah, dass nichts passiert war, setzte er wieder sein Seelsorgergesicht auf und fragte freundlich: «Was macht dir das Herz so schwer? Sprich geschwind, denn der Herrgott ist gnädig zu denen, die bereuen.»

# KAPITEL 11

Gustelies hatte keine Ahnung, ob sie sich um Jutta Sorgen machen musste. Vielleicht war sie krank, aber das hatte Gustelies in den dreißig Jahren ihrer Freundschaft nicht ein einziges Mal erlebt. Na ja, Jutta hatte sich in den letzten beiden Jahren ein wenig verändert. Eigentlich seit sie mit dem Fuhrmann zusammen war. Sie hatte ihre Freunde vernachlässigt, aber niemals ihre Arbeit. Doch nun hatte Gustelies schon lange nichts mehr von dem Fuhrmann gehört, und am Sonntagnachmittag ging Jutta auch nicht mehr untergehakt mit ihm am Mainufer spazieren. Jutta verlor nie ein Wort über ihre Liebesangelegenheiten, und wenn Gustelies ehrlich war, so kränkte sie dieser Umstand ein wenig. Und weil das Nachdenken darüber ihre Kränkung auffrischte, machte sie sich nicht direkt auf die Suche nach ihrer Freundin, sondern beschloss, erst zu ihrem Bruder zu gehen. Dieser hockte nicht wie sonst am Küchentisch, den Weinbecher vor sich, sondern er saß auf der kleinen Bank in Gustelies' Küchengarten und hielt sein Gesicht in die Sonne.

«Na, dir geht es ja gut heute.»

Der Pater schrak zusammen und schaute schuldbewusst. «Ich wollte sie auf der Haut spüren, die Sonne, meine ich. Wollte sehen, ob mich das tröstet.»

«Und? Hat es geholfen?»

Der Pater zuckte mit den Achseln. «Ich weiß es nicht genau, ich bin nämlich eingeschlafen.»

Gustelies seufzte, strich ihrem Bruder über die Schulter und wollte zurück in die Küche, um das Mittagessen vorzubereiten, doch der Pater hielt sie am Ärmel fest. «Komm, setz dich einen Augenblick zu mir», bat er. Gustelies nahm Platz, streckte die Füße von sich und verschränkte die Arme unter der Brust. «Ist das Leben nicht schön für dich, wenn es so ist wie jetzt?», fragte sie nach einer Weile.

«Nein. Ja. Also, nicht richtig, denn ich weiß ja, dass ich nicht ewig hier sitzen kann. Spätestens heute Abend verschwindet die Sonne und lässt Dunkelheit und Kälte zurück.»

«Und weil du dich vor dem fürchtest, was in vielen Stunden passieren wird, kannst du dich nicht am Augenblick freuen?»

Pater Nau nickte traurig. «So ist das wohl mit mir.»

Obgleich Gustelies sich gerade noch rundum wohl gefühlt hatte, überkam sie bei den Worten ihres Bruders ein leichtes Frösteln. Sie erhob sich und begab sich in die Küche. Sie machte Feuer, füllte die Wassereimer, scheuerte die Tischplatte mit feinem Sand, dann stellte sie einen großen Topf auf die Feuerstelle, der mit einer guten Hammelfleischsuppe gefüllt war. Als sie fertig war, war das Frösteln noch immer nicht verschwunden, und plötzlich schien es ihr sogar, als wäre das ganze Pfarrhaus trotz der strahlenden Sonne draußen in Dunkelheit und Kälte gehüllt. Etwas Furchtbares wehte sie an, und dieses Furchtbare ließ sie fliehen wollen, dorthin, wo Lachen und Streiten, wo Lärm und Licht waren. Sie gab ihrem Bruder einen Kuss, fragte ihn, ob er noch genügend

Seife und Talglichter hatte, seufzte, als sie ihn nun wieder so leidend dort hocken sah, und machte, dass sie davonkam.

«Und? Wie gehen wir vor?» Krafft von Elckershausen hatte seinen Neffen Markus von Mehringen ins Malefizamt mitgebracht. Die beiden standen vor des Richters Schreibtisch und sahen ihn erwartungsvoll an. Blettner räusperte sich. «Zuerst möchte ich ein wenig mehr über Euch wissen, denn ich trage hier die Verantwortung.»

Markus von Mehringen setzte sich, blickte dem Richter offen ins Gesicht und fragte: «Was genau wollt Ihr wissen?»

«Zunächst, wo Ihr das Bankgeschäft erlernt habt. Wie Eure Ausbildung war, was Ihr zuletzt gemacht habt.»

«Richter, das ist doch jetzt alles ganz gleichgültig», warf der Schultheiß ein, doch Blettner schüttelte energisch den Kopf. «Das ist es nicht. Wir übergeben Eurem Neffen die Geschicke der Stadt. Ich muss sicher sein, dass er sein Geschäft versteht.»

«Lass nur, Onkel, ich habe nichts zu verbergen. Also: Ich bin in Straßburg geboren. Mein Vater war ein Handelsmann und hatte eine Niederlassung in Florenz. Als ich noch ein Junge war, hat er mich auf eine Rechenschule in Florenz geschickt.» Er machte eine Pause, und Blettner nutzte die Gelegenheit, um ein paar Bemerkungen einzustreuen, die dem jungen Mann zeigen sollten, dass auch er gewisse Kenntnisse über andere Länder und Sitten hatte. «Florenz also», sprach er und nickte. «Eine der größten Städte weit und breit. Ungefähr 90 000 Einwohner, nicht wahr?»

«Ja, so ist es. Und an jeder Ecke gibt es Rechenschulen, in denen die vier Grundrechenarten, der Dreisatz und ein wenig Bruchrechnung geübt werden. Später haben wir dann auch die Zinsrechnung gelernt. Zwei ganze Jahre war ich dort. Ich kann mit Fug und Recht behaupten, dass die Florentiner die Meister der Mathematik sind.»

«Und dann? Was habt Ihr dann gemacht?»

«Richter, es reicht jetzt. Das ist ja ein regelrechtes Verhör.» Krafft von Elckershausen hatte energisch gesprochen, doch Blettner blieb stur. «Es geht um das Wohl und Wehe unserer Stadt. Aber sorgt Euch nicht, ich bin sicher, es gibt in ganz Frankfurt keinen zweiten jungen Mann, der eine Florentiner Rechenschule absolviert hat.»

Markus von Mehringen legte seinem Onkel die Hand auf den Arm. «Ich finde richtig, was der Richter macht. Außerdem bin ich stolz auf das, was ich bisher geleistet habe. Es ist mir eine Freude, darüber zu sprechen.» Er wandte sich wieder dem Richter zu. «Zuerst habe ich im Unternehmen meines Vaters die Kasse verwaltet. Doch mein älterer Bruder war der Vorsteher des Kontors, und mir war klar, dass ich niemals die Möglichkeit haben würde, das Handelshaus meines Vaters zu führen. Und für die zweite Reihe bin ich nicht geschaffen.» Wie er das so sagte, klang es ein wenig hochmütig, aber Blettner konnte den jungen Mann gut verstehen. Auch er war nicht für die zweite Reihe geboren. «Und dann?»

«In Florenz gibt es über sechzig Banken. Die meisten bestehen aus nicht mehr als einem Tisch, einem ‹Banco›, wie es im Italienischen heißt. Sie haben nur ein oder zwei Mitarbeiter, und das Geschäft wird wahrhaftig von dem Tisch aus geführt, der meist auf der Straße steht.» Markus von Mehringen lächelte, als er davon sprach. «Aber der Traum eines jeden Rechenschülers ist es wohl, in einem der ganz großen Handelshäuser Kassenbücher zu führen, Verträge auszufertigen und mit den anderen Niederlassungen in ganz Europa zu korrespondieren. Also heuerte ich beim Kaufmann Peruzzi an, welcher der Größte und Mächtigste in ganz Florenz war. Doch dann ereilte mich der Ruf aus Straßburg, dass meine Mutter im Sterben liegt. Also ging ich dorthin zurück, und als sie gestorben war, unterstützte ich meinen Vater im Geschäft. Und wieder stand ich in der zweiten Reihe. Irgendwann kam mir die Idee, ich könnte mein ganz eigenes Geschäft aufziehen, und warum nicht an einem so bedeutenden Messeplatz wie Frankfurt eine Bank aufbauen? Ich bin sicher, dass eine Bank dieser Stadt große Dienste leisten kann.»

Blettner nickte beeindruckt. «Nun, ich denke, ein Tisch auf der Straße wird hier nicht ausreichen. Dafür haben wir die Geldwechsler. Zuerst benötigt Ihr ein Kontor.» Der Richter verschob das Tintenfass auf seinem Tisch. «Arbeitet Ihr mit den Nürnberger Rechenbüchern, oder bevorzugt Ihr die doppelte Buchführung nach Art der Italiener?»

Markus von Mehringen strich sich durch sein dichtes Haar. «Für Geschäfte in deutschen Landen nehme ich die Nürnberger. Mache ich aber mit den Welschen einen Handel, dann erledige ich die Buchführung nach deren Art.»

«Das ist doch jetzt alles unwichtig», mischte sich der Schultheiß wieder ein.

«Habt Ihr schon nach einer Geschäftsstelle Ausschau gehalten?», wollte Blettner jetzt von diesem wissen.

«Wie denn? Und wann denn?», fauchte Krafft von Elckershausen. «Ich war ja rund um die Uhr beschäftigt.»

«Das dachte ich mir.» Blettner nickte. «Nun, ich habe heute Morgen mit dem Zunftmeister der Kaufleute gesprochen. Ihm ist es sehr recht, dass die Geldwirtschaft in Frankfurt wieder in geregelte Bahnen kommt. Also hat er für den Übergang ein kleines Büro im Haus der Alten Limpurg angeboten. Ich finde, das klingt hervorragend. Die Alte Limpurg befindet sich gleich neben dem Rathaus. Jeder hat Zugang, die Sache könnte schon sehr bald ausgestanden sein.»

Jetzt ergriff Markus von Mehringen wieder das Wort. «Soweit ich meinen Onkel verstanden habe, tausche ich zunächst das beschnittene Geld in unbeschnittenes um. Das schlechte Geld gebe ich dann an die städtische Münze, die es einschmilzt und neues, gutes Geld daraus prägt. Die Verluste, die ich unweigerlich dabei mache, trägt die Stadtkasse. Dazu kommt noch eine Geldwechselgebühr, die ich von denen einnehme, die ihr Geld tauschen. Einen Gulden von hundert, dachte ich. Das ist sehr wenig, in Straßburg haben wir sechs Gulden von hundert genommen. Aber ich denke, die armen Leute können ja nichts dafür, dass sie ihr Geld tauschen müssen, und da wäre eine hohe Gebühr nicht rechtens.»

«So sieht es aus, mein Sohn. Na, habe ich es dir nicht gesagt? Unser Richter ist ein Genie.» Krafft von Elckershausen machte Anstalten, Blettner ins Kreuz zu hauen.

«Aber eigentlich ist es doch so, dass ich bei dem Geschäft draufzahle, oder? Immerhin werde ich von morgens bis abends arbeiten müssen, und dann noch in der Nacht, um das Geld zu zählen und auszuwiegen. Eigentlich habe ich recht wenig von diesem Geschäft.» Markus von Mehringen kniff die Augen ein wenig zusammen.

Blettner verzog den Mund. «Nun, wir geben Euch hiermit eine erstklassige Gelegenheit, die wichtigsten Kaufleute kennenzulernen. Ihr könnt Eure Redlichkeit unter Beweis stellen und Kontakte knüpfen. Ich hörte, das wäre das Wichtigste in der Geldwelt.»

Von Mehringen schluckte, lächelte dann ein bisschen schmal. «Da habt Ihr wohl recht, aber leben muss ich ja auch.»

Blettner stand auf, stapelte ein paar Papiere übereinander. «Für uns sollt Ihr das Geld tauschen. Im Gegenzug stellen wir zunächst ein kleines Büro und die wichtigen Kontakte. Ob Ihr zugleich noch Konten anlegt, Wechsel einlöst oder Kreditgeschäfte macht, ist uns ganz egal. Halt!» Er hob die Hand, als er sah, dass von Mehringen etwas sagen wollte. «Ich bin noch nicht fertig. Wenn Euch dieser Handel nicht gefällt, nun, so werden wir jemand anderen dafür finden. Und zwar im Handumdrehen.»

Der Schultheiß-Neffe schien einen kurzen Augenblick lang noch etwas einwenden zu wollen, überlegte es sich dann aber anders. Sein Gesichtsausdruck änderte sich, wechselte von Hochmut zu Dankbarkeit. Ich habe ihn richtig eingeschätzt, dachte Blettner. Er ist ein wahrer Handelsmann. Tut immer so, als erweise er der Welt einen Gefallen und sieht dabei stets zu, dass er nicht zu kurz kommt.

«Nun, ich bin einverstanden. Schließlich bin ich durch meine Tante eng mit der Stadt verbunden.» Markus von Mehringen sah seinen Onkel an, als erwarte er Beifall von ihm. Doch Krafft von Elckershausen war nicht dumm. «Es gibt da noch eine Sache, die wir klären müssen. Alleine kannst du den Geldumtausch nicht ausführen. Wir brauchen einen Einheimischen vor Ort, damit die Leute Vertrauen haben können.»

«Wie bitte?» Markus von Mehringen richtete sich kerzengerade auf. «Glaubst du etwa, Onkel, ich würde mein Geschäft nicht verstehen? Überdies habe ich eine großartige

Gehilfin. Claudette. Sie versteht beinahe ebenso viel vom Bankgeschäft wie ich selbst. Und außerdem ist niemand diskreter als sie, denn sie ist stumm.»

Der Schultheiß zuckte mit den Schultern. «Ich habe keine Ahnung von diesen Dingen. Wie soll ich wissen, ob du gut bist? Aber um jedem Gerede aus dem Weg zu gehen, werde ich dir einen hiesigen Geldwechsler zur Seite stellen. Du kannst jetzt gehen und den Raum in der Alten Limpurg besichtigen. Morgen früh Glockenschlag acht Uhr sollte deine Umtauschstelle eröffnet sein.»

Markus von Mehringen nickte, grüßte und ging.

«Und wen wollt Ihr als Kindermädchen für Euern Neffen anheuern?», fragte Blettner. «Ihr wisst, Jutta Hinterer hat bereits abgelehnt. Und nun, wo die Goldschmidt Marlies tot ist, werdet Ihr wohl schwerlich jemanden finden, der diese Arbeit übernimmt.» Zumal die Bezahlung nicht sehr üppig ausfallen dürfte, fügte er in Gedanken hinzu.

Krafft von Elckershausen ließ sich in den Lehnstuhl fallen und blieb Blettner die Antwort zunächst schuldig. «Wo ist eigentlich der Schreiber?», fragte er stattdessen.

Blettner zuckte mit den Achseln. «Seit ich ihm gestern gesagt habe, dass es mit dem Haus in der Goldgasse nichts wird, er aber dafür meines haben kann, ist er weg. Sein Weib kam vorhin und sagte, er fühle sich nicht wohl, hätte sich hingelegt und wisse nicht, wann er der Stadt wieder zur Verfügung stehe.»

«Ah, ja. Noch ein Argument, das wir in der Häusersache später gegen ihn verwenden können, wenn es nottut. Jetzt aber sagt mir, wen ich meinem Neffen an die Seite setzen kann. Die Geldwechsler haben bestimmt alle keine Lust dazu.»

Blettner nickte gedankenvoll. «Da habt Ihr recht. Wen sollen wir dann nehmen? Einen Büttel vielleicht?»

«Ich hab's, ganz einfach. Unseren Leichenbeschauer. Eddi.»

«Eddi?», wiederholte der Richter verblüfft. «Aber wie soll das denn gehen? Er ist, wie ich höre, ewig pleite, kann kaum sein Gehalt einteilen, geschweige ein Bankgeschäft tätigen.»

Der Schultheiß winkte ab. «Es geht doch gar nicht so sehr um das Wissen der Geldwirtschaft. Ich dachte nur genau wie Ihr, dass es für die Frankfurter vertrauter wäre, wenn auch einer von uns hinter einem der Schreibtische sitzt. Natürlich hat Eddi keine Ahnung von Geld, aber er ist nicht dumm. Er wird uns schon sagen, wenn dort etwas vorfällt, das für die Stadt nicht das Beste ist.»

Richter Blettner nickte. «So machen wir es. Ich werde Eddi gleich rufen, damit er noch heute beim Aufbau der Wechselstube helfen kann.» Er kicherte.

«Was gibt es zu kichern?», wollte Krafft von Elckershausen wissen.

«Eigentlich nichts. Nur dass unser Eddi sich in die stumme Claudette verliebt hat.»


Gustelies wanderte erst am späten Nachmittag durch die Stadt zu Juttas Haus. Die Sonne hatte sich versteckt, dicke, schwarze Wolken ballten sich über den Häusern zusammen. Die Luft war schwül, und Gustelies musste immer wieder anhalten und sich mit einem Tuch, das sie in Minzesud getunkt hatte, das Gesicht wischen. Hin und wieder aber fuhr eine Windböe durch die dunklen Gassen, wirbelte den Abfall im Rinnstein hoch und ließ ihn ein paar Meter weiter fallen. Zwei Lehrjungen aus einer Färberei, erkennbar an ihren blauen Händen, schwatzten und lachten, ein alter Mann hockte auf einem Stein und atmete schwer. «Na, Gustelies, noch unterwegs bei dem Wetter?» Er deutete nach oben auf die Wolken, die immer dunkler wurden und den ganzen Himmel bedeckten.

«Ich muss noch etwas erledigen, das keinen Aufschub duldet», erklärte sie. Der Alte nickte. «Komm, hilf mir auf die Beine. Die wollen nicht mehr.» Gustelies fasste den Alten unter dem Arm und stemmte ihn hoch. «Grüße die Deinen von mir.» Der Alte hob die Hand zum Gruße und tappte davon.

Endlich war Gustelies an Juttas Haus angelangt. In der Ferne erklang erstes Donnergrollen. Die Vögel hatten aufgehört zu singen, und es herrschte eine unheilvolle Stille. Gleich wird es anfangen, dachte Gustelies und klopfte an Juttas Haustür. Doch nichts geschah. Gustelies trat einen Schritt zurück und sah an der Fassade hoch. Die Fensterläden waren zugeschlagen, kein Lebenszeichen drang nach draußen. «Wo ist sie nur?», murmelte Gustelies vor sich hin. «Wenn sie weggefahren wäre, hätte sie mir doch davon erzählt. Und wohin sollte sie auch gefahren sein?» Sie überlegte noch einen Moment, ob Jutta irgendetwas in dieser Richtung gesagt hatte, aber ihr fiel partout nichts ein. Langsam kam ihr die Situation bedenklich vor. Sie ging um das Haus herum, prüfte, ob im Abfallgraben frischer Unrat lag, aber da war nichts. Dann stand sie im Gemüsegarten und stellte fest, dass die Pflanzen nicht gegossen waren. Sie klopfte an die Küchentür, doch nichts geschah. Endlich spähte sie durch das Fenster und sah Jutta mit gesenktem Kopf am Tisch sitzen. Sie trommelte mit ihren Fingernägeln gegen das Fenster, aber ihre Freundin hob nicht einmal den Kopf. «Jutta!», rief sie, doch ihr Ruf ging im Donnergrollen unter. «Jutta, jetzt mach endlich die verdammte Tür auf.» Jetzt sah ihre Freundin auf – und Gustelies erschrak bis ins Innerste. Juttas linkes Auge war zugeschwollen. Über ihre Stirn zog sich ein fingerlanger Kratzer, und die Oberlippe war blutverkrustet und ebenfalls dick angeschwollen. «Um Himmels willen, was ist dir denn passiert? Jetzt mach endlich auf!» Schwankend erhob sich die Freundin, schlurfte zur Tür, und Gustelies hörte nicht nur, wie der Schlüssel im Schloss gedreht, sondern obendrein noch ein Riegel zurückgeschoben wurde. Dann öffnete Jutta die Tür einen Spalt, spähte hinaus und fragte mit zittriger Stimme: «Bist du allein?»

«Natürlich bin ich allein.»

«Ist dir auch niemand gefolgt?»

«Nein. Mach endlich auf.»

Jutta gehorchte, und Gustelies schlüpfte hinein. Kaum war sie drinnen, da drehte Jutta schon wieder den Schlüssel und schob den schweren Eisenriegel vor.

«Was ist mit dir geschehen?» Gustelies hatte das Talglicht vom Tisch genommen und beleuchtete damit Juttas Gesicht. Die Freundin drehte sich weg, brach in Tränen aus, und Gustelies stellte das Licht ab, nahm Jutta in die Arme und strich ihr tröstend über den Rücken. «Pscht, ist ja alles gut. Alles kommt wieder in Ordnung. Ich bin ja da.» Es dauerte eine ganze Weile, bis sich Jutta beruhigt hatte. Gustelies führte sie zurück auf die Küchenbank, nahm ein leichtes Wolltuch und legte es der Freundin um die Schulter. «Und jetzt erzähle mir, was geschehen ist.»

Draußen beleuchtete ein Blitz die dunkelgraue, stille Landschaft, und Jutta zuckte zusammen und griff angstvoll nach

Gustelies' Hand. «Es ist nur ein Gewitter, fürchte dich nicht.» Die Pfarrhaushälterin betrachtete Jutta sorgenvoll. So verängstigt hatte sie die Geldwechslerin noch nie gesehen. «Wie lange sitzt du schon hier?» Juttas Haar hing in wilden Strähnen herab, die Haube war hinten von dunklem Blut getränkt. Ihr Kleid starrte vor Dreck, und Juttas gesundes Auge war rot unterlaufen.

Jutta zuckte mit den Schultern. «Ich weiß es nicht.»

«Hast du gar nicht geschlafen?» Jutta schüttelte den Kopf.

«Du hast also die ganze Nacht hier gesessen?», wollte Gustelies wissen. Jutta nickte.

«Und was ist gestern Abend passiert?» Jetzt hob Jutta den Kopf und blickte die Freundin verzweifelt an. «Ich habe keine Ahnung. Ich war auf dem Nachhauseweg, schon fast da. Plötzlich bekam ich einen Schlag auf den Kopf. Und Tritte. Ja. Mich hat jemand getreten. Ins Gesicht und in die Rippen. Jedenfalls fühlt es sich so an. Genau weiß ich es nicht mehr, ich kann mich nicht richtig erinnern.»

«Wer war das?»

«Ich weiß es nicht.»

In Gustelies kam die Ermittlerin zum Vorschein. «War es ein Mann oder eine Frau? Groß oder klein? Dick oder dünn?»

Jutta wischte sich mit dem Ärmel die Tränen aus dem Gesicht. «Ich weiß es doch nicht, ich weiß es einfach nicht mehr. Der Angriff kam von hinten, und ich habe niemanden gesehen. Hernach war ich wohl bewusstlos. Als ich wieder zu mir kam, war es dunkel. Ich habe mich nach Hause geschleppt.»

«Und seitdem sitzt du hier, oder?»

Jutta nickte.

«Hast du Schmerzen?»

«Mein Kopf, meine Augen, die Rippen. Ich fühle mich, als wäre ich unter ein Fuhrwerk geraten.»

«Du solltest dich hinlegen. Komm, ich helfe dir.»

«Nein!» Jutta riss abwehrend die Hände hoch. «Ich darf nicht schlafen.»

«Wieso das denn nicht?»

«Wenn ich schlafe, kommt er wieder und bringt mich um.»

Erst jetzt begriff Gustelies, dass Jutta vor Angst halb wahnsinnig war. Sie nahm die Freundin in die Arme, strich ihr über den Rücken und beruhigte sie mit Lauten, die bei Hellas Kindern ihre Wirkung nie verfehlten. Allein, Jutta zitterte, schluchzte, bebte, klammerte sich an Gustelies fest, als wollte sie sie niemals wieder loslassen. Lange hielt Gustelies ihre Freundin so im Arm. Es dauerte, bis das Zittern nachließ, aber endlich machte sich Jutta behutsam los.

«Geht es wieder?», wollte Gustelies wissen, doch Juttas Augen verrieten ihr, dass das nicht der Fall war. «Du hast recht, du kannst hier nicht alleine bleiben. Warte, ich hole dir ein paar Sachen, und dann kommst du mit zu uns.»

Jutta griff nach Gustelies' Hand. «Nein. Lass mich nicht alleine hier.»

«Nur einen kurzen Augenblick. Ich lasse alle Türen auf, sodass du mich immer hören kannst. Wenn etwas ist, dann rufe mich.»

Sie zog behutsam die Hand aus der ihrer Freundin, begab sich in deren Schlafzimmer, packte ein paar Sachen ein und schnürte sie in ein Tuch. Dann half sie Jutta beim Aufstehen, entsetzt darüber, wie zerbrechlich und schwach diese war. Noch gestern hatte sie vor Lebensfreude und Temperament nur so gestrotzt, heute war sie nicht mehr als ein verängstigtes, hilfloses Bündel Mensch. «Du wirst die nächsten Tage bei mir und Henn verbringen», wiederholte Gustelies mit einer Stimme, die keinen Widerspruch zuließ. Sie blickte mitleidig auf die zitternde Freundin herab und ahnte, welche Angst Jutta ausgestanden haben musste. Nein, sie konnte wirklich nicht allein hierbleiben, wollte sie nicht vollends wahnsinnig werden. Mit einem raschen Blick vergewisserte sich Gustelies, dass alle Fenster und Türen verschlossen waren, dann fasste sie Juttas Arm. «Komm», sagte sie sanft und zog die Freundin vorsichtig vom Stuhl.

Dankbar nickte Jutta, und die beiden Frauen machten sich auf den Weg.

# KAPITEL 12

Als Gustelies mit Jutta bei sich zu Hause ankam, saß die Küche schon voller Leute: Pater Nau war da, Bruder Göck, der Richter samt Hella und den Kindern und natürlich Henn Goldschlag. Rasch schob sie sich vor Jutta, versteckte diese so gut es ging hinter ihrem Rücken, um sie nicht neugierigen Blicken und erschrockenen Ausrufen auszusetzen.

«Ach, ich hatte ja ganz vergessen, dass ihr heute Abend alle kommt», sagte Gustelies dann in die Runde. «Hella, ich habe schon vorgekocht. Es wäre lieb, wenn du den gefüllten Kapaun warm machen und den Tisch decken könntest.»

«Gefüllter Kapaun? Ist bei euch der Reichtum ausgebrochen?» Bruder Göck leckte sich die Lippen.

«Gibt es Wein dazu?», wollte der Pater wissen.

«Ich komme gleich», erwiderte Gustelies, ohne auf die Fragen einzugehen. Sie wandte sich an Henn. «Kannst du mir eine Schüssel mit warmem Wasser in das Zimmer der ehemaligen Hauswirtschafterin bringen? Wir haben einen Gast heute Nacht.»

Henn nickte und erhob sich, während der Pater und Bruder Göck erfolglos versuchten, hinter Gustelies' Rücken zu spähen. Gustelies hatte die Freundin schon in Richtung Treppe geschoben.

Im Zimmer der alten Hauswirtschafterin, die nach Adeles Tod das Goldschlaghaus verlassen hatte, stand ein bequemes Bett mit dicken Kissen und Decken. Auf einer Anrichte befand sich das Waschgeschirr und vor dem Fenster ein bequemer Sessel, in den Gustelies Jutta, die noch immer vollkommen apathisch war, platzierte. Henn brachte nicht nur das Wasser, sondern auch die halbe Hausapotheke und machte sich still und leise wieder davon, ohne etwas zu sagen oder zu fragen.

Jetzt, am Fenster, hatte Gustelies Gelegenheit, Juttas Wunden näher zu betrachten. Sie befeuchtete ein Tuch mit Kamillenwasser und tupfte damit das verletzte Auge, die Lippen und dann das ganze Gesicht sauber. Hernach drehte sie Jutta so, dass sie die Verletzung am Hinterkopf gut sehen konnte. Sie reinigte auch diese Wunde, wusch behutsam das blutverschmierte Haar ringsum, und als Henn einen weiteren Krug mit warmem Wasser gebracht hatte, schälte sie die Freundin aus Kleid und Mieder, stöhnte leise auf, als sie die handtellergroßen blauen Flecken an Juttas Seite sah, wusch die Freundin sanft, trocknete sie ab, strich Ringelblumensalbe auf die Wunden. Dann riss sie ein weißes Laken in Streifen, wickelte diese um Juttas Leib, damit die gebrochenen Rippen ein wenig Schutz hatten, und zum Schluss zog sie Jutta frische Wäsche an, tupfte ihr ein wenig Rosenwasser hinter die Ohren und Minzfett auf die Stirn gegen die Kopfschmerzen. Jutta hatte das alles still über sich ergehen lassen, und das machte Gustelies eigentlich die meiste Angst. Ihre Verletzungen würden heilen. Aber das, was mit Juttas Seele geschehen war, würde wohl länger brauchen. Plötzlich fiel Gustelies etwas ein: «Wo ist eigentlich dein Geldbeutel?»

Jutta griff nach ihrer Hüfte. Meist trug sie ihren Lederbeutel um den Bauch geschlungen, sodass er von außen durch die Röcke nicht zu sehen war. Silbergeld war schwer, sodass sie es nicht um den Hals tragen konnte, aber jetzt fühlte sich ihre Hüfte leicht an. «Er ist nicht da!» Ihre Augen weiteten sich vor Schreck. «Er ist gestohlen worden.»

«Wie viel war darinnen?»

«Nicht so sehr viel. Ein halber Rheinischer Goldgulden und mehrere Straßburger Taler.»

«Kannst du den Verlust verschmerzen?»

Juttas Augen füllten sich mit Tränen. «Das Geld, ja. Aber nicht die Demütigung, die Ohnmacht, die Hilflosigkeit, das Ausgeliefertsein. Ich glaube, ich werde nie wieder unbeschwert durch eine dunkle Gasse laufen können.»

Gustelies nickte. Sie ahnte, wie ihre Freundin sich fühlte.

«Willst du dich jetzt ein wenig hinlegen?», fragte Gustelies.

Jutta schüttelte den Kopf. «Ich möchte nicht alleine sein.»

«Hier kann dir nichts passieren. Das Haus ist voller Männer. Niemand kann ungebeten hereinkommen.» Sie streichelte die Schulter der Freundin, aber Jutta begann zu zittern wie eine junge Katze im Regen, und Gustelies verstand, half ihr beim Aufstehen und führte sie langsam nach unten.

Hella hatte bereits den Tisch gedeckt. Die Kinder lagen schlafend in Henn Goldschlags großem Bett, und der Richter goss gerade Wein ein. Frisch gebackenes Brot verströmte einen würzigen Duft, und der Fleischtopf, der mitten auf dem Tisch thronte, sah so köstlich aus, dass Gustelies das Wasser im Munde zusammengelaufen wäre, hätte ihr der Sinn nach einer Mahlzeit gestanden. Als sie Jutta in die Küche schob, verstummte der lebhafte Disput zwischen Pater Nau, Bruder Göck und dem Richter abrupt.

«Was in aller Welt ist denn mit dir passiert?», wollte Heinz Blettner wissen.

Gustelies scheuchte Bruder Göck aus dem Lehnstuhl und dirigierte ihn auf die Küchenbank, führte Jutta zum Stuhl, half ihr beim Hinsetzen, schob ihr noch ein Kissen in den Rücken und goss ihr einen Becher Wein ein. Allmählich schwand Juttas Zittern, aber sprechen mochte sie noch immer nicht.

«Sie ist überfallen worden», erklärte Gustelies. «In der Gasse, in der sie wohnt. Jemand hat ihr einen Schlag über den Schädel gegeben und ihr ein paar Rippen gebrochen.»

Richter Blettner war jetzt hellwach. «Wer war es? Wie groß? Wie alt?», aber Gustelies stoppte ihn. «Sie kann sich nicht an sehr viel erinnern. Am besten erholt sie sich erst ein paar Tage. Sie wird hier bei uns bleiben, bis sie Lust hat, wieder in ihr eigenes Haus zu ziehen. So, und jetzt lasst uns essen.»

Und das taten sie. Bald hörte man nur noch das Schmatzen und glucksende Schlucken des Antoniters, der die Gelegenheit, den Kapaun mit gutem Rotwein runterzuspülen, voll ausschöpfte. Sogar der Pater langte kräftig zu, aber Hella warf immer wieder einen besorgten Blick auf Jutta, die noch immer an ihrem ersten Stück Brot kaute und so zusammengesunken saß, dass es einen jammern konnte.

Nach dem Essen holte Hella für Jutta einen Fußschemel, deckte sie mit einem leichten Tuch zu und strich ihr sanft über die Schulter. Und kaum hatte sie das getan, da sank Jutta der Kopf auf die Brust, und sie schlief ein.

Die anderen sahen sich an, und Hella fragte leise: «Ob der

Überfall auf Jutta mit dem Tod der Goldschmidt Marlies in Zusammenhang steht?» Sie blickte dabei ihren Mann an.

Der zog ein besorgtes Gesicht und nickte nachdenklich. «Es ist schon auffällig. Zuerst das ganze geschnittene Geld, dann der Tod von Marlies und jetzt der Überfall auf Jutta. Es würde mich wundern, wenn es da keinen Zusammenhang gäbe.»

«Und was wirst du tun?», fragte Gustelies.

«Na ja, die Ermittlungen wegen Marlies laufen nur schleppend. Der Schultheiß hat angeordnet, dass erst die Geldangelegenheiten der Stadt neu geregelt werden müssen, ehe wir uns um Marlies kümmern können. Überdies geht er noch immer davon aus, dass ihr Tod ein Unfall war.»

«Aber du glaubst das nicht?», wollte der Pater wissen, der zum ersten Mal seit vielen Tagen wieder einigermaßen frisch aus der Wäsche guckte.

«Nein, ich habe das nie geglaubt. Aber Krafft von Elckershausen ist als Schultheiß nun einmal der Herr über Recht und Gesetz in dieser Stadt.»

«Was du tun willst, würde ich gern wissen.» Gustelies ließ nicht locker und betrachtete ihre Freundin sorgenvoll. «Es kann ja nicht angehen, dass jeder, der mit Geld zu tun hat, Angst um sein Leben haben muss.»

Jetzt schrak Bruder Göck zusammen. «Bin ich etwa auch in Gefahr?», wollte er wissen.

«Wieso meinst du das?» Blettner verstand nicht, aber dann beichtete Bruder Göck, dass er heute einen Ablasshandel veranstaltet hatte. «Es ist reichlich Geld zusammengekommen.»

Pater Nau sprang empört auf. «Du hast das Geld doch

nicht etwa genommen, um die Missstände in deiner Wirtschaft auszugleichen, oder?»

Verlegen malte der Mönch mit dem Finger ein Muster auf die Tischplatte. Jutta war von dem Ausruf des Paters aufgeschreckt worden und blickte sich mit ängstlichen Augen um. «Ist alles in Ordnung?», wollte sie wissen.

Draußen zuckten Blitze durch die Dunkelheit, die Wolken wallten, Donner grollten, und endlich brach der Himmel auf und schickte wahre Sturzbäche auf die Erde. Der Regen klopfte gegen die Fenster, der Wind heulte durch den Kamin, während hier in der Küche die Luft immer noch so angespannt war wie kurz vor dem Gewitter.

«Du hast was?», wollte jetzt auch der Richter wissen. «Du hast deinen eigenen privaten Ablasshandel aufgezogen?»

«Ich weiß gar nicht, was ihr alle habt. Morgen werde ich zur Bank gehen, werde meine Einnahmen gegen gutes Geld eintauschen, und alle sind zufrieden: die Sünder, mein Kloster und ich auch.»

«Ich fasse es nicht.» Pater Nau schüttelte wieder und wieder den Kopf und betrachtete seinen Freund, als hätte er ihn noch nie zuvor gesehen. Auch der Richter schaute verwundert und empört zugleich auf den Mönch.

«Du hast die Gläubigen betrogen», stellte der Pater fest.

«Das hat der Tetzel damals auch gemacht, sogar mit Billigung des Papstes.»

«Du bist aber nicht der Tetzel, du bist auch nicht der Papst, aber du solltest wissen, dass nur er Ablässe ausrufen kann.»

Bruder Göck breitete die Arme aus. «Wie hätte ich denn zusätzlich noch nach Rom fahren sollen?»

Hella hatte den Mönch aufmerksam angesehen, jetzt meldete sie sich zu Wort. «Es ist ja nicht viel passiert», erklärte sie. «Und wenn wir die Verfehlung des Mönches an die große Glocke hängen, trifft es ganz Frankfurt. Es kann sogar sein, dass die Kunde davon bis nach Mainz zum Erzbischof gelangt. Er sucht schon lange nach einem Grund, uns die Messe wegzunehmen.»

«Du redest wie Krafft von Elckershausen», stellte Heinz Blettner fest.

«Na ja, nicht alles, was der Schultheiß sagt, ist schlecht.»

«Na bitte!» Bruder Göck breitete die Arme aus und strahlte. «Wie ich schon gesagt habe: Niemand ist zu Schaden gekommen, alles ist gut.»

«Nein!» Pater Nau haute so dermaßen stark auf den Tisch, dass die Teller in die Höhe sprangen. «Nein, das ist nicht rechtens. Wir haben gelobt, uns für die Menschen einzusetzen, für ihr Seelenheil. Und was der Mönch da gemacht hat, ist schlicht Betrug.»

«Du fällst mir in den Rücken?» Der Antoniter war ehrlich beleidigt. «Und das nach allem, was ich für dich getan habe?»

Pater Nau erwiderte nichts. Seine Fröhlichkeit war dahin. Traurig betrachtete er seinen Weinbecher, und er wirkte, als steckte der Dolch der Niedertracht in seinem Herzen.

Jetzt meldete sich Gustelies zu Wort. «Was Recht ist, muss Recht bleiben. Es wäre doch fatal, wenn der Mönch mit dieser schamlosen Betrügerei davonkäme. Ich finde, er muss bestraft werden.»

Henn Goldschlag hatte den ganzen Abend nur sehr wenig gesagt. Er war noch neu in dieser Runde, musste seinen Platz erst noch finden. Aber jetzt hob er den Zeigefinger. «Hella hat recht. Es nützt niemandem, Bruder Göcks Ablasshandel öffentlich zu machen. Aber ungestraft soll er auch nicht bleiben. Nun, wie wäre es dann, wenn Bruder Göck das eingenommene Geld den Ärmsten der Stadt spenden würde? Das wäre doch wahrhaft christlich.»

Bruder Göck riss empört die Augen auf. «Das ganze Geld? Und womit bezahle ich dann den verschwundenen Wein?»

Jetzt wurde Pater Nau derart wütend, wie ihn noch nie jemand gesehen hatte. Er sprang auf, riss den Mönch an der Schulter und brüllte so laut, dass er den Donner übertönte: «Du hast den Wein getrunken. Du musst dafür geradestehen.»

Bruder Göck blickte vom einen zum anderen. Henn Goldschlags Augen ruhten auf ihm, sein Blick war streng, aber milde. Gustelies schüttelte wieder und wieder den Kopf, Hella hatte den Mund zu einem schmalen Strich verzogen, der Richter hatte sein Amtsgesicht aufgesetzt, Pater Nau war richtiggehend blass vor Empörung, und selbst Jutta Hinterer konnte sich ihre Missbilligung nicht verkneifen. In aller Augen stand, dass der Antoniter dieses Mal zu weit gegangen war. Das fand Bruder Göck zwar sehr bedauerlich, und er verstand es auch nicht, zumal doch bekannt war, dass sich die Klöster gerne bereicherten – warum also sollte dies einem armen Mönch verwehrt sein? –, aber er nickte, schlug die Augen nieder und versprach, gleich morgen früh das Geld auf die Bank zu bringen. Und zwar alles, so wahr ihm Gott helfe.

Bruder Göck hatte keine Lust mehr, im Mittelpunkt zu stehen, also wandte er sich an Jutta. «Und? Geht es dir besser? Du bist nicht mehr ganz so blass wie vorhin.»

Da fiel auch Blettner ein, dass er mit seiner Befragung gar nicht weitergekommen war. «Sag, Jutta, hat der Lump etwas zu dir gesagt?»

«Nein», erwiderte Jutta. «Es ging alles so schnell. Ich bekam einen Schlag auf den Kopf und stürzte zu Boden, dann spürte ich noch ein paar Tritte und fiel in Ohnmacht. Als ich wieder aufwachte, war es dunkle Nacht, und ich habe mich nach Hause geschleppt.» Sie begann bei der Erinnerung daran wieder zu zittern.

«Und ist in der letzten Zeit sonst etwas Ungewöhnliches vorgefallen?»

Jutta richtete sich kerzengerade auf und funkelte Blettner mit ihren zugeschwollenen Augen an. «Wenn du meinst, dass der Mord an der Marlies gewöhnlich war, nein, dann ist nichts Ungewöhnliches vorgefallen. Und auch die Geldschneiderei ist ja für unsere Stadt normal, oder?»

«Beruhige dich bitte, ich habe das nicht böse gemeint. Eigentlich wollte ich wissen, ob ganz speziell *dir* etwas Ungewöhnliches passiert ist. Gab es Gezänk? Gab es Beschwerden? Hattest du merkwürdige Kunden?»

«Nicht mehr als sonst auch.»

«Und ist dir etwas gestohlen worden?», mischte sich Hella ein.

«Das Geld.» Jutta schloss die Augen wieder. «Ich trug es wie immer in einem Säckchen um die Hüften.»

«Ja, das Geld war weg», bestätigte Gustelies.

«Und wie viel hattest du in deinem Beutel?», wollte Blettner wissen.

«Nicht mehr als sonst. Das einzig Auffällige war, dass ich an diesem Tag sehr viele Straßburger Taler hatte.»

«Straßburger Taler?», fragte Blettner nach, und in seinem Kopf klingelte etwas.

«Ja. Gute, neue Straßburger Taler.»

Und der Richter dachte: Straßburger Taler, wie sie vielleicht der Neffe des Schultheißen mitgebracht hatte.

# Kapitel 13

Eddi schwebte im siebten Himmel. Zuerst hatte er gemurrt, als Krafft von Elckershausen ihm mitgeteilt hatte, dass er ab sofort in der neuen Bank aushelfen müsse. «Ich bin Leichenbeschauer», hatte er eingewandt, aber der Schultheiß hatte ihm einen Finger in die Brust gebohrt und erinnert: «Ja, aber einer, der kein Blut sehen kann.»

«Aber ich habe überhaupt keine Ahnung vom Geldgeschäft.»

«Das macht nichts, mein Lieber, bei uns gehen die Kredit- und Wechselgeschäfte unblutig vonstatten, und das müsste Euch doch entgegenkommen. Außerdem brauche ich Euch zum Schutze der Bank. Schließlich wird dort auch eine Frau arbeiten.»

«Eine Frau?» Eddi wurde hellhörig.

Krafft von Elckershausen lächelte hinterhältig. «Nun, manchmal fungiert sie nur als Köchin, doch wenn mein Neffe sie braucht, hilft sie in der Bank. Sie soll ein Genie in der Mathematik sein. Wenn ich mich recht entsinne, so heißt sie Claudette.»

«Claudette? In der Bank? Wann soll ich anfangen?» Eddi hatte rote Wangen bekommen, und seine Augen glühten beinahe wie Kohlestücke.

«Jetzt gleich.» Der Schultheiß hatte noch nicht zu Ende gesprochen, als Eddi bereits mit flatternden Rockschößen ins Haus der Alten Limpurg eilte.

Die neue Bankstube war recht klein, wirkte aber höchst seriös. Der Boden und die Wände waren mit honiggelbem Holz getäfelt, die Schreibtische standen in Hufeisenform. Ganz vorn hatte Markus von Mehringen Platz genommen, im rechten Winkel dazu saß Eddi, und ihm gegenüber arbeitete Claudette. Die Stühle waren mit Leder bezogen, und an der offenen Seite des Hufeisens befand sich ein kleiner Wagen, auf dem Wasser in einer Karaffe stand und neu angespitzte Federn und verschlossene Tintenfässer auf Vorrat lagen. Ganz vorn, an einem Extratisch gleich neben dem Ausgang, hatte es sich der Steuereintreiber der Stadt gemütlich gemacht. Er hockte hinter einem Tisch, die Steuerlisten des letzten Jahres vor sich, und verglich die umgetauschten Summen mit den Listen. Hatte er den Verdacht, dass jemand im letzten Jahr zu wenig Steuern gezahlt hatte, so griff er denjenigen heraus und kassierte ihn gleich ab. Außerdem zog er die Umtauschsteuer von eins zu einhundert gleich mit ein. Markus und Claudette hatten große Nürnberger Rechenbücher vor sich liegen und warteten auf den Ansturm. Eddi öffnete die Tür und wunderte sich eigentlich nicht darüber, dass die reichsten Kaufleute die Ersten waren, die hereinstürmten. Sie trugen schwere Geldladen unter dem Arm oder wedelten mit Säcken voller Geld. «Bitte hier entlang. Ihr müsst Euer Geld erst von Claudette zählen lassen.» Eddi hatte Mühe, die Heranstürmenden in die richtige Richtung zu dirigieren. Vor Claudettes Tisch öffneten sie ihre Laden und Säcke, schütteten das Geld unter lärmendem Geklingel auf den Tisch und überwachten das

Zählen mit Argusaugen. Dann nahmen sie ihre Quittung entgegen, begaben sich zum Tisch von Markus von Mehringen, der gegen die Quittung neues, gutes, unbeschnittenes Geld ausgab und dabei gleich seine Gebühr abzog, und kurz vor dem Ausgang mussten sie dem Steuereintreiber geben, was sie der Stadt schuldeten. Eddis Aufgabe war es, für den friedlichen Verlauf der Geschäfte zu sorgen und das alte, schlechte Geld in große Säcke zu packen, damit die Büttel es zur Münze am anderen Mainufer bringen konnten, wo neues Geld daraus geprägt werden sollte. Zwar stand auf jedem Schreibtisch ein Abakus, aber der Rat hatte angeordnet, dass nur Frankfurter Geld umgetauscht werden durfte. In Erweiterung seiner Geschäfte konnte Markus von Mehringen allerdings tun, was immer ein Bankmann zu tun hatte. Eddi hatte sich hinter Claudette aufgebaut und war bereit, sie mit seinem Leben zu schützen, wenn es denn sein musste. Zwischendurch lauschte er den Gesprächen. Ein Kaufmann beschwerte sich bei einem anderen, dass die Gewürzpreise in Italien neue Höhen erklommen hätten, ein anderer vermutete, dass die Messe in Frankfurt so gut wie nie besucht werden würde, wenn die Kunde vom neuen Geld es erst in die Welt hinaus geschafft hatte. Einer lobte die Initiative des Schultheißen, ein anderer war der Ansicht, dass der Geldumtausch nur neue Geldschneider anzöge. Gemeinsam waren ihnen allen die verärgerten Blicke auf den Steuereintreiber. Claudette ließ sich von den Gesprächen nicht stören. Stoisch zählte sie die Münzen, schrieb Quittungen und überließ es Eddi, die Inhalte der Taschen, Laden und Säcke zur Seite zu schaffen. Nach einer Stunde war Eddi bereits schweißgebadet. Immer neue Kunden drängten durch die Tür. Eddi brachte Claudette einen

Becher Wasser und erntete dafür ein dankbares Lächeln, und er hätte ihr für dieses wunderbare Lächeln auch gern noch die Sterne vom Himmel geholt, aber im Augenblick war dafür keine Zeit. Die Schlange vor der Bank wurde immer länger, und bald schon konnte man die ersten ungeduldigen Worte hören. «Was eigentlich macht Ihr da drinnen? Warum dauert das so lange?»

Und auch im Inneren der Bank wurde gemurrt. «Ich habe selbst zu Hause gezählt. 200 Kronen hatte ich, und jetzt hat mir das Weib nur 198 auf die Quittung geschrieben.»

Währenddessen hockte Richter Heinz Blettner in seiner Stube im Malefizamt und dachte nach. Auf seinem Schreibtisch türmten sich Klagen und Gegenklagen, Protokolle von Gerichtssitzungen, neue Verordnungen, strittige Testamente, unklare Verträge und anderer Gerichtskram. Die Sonne drang nur spärlich durch die bunten Butzenscheiben, und das Talglicht blakte.

Für ihn stand inzwischen felsenfest, dass in Frankfurt ein Mörder sein Unwesen trieb. Aber wer konnte das sein? Und wie konnte man ihm oder ihr auf die Schliche kommen? Er nahm sich ein Blatt Papier, schrieb oben «Mörder» hin und starrte vor sich hin. Was wusste er über den Bösewicht? Nichts. Nicht einmal, ob er es mit einem Mann oder einer Frau zu tun hatte. Einen kräftigen Schlag mit einem Knüppel konnte jeder ausführen. Na gut, die meisten. Aber für Richter Blettner waren Frauen eigentlich bloß als Kindsmörderinnen vorstellbar, obgleich er es schon anders erlebt hatte. Also schrieb er «Mann» auf seinen Zettel. Was wusste er noch? Er kannte weder Alter noch Größe, wusste nichts über Herkunft oder Beruf. Er wusste nur, dass der Unhold am liebsten im Dämmerlicht agierte. «Scheut das Tageslicht», schrieb er auf sein Papier. Aber warum hatte der Täter die Marlies getötet und die Jutta nicht? War es ein großes Glück, dass Gustelies' Freundin mit dem Leben davongekommen war, oder hatte der Mörder sie absichtlich nicht töten wollen? Was verband die Opfer außer ihrem Beruf? Sie mussten etwas wissen, das dem Mörder gefährlich werden konnte, oder nicht? Na gut, er hatte ein bisschen was gestohlen, aber wiederum nicht so viel, dass es sich richtig gelohnt hätte. Andererseits hatte Blettner es auch schon erlebt, dass für weniger Geld getötet wurde.

Der Schreiber stand hinter seinem Pult in der Ecke und spitzte Tintenfedern an. Dabei pfiff er leise vor sich hin. «Schreiber, sei still, ich muss mich konzentrieren», befahl der Richter.

«Und was soll ich dann tun?»

«Du kannst deine Federn stumm anspitzen.»

«Ich bin fertig damit.»

Der Richter wandte sich um und betrachtete seinen Schreiber ausführlich. Er hatte den leisen Verdacht, dass dieser sich in letzter Zeit ein bisschen viel herausnahm. Wie er schon guckte! Kein bisschen bescheiden oder demütig, sondern … sondern sogar irgendwie aufsässig. «Am besten gehst du mal in die Bankstube der Alten Limpurg. Lass dir genau erklären, wie das so läuft mit dem Frankfurter Geld. Dann mach mir eine Liste darüber.»

Dem Schreiber war anzusehen, dass er am liebsten die Augen verdreht hätte. «Das kann ich auch so», erklärte er hochnäsig. «192 Frankfurter Pfennige sind 24 Schilling oder 12 Englisch, 36 Albus oder 18 Batzen. Die wiederum ergeben

72 Kreuzer. Die Weckpfennige, Weißpfennige, Schwarzpfennige, Dickpfennige und die Fünferlinge werden nicht umgetauscht, da kein Silber darinnen ist – sie bestehen aus Kupfer. Der Rest muss ausgewogen werden. Der Frankfurter Denare ist nur halb so schwer wie der Kölsche, wobei 12 Denare ein Schilling sind. 20 Schilling oder 240 Denare ergeben eine Frankfurter Mark. Zurzeit gelten außerhalb der Messen folgende Zahlungsmittel: der kölsche Denare, die französischen Turnosgroschen, die brabantischen Löwenenglisch und der rheinische Goldgulden. Für den Frankfurter Münzfuß ist die kölsche Mark maßgebend, und die wiegt 234 Gramm.»

«Das weißt du alles?» Der Richter staunte. «Gut, dann schreib mir eine Liste.» Er drehte sich um und wollte sich schon seufzend seinem Papier zuwenden, als ihm etwas einfiel. «Schreiber, woher weißt du das alles? Kein Frankfurter, der nicht Geldwechsler oder Kaufmann ist, hat von diesen Dingen Kenntnis.» Er blickte den Schreiber an, doch dieser senkte den Blick, spielte mit einer Feder herum und wurde sogar rot.

«Antworte!»

«Ich … na ja … ich interessiere mich eben dafür.»

«Wieso interessiert sich ein armer Schlucker wie du für das Geldgeschäft? Du magst zwar wissen, wie der Frankfurter Münzfuß steht, aber du wirst ja wohl kaum Gelegenheit haben, deine Ersparnisse beim städtischen Münzmeister wiegen zu lassen.»

Wieder antwortete der Schreiber nicht, aber seine Wangen glühten wie Kohlestücke im Herdfeuer.

«Na?»

Jetzt blickte der Schreiber trotzig hoch. «Meint Ihr vielleicht, es macht Spaß, Euer Schreiber zu sein?», platzte es aus ihm heraus. «Denkt Ihr, ich will mein Leben hinter diesem Schreibpult verbringen? Nein, ich habe mehr vor.»

«Du willst also hoch hinaus?» Blettner war verblüfft. Er wusste, dass der Vater des Schreibers noch sommers wie winters mit Tintenfass und Feder bei der Nikolaikirche gesessen hatte wie ein Bettler, darauf wartend, dass jemand kam, der etwas zum Schreiben in Auftrag gab. Und der Schreiber hockte wenigstens das ganze Jahr über in einer warmen Amtsstube und bekam sein Gehalt von der Stadt, ganz gleich, ob es viel oder wenig zu schreiben gab.

«Du willst also hoch hinaus», wiederholte Blettner, noch immer verblüfft. «Und wohin willst du da so?»

Der Schreiber reckte hochfahrend das Kinn. «Hätte ich studieren können, hätte ich es wohl auch zum Richter gebracht.»

«Das streitet niemand ab. Aber du bist nun einmal Schreiber. Und wenn dir deine Arbeit hier nicht gefällt, dann kannst du dir gern etwas anderes suchen.»

Heinz Blettner sah dem Schreiber direkt in die Augen. Und der schaute zurück. Es war ein Duell, bei dem der Schreiber das Kinn immer höher reckte und die Augen so weit aufriss, dass sie zu tränen begannen. Doch Blettner hielt dem Blick stand, und schließlich gab der Schreiber auf, sah auf sein Pult und erklärte kleinlaut: «Ich fertige Euch die Liste an, Herr. Vor Mittag noch wird sie fertig sein.»

«Gut so.»

Blettner erhob sich, schob das Papier mit seinen Überlegungen zu dem Mörder beiseite, zog sein Wams glatt und begab sich nach draußen. Er hörte nicht mehr, wie der Schreiber ihm ein Schimpfwort nachrief, und selbst, wenn er es gehört hätte, so hätte es ihn doch nicht gekümmert. Denn plötzlich traf den Richter eine Erkenntnis, die ihn auf der Stelle stehen bleiben ließ. Er kratzte sich den Kopf, fuhr sich mit zwei Fingern in den Kragen, denn er bekam mit einem Mal zu wenig Luft. Er hastete die Treppe hinab, riss die schwere Rathaustür auf, lehnte sich nach Luft schnappend an das kühle Mauerwerk, aber die Enge in der Kehle wurde er davon nicht los. Er blickte über den Markt, der nicht so voll war wie sonst. Die Gänge zwischen den Ständen waren halb leer, nur die Büttel lungerten bei einer jungen Seifensiederin herum, während die Butterfrau ein kleines Kätzchen auf dem Arm hielt und es mit einer Feder an der Nase kitzelte. Nur ein paar Mägde kauften Gemüse oder Milch und Eier, bezahlten mit den guten alten Weißpfennigen, die von den Händlern nun wieder gern genommen wurden, nachdem sich herausgestellt hatte, dass die Geldschneiderei nur Silber- und Goldstücke betraf.

Nebenan aber, vor der Alten Limpurg, hatte sich eine riesige Menschenschlange eingefunden. Dort standen die, die ihr Geld tauschen wollten, und als Blettner die Menge sah, wusste er, dass es um die Stadt weitaus schlimmer stand, als er bisher vermutet hatte. Was ihn aber am meisten überraschte, war die Tatsache, dass in der Schlange Leute standen, von denen er bisher geglaubt hatte, dass ihnen nicht einmal das Schwarze unter dem Fingernagel gehörte. Und jetzt wollten ausgerechnet sie Frankfurter Silbergeld tauschen? Und wieder traf ihn eine Erkenntnis, die kaum auszuhalten war: Wer profitierte am meisten vom Geldtausch? Die Geldschneider.

# KAPITEL 14

Blettner wurde so schwach in den Knien, dass er an die kühle Mauer des Rathauses gelehnt stehen blieb und tief durchatmete. Dabei kam ihm eine Geschichte in den Sinn, die Jutta einmal erzählt hatte, und während er daran dachte, wurde ihm richtiggehend schlecht: In der Stadt Lyon, die im Reich der Franken lag und eine berühmte Messe hatte, gab es vor einigen Jahren einen handfesten Skandal. Ein Kaufmann war aus Italien gekommen, hatte sich in Lyon niedergelassen und in kürzester Zeit einen solchen Reibach gemacht, dass er von allen Kaufleuten die meisten Steuern zahlen musste. Nun war Lyon eine Handelsstadt wie Frankfurt, und Reichtum war dort niemandem fremd, aber dieser italienische Kaufmann hatte es, ohne Waren zu haben, zu kaufen oder zu verkaufen, geschafft, einen Reichtum anzuhäufen, der schier unermesslich schien. Wie war das vor sich gegangen? Er hatte sich – wie Markus von Mehringen – einfach eine Stube gemietet, hatte dort sein Tintenfass aufgestellt, die Feder gespitzt und nichts anderes gemacht, als Zettel, die ihm die Kaufleute und Händler vorlegten, mit seinem Namen zu unterschreiben. Er hatte seinen Namen auf Zettel geschrieben! Das war weiß Gott keine große Sache, aber am Ende der Messe war er reich gewesen. Für die Lyoner war die Sache klar: Der Mann musste ein Betrüger sein. Aber wie war der Betrug vonstattengegangen? Was war passiert, dass Lyon um ein Haar sein Messerecht verloren hatte? In Lyon trafen sich die bedeutendsten Kaufleute aus aller Welt. Hier wurde der Handel mit Luxusgütern betrieben: Seide aus Asien, Glas aus Böhmen, Gold aus Afrika, Gewürze, die es sonst nirgends zu kaufen gab, Teppiche, feinstes Leder und Geschmeide, das mit den schönsten Steinen besetzt war. Nun hatte sich, von den meisten nur am Rande bemerkt, der Handel an sich verändert. Die reichen Kaufleute reisten nicht mehr selbst zu den Märkten in aller Herren Länder, sondern schickten ihre Vertreter, die dort in ihrem Auftrag Waren einkauften und diese über See oder Land zu den Messeplätzen brachten. Der Kaufmann war vom Handelsmann zum Finanzmann geworden, der sich vornehmlich um die Bezahlung in Wechseln kümmerte und um die mathematische Aufgabe, die jeweiligen Geldkurse umzurechnen und dabei einen Gewinn zu machen. Und die Messen waren allmählich von Plätzen des Warenaustausches zu Plätzen des Geldstroms geworden, an denen die Verrechnung und der Ausgleich von Haben- und Sollsalden, die in den Monaten während der letzten Messe angefallen waren, stattfinden sollten. Zwischen den Messen gab es in der Regel keinen Geldfluss mehr. Es wurde mit Wechseln und Krediten bezahlt. Gutschriften wurden von Handelshäusern an ihre Kunden verkauft und konnten dann von Lieferanten in anderen Städten vorgelegt werden. Und der Erste, der erkannt hatte, wie man mit diesem System reich werden konnte, war der Mann aus Lyon, der nur noch mit Geld statt mit Waren handelte. Blettner, der noch immer an der Wand neben der Rathaustür lehnte, fragte sich, ob das die

Tätigkeit war, die auch einem Markus von Mehringen vorschwebte. Ein Handel, der nur aus Zetteln bestand, die eine Menge Geld wert waren. So, wie es auch in Florenz üblich war. Er schüttelte sich. Ob er das System jemals vollständig durchschauen würde? Und was brachte es für die Stadt? Doch er hatte keine Ahnung, und er wusste, dass auch sein Vorgesetzter, der Schultheiß, keine Ahnung davon hatte. Geschah hier gerade vor ihren Augen etwas, das die Handelsgeschäfte auf alle Zeiten verändern würde? Und wenn ja, wie würden die Kaufleute, die Patrizier darauf reagieren? Die meisten von ihnen saßen im Rat. Würde es einen Aufstand geben? War die Messe an sich in Gefahr?

Er kannte nur eine Person, die ihm vielleicht eine Antwort auf all diese Fragen geben konnte, und das war Jutta Hinterer. Wieder traf den Richter die Erkenntnis wie ein Blitzschlag: Wenn die Geldwechsler die Einzigen waren, die das komplizierte Geldgeschäft durchschauten, waren sie dann deshalb in Gefahr? Blettner stieß sich von der Wand ab, eilte über den Römer zur erstbesten Geldwechselbude. Er grüßte höflich und fragte dann: «Sagt, ist Euch in letzter Zeit bei Eurer Tätigkeit irgendetwas Ungewöhnliches aufgefallen?»

Der Geldwechsler, ein älterer Herr mit stattlichem Bauch und sauber geschnittenem Bart, schüttelte den Kopf und fasste sich dabei an seine blaue Nase. «Nichts, das Ihr nicht schon wüsstet.»

«Und wie seht Ihr die Sache mit der Geldschneiderei?», wollte der Richter jetzt wissen. «Für wen, außer den Geldschneidern selbst, ist daraus ein Vorteil zu ziehen?»

Der Geldwechsler kratzte sich am Kopf. «Na, ich zum Beispiel habe einen Vorteil davon. Für jeden Umtausch bekom-

me ich ja eine Gebühr.» Er kicherte. «Ich sollte den Geldschneidern dankbar sein.»

«Und seid Ihr es? Ahnt Ihr, wer diese Leute sind?»

«Gott bewahre!» Der Geldwechsler riss beide Arme nach
oben. «Hätte ich eine Ahnung, dann wäre ich in Gefahr.»

«Hätte ich eine Ahnung, dann wäre ich in Gefahr», wiederholte der Richter leise und wandte sich dann erneut an den
Mann. «Denkt Ihr, die Marlies und die Jutta wussten, wer
hinter den Betrügereien steckt?»

Der Mann zuckte mit den Schultern. «Weiß man es? Immerhin hatten auch sie einen Vorteil davon.»

«Wer hat noch Vorteile?» Blettner fühlte schier, wie sich
eine dunkle, schwere Wolke über der Stadt zusammenzog, die
mehr bringen würde als nur ein kräftiges Gewitter.

«Die Gold- und Silberschmiede. Irgendwer muss ja dann
das eingeschmolzene Silber aufkaufen. Und ich wette, das geschieht nicht zum üblichen Kurs.»

Blettner hob dankend die Hand und lief weiter. Er war
so in Gedanken versunken, dass er nicht merkte, wie es vor
der Alten Limpurg zum Tumult kam. Doch als die Büttel mit
erhobenen Knüppeln an ihm vorbeihetzten, wurde auch er
aufmerksam. Ein Kaufmann hielt einen anderen am Kragen
gepackt und brüllte auf ihn ein: «Du kannst deine Wechsel
hier nicht gegen Geld eintauschen. So weit kommt es noch.»

Blettner drängte sich dazwischen. «Was ist hier los?», wollte er wissen.

Der eine Kaufmann, der den anderen am Kragen hielt, ließ
los und erklärte mit hochrotem Kopf: «Der hier will Zustände
einführen wie in Lyon. Er wollte seine Wechsel von der letzten Messe gegen Geld eintauschen.»

«Aha.» Blettner verstand kein Wort. «Und was ist daran falsch?»

«Ganz einfach. Wechsel werden zu Messen fällig. Das war schon immer so, das ist so, und das wollen wir auch beibehalten. Wenn der da jetzt schon Geld bekommt, kann er früher neue Waren kaufen.»

Allmählich begriff Blettner. «Und wenn er neue Waren vor allen anderen hat, macht er die besten Geschäfte.»

«Ihr sagt es. Und nun geht dort hinein und erklärt diesem Straßburger, dass wir hier in Frankfurt keine Lyoner Verhältnisse wollen.»

Blettner überlegte. «Das kann ich nicht. Es steht in keinem Gesetz geschrieben, dass Wechsel nur zu Messen fällig werden. Die Fälligkeit der Wechsel steht auf dem Papier, aber es ist niemandem verboten, vor Ablauf dieses Datums den Wechsel auszulösen.» Er krauste die Stirn und dachte noch einmal genau nach. «Ganz sicher bin ich nicht. Ich kenne mich mit Gelddingen nicht so aus. Ich werde jemanden beauftragen, dies herauszufinden.»

«Und was passiert bis dahin?» Der Kaufmann ließ nicht locker. Auf seiner ohnehin schon knallroten Stirn schwoll eine dicke Ader an.

«Ich kümmere mich darum», erklärte Blettner.

Nun mischte sich ein dritter Handelsherr ein. «Nicht nur in Lyon, im Italienischen ist es ebenso gang und gäbe, dass die Banken dort auch außerhalb der Messezeiten ihren Geschäften nachgehen. Selbst in Leipzig und Straßburg habe ich das schon erlebt.»

«Ich kümmere mich darum», wiederholte Blettner und machte, dass er davonkam. In seiner Amtsstube hockte der

Schreiber missmutig hinter dem Pult und erstellte die gewünschte Liste.

«Schreiber, ich habe eine neue Aufgabe für dich. Sie ist vordringlich.»

Gemächlich hob der Schreiber den Kopf. «Was soll ich tun?» Er klang wie ein Schulkind, das eine Strafarbeit ausführen soll.

«Du weißt doch so gut über das Geldgeschäft Bescheid. Finde heraus, ob es zwischen den Messen erlaubt ist, Wechsel einzulösen.»

Der Schreiber gähnte, als wäre diese Aufgabe keine, für die er auch nur einen halben Augenblick nachdenken müsste. «So ein Gesetz gibt es nicht.»

«Das weißt du auswendig?»

«Ja. Ich selbst habe schon Wechsel eingetauscht.» Das platzte aus ihm heraus, aber schon schlug er sich die Hand vor den Mund. «Ich meine, ich habe gehört, dass jenseits der Messe schon Wechsel eingetauscht wurden. Die Fälligkeit eines Wechsels wird bei seiner Ausstellung festgelegt.»

«Und das funktioniert genauer wie?»

«Nun, nehmen wir zum Beispiel an, ein Frankfurter Kaufmann kauft in Lyon zwei Dutzend Ballen Seidenbrokat. Er bezahlt diese Ballen nicht sofort, sondern stellt stattdessen einen Schuldschein aus. Der Verkäufer erhält diesen Schuldschein, also diesen Wechsel. Der ist genau die Summe wert, die auf dem Papier steht. Und mit diesem Wechsel kann er wiederum Waren einkaufen. Er zahlt nicht mit Bargeld, sondern mit dem Wechsel, und der, der den Wechsel hat, kann sich in Frankfurt zur Herbstmesse das Geld in bar auszahlen lassen. Versteht Ihr?»

Der Richter nickte, obgleich er nur die Hälfte verstanden hatte. Er war allerdings auch der Meinung, er müsste nicht jeden Kniff des Finanzgeschäftes verstehen.

«Wer nimmt die Wechsel an?», fragte er.

Der Schreiber zuckte mit den Achseln. «Na, alle. Bei den Geldwechslern kriegt man Bargeld dafür, bei den Händlern Ware.»

«Und wenn so ein Wechsel nicht bedient werden kann?»

Der Schreiber grinste unerträglich hochmütig. «Dann nennt man das einen geplatzten Wechsel.»

«Gibt es das oft?»

Der Schreiber schüttelte den Kopf. «Nun, so ein Geldgeschäft basiert auf Vertrauen. Und wenn jemand dieses Vertrauen verspielt hat, kann er es so schnell nicht wieder neu gewinnen. Deshalb kommen geplatzte Wechsel in der Regel sehr selten vor.»

«Danke.»

Blettner huschte zur Tür hinaus, ein ungutes Gefühl hatte ihn beschlichen. Wieso wusste der Schreiber so genau über die Geldgeschäfte Bescheid? Wohin genau wollte er eigentlich, wenn er hoch hinauswollte?

Doch kaum war der Richter im Freien, drehten sich seine Gedanken schon wieder um ganz andere Dinge. Er dachte an Jutta Hinterer und ihre Angst, an das Geldproblem der Stadt, an die Gefahren, die überall lauerten, und stellte fest, dass er im Grunde keine Ahnung hatte, was als Erstes zu tun war. Der Mörder von Marlies musste gefasst werden, die Geldschneiderei musste ausgehoben werden, Markus von Mehringen musste beobachtet werden und jetzt auch noch der Schreiber. Normalerweise hätte Blettner sich schnurstracks zur Ratsstube begeben und seine Gedanken bei einem Viertelchen Rotwein geordnet. Aber jetzt musste er befürchten, dort unten dem Schultheiß zu begegnen, also ließ er es sein. Er stand vor dem Rathaus, drehte sich einmal um sich selbst, wusste noch immer nicht, wo er anfangen sollte, und wandte sich endlich der Geldstube in der Alten Limpurg zu. Dort herrschte noch immer reges Gedränge, und die Kunde, dass es kein Gesetz gab, das die Fälligkeit von Wechseln regelte, hatte sich offenbar schnell herumgesprochen. Markus von Mehringen saß zufrieden hinter seinem Schreibtisch und wies Claudette eben an, einen Wechsel über 800 Frankfurter Mark auszuzahlen.

«Entschuldigung!» Richter Blettner drängelte sich durch die Menge, bis er vor von Mehringens Schreibtisch stand. «Auf ein Wort, junger Mann!», befahl er.

Der Straßburger hob die Schultern. «Jetzt? Auf gar keinen Fall. Ich kann hier nicht weg. Seht selbst, was los ist.»

«Auf ein Wort!» Blettner legte so viel Nachdruck in seine Stimme, wie er aufbringen konnte. Ein dürrer Herr mit besticktem Wams mischte sich ein. «Ich würde machen, was der Richter sagt. Er hat viel Einfluss in der Stadt.»

Blettner fuhr herum: «Danke, ich kann meine Autorität selbst herstellen.» Dann wandte er sich erneut an Markus von Mehringen. «Entweder Ihr nehmt Euch jetzt ein wenig Zeit für mich, oder ich lasse Eure Geldstube auf der Stelle schließen.»

Aufgeschrecktes Gemurmel war zu hören. Die Kunden bekamen Angst, dass ihr Geld nun nicht mehr umgetauscht würde. Also erhob sich der Straßburger mit mürrischer Miene und folgte Blettner in ein Hinterzimmer. «Was ist los?», fragte er.

«Nun, mich interessieren zwei Dinge. Zuerst: Woher habt Ihr das Geld, um die Wechsel bedienen zu können?»

Markus von Mehringen verschränkte die Arme und setzte eine hochnäsige Miene auf. «Ich bin ein Mann der Finanzwelt. Geld zu haben, ist mein Beruf.»

«Tatsächlich? Aber irgendwoher müsst Ihr es ja ursprünglich haben.»

«Nun, ich habe schon mein ganzes Leben im Geldgeschäft verbracht. Ein schlechter Händler wäre ich, bliebe nicht etwas für mich hängen. Und im Laufe der Jahre läppert sich da was zusammen.» Blettner sah ein, dass er dem Straßburger auf diese Art nicht beikommen konnte. Aber er beschloss noch einmal, den Mann im Auge zu behalten.

«Zweite Frage: Wer von den Frankfurtern hatte bisher das meiste beschnittene Geld?»

«Nun, diese Auskunft unterliegt dem Bankgeheimnis. Mein Beruf verlangt Diskretion und Vertrauen.»

«Auch gut.» Blettner wirkte beinahe vergnügt. «Dann schickt mir den Leichenbeschauer hierher. Er unterliegt ja wohl nicht dem Bankgeheimnis.»

Der Straßburger zog die Augenbrauen hoch. Für einen kurzen Moment sah er den Richter verblüfft an, dann sagte er, betont nachlässig, wie es Blettner schien: «Wie Ihr wünscht.»

«Ich wünsche vor allem eines: Schnelligkeit.» Blettner sank auf einen Holzstuhl, der in einer Ecke stand, verschränkte die Hände im Schoß und wartete.

Kurze Zeit darauf kam Eddi hereingestürzt. «Was gibt es, Richter? Ich habe nicht viel Zeit, werde an allen Ecken und Enden gebraucht.»

«Setz dich.» Blettner deutete auf einen anderen Stuhl.

Der Leichenbeschauer setzte sich gehorsam und blickte den Richter arglos und fragend an.

«Welche Kunden haben das meiste Geld umgetauscht?»

Eddi lehnte sich zurück und lächelte. «Ah, ich habe gewusst, dass du mich das fragen würdest. Also, es gab zwei Kaufleute, die hatten über 1000 beschnittene Frankfurter Mark. Eine stolze Summe, wenn man bedenkt, dass der Rat gleich nach Bekanntwerden der Geldschneiderei gehandelt hat.»

«Gut, und wer war es nun?»

«Der eine war der Kaufmann Stalburg. Er sagte, er hätte Wein verkauft. Und nun denk dir, an wen?»

«Eddi, ich habe keine Lust zum Raten.»

Der Leichenbeschauer kicherte. «An den Rat der Stadt Frankfurt.»

«Augenblick mal, aber das heißt ja …»

«Genau das heißt es», unterbrach Eddi. «Jemand müsste mal die Stadtkasse überprüfen.» Er kicherte wieder. «Wenn herauskommt, dass selbst der Rat sich hat über das Ohr hauen lassen, lacht die ganze Stadt.»

«Gut. Ich werde es dem Schultheiß sagen. Und nun erzähle, wer der andere war.»

Eddi schüttelte den Kopf. «Ich wäre nicht weiter erstaunt gewesen, wenn es einer der Goldschmiede oder Kaufleute gewesen wäre. Selbst bei einem Wagenbauer oder Sattelmacher kommen schnell größere Summen zusammen. Aber es war ein Tuchhändler.»

«Ein Tuchhändler? Einer von den großen?» Blettner krauste die Stirn. Irgendjemand hatte in den letzten Tagen ebenfalls von einem Tuchhändler gesprochen, aber er konnte sich beim besten Willen nicht mehr daran erinnern, wer und wo das gewesen war.

«Eben nicht. Es war einer, den ich kaum vom Sehen kenne. Keiner von denen, die zur Messe eigene Stände haben. Keiner von denen, bei dem die reichen Leute kaufen. Es war einer, der nicht mehr hat als wir.»

«Und?»

«Ich habe ihn gefragt, woher er das Geld hat.»

«Und was hat er geantwortet? Eddi, spann mich nicht auf die Folter, meine Nerven liegen auch so schon blank.»

«Er hat gesagt, er hätte sein Haus verkauft.»

«Sag mir den Namen, ich werde im Grundbuch nachschauen.»

«Sein Name ist Sandig.»

«Und sonst?»

Eddi grinste so breit über sein ganzes Gesicht, dass Blettner sicher war, dass er noch mehr wusste.

«Nun, einer der Kaufleute glaubte sich ganz gerissen. Er selbst kam mit einer großen, aber nicht ungewöhnlichen Summe. 800 Mark waren es, glaube ich. Aber dann kam seine Frau und hatte ebenfalls 800 Mark dabei, und dann kam eine junge Frau, die Tochter des Kaufmanns, und hatte auch wieder 800 Mark zum Umtausch. Und zum Schluss hat er sogar noch seine alte Mutter geschickt. Macht insgesamt 3200 Frankfurter Mark.»

«Und wer war das?»

«Das war der Haberkorn. Ein schlechter Geschäftsmann. Ihm ist im letzten Jahr eine ganze Wagenkolonne geraubt worden. Leinzeug und Tuche hat er verloren, ich glaube, im Wert von 1000 Rheinischen Gulden. Es hieß, die Kolonne wäre nach dem Elsass unterwegs gewesen. Und weiter hieß es noch, dass die Waren nicht alle ihm gehörten. Aber mehr weiß ich eigentlich nicht. Nur dass der Haberkorn seither bankrott sein soll. Gejammert hat er damals wie ein Krüppel am Weg. Und jetzt hat er schon wieder über 3000 Mark, die er umgetauscht hat. Das ist doch merkwürdig, oder nicht?»

«Gut gemacht, Eddi.» Blettner freute sich. «Der Haberkorn also. Nun, der hat auch noch Steuerschulden bei der Stadt. Und überhaupt wirst du mir eine Liste derjenigen machen, die auffällig viel Geld umgetauscht haben. Wie gut, dass der Steuereintreiber sich ebenfalls ein Schreibpult in die Geldstube gestellt hat.» Er lachte auf und wedelte mit dem Zeigefinger vor Eddis Nase herum. «Dieser Umtausch wird die Stadt nicht ärmer, sondern am Ende sogar reicher machen.»

Auch Eddi kicherte. «Ja, man glaubt ja gar nicht, welche Geheimnisse am Geld kleben. Ich schreibe dir die Liste. Vielleicht fällt mir ja noch etwas sein. Ach ja, eines war noch merkwürdig. Gerade als der Haberkorn sein Geld zählen lassen wollte, musste die Claudette an die frische Luft. Mein Gott, sie war bleich wie der Tod.»

«Was war denn mit ihr?»

«Nun, ich hatte den Eindruck, dass sie sich vor dem Haberkorn erschrocken hat, aber sie hat verneint. Wahrscheinlich war das so eine Frauensache. Du weißt, das monatliche Unwohlsein. Jedenfalls ging es ihr wieder besser, als der Haberkorn weg war.»

Blettner hatte wenig Lust, sich mit den Befindlichkeiten der Bankgehilfin auseinanderzusetzen, er hatte ganz andere Sorgen. «Und der Straßburger? Er zahlt Wechsel aus, habe ich gehört. Woher hat er das Geld?»

Da musste Eddi passen. «Ich halte die Augen offen, das weißt du. Aber alles kriege auch ich nicht mit. Nur eines weiß ich mit Sicherheit: Die Claudette kann kein Wässerchen trüben. Sie ist so ehrlich wie du und ich.»

# Kapitel 15

Jutta war aus dem Schlaf hochgeschreckt und sah sich zögerlich um. Das Zimmer kam ihr fremd vor, und mit einem Mal verspürte sie wieder diese namenlose Angst, die alles in ihrem Kopf schwarz färbte. Das Grauen rieselte als kalter Schauer über ihren Rücken, sie bekam kaum Luft, und ein Winseln, wie von einem gequälten Tier, kam ihr über die Lippen. Doch dann hörte sie Gustelies' Stimme, und die Angst schwand allmählich. Ja, sie war im Haus von Gustelies und Henn Goldschlag. Hier konnte ihr nichts passieren. Das wusste sie, hatte sie auch gestern Abend vor dem Einschlafen gewusst, und trotzdem waren die Träume gekommen und danach die angstvolle, atemlose Schlaflosigkeit, bis sie gegen Morgen wieder in schwitzige Träume versunken war. Jetzt schüttelte sie sich, wollte das Grauen abschütteln, aber es klebte ihr unter der Haut, rauschte durch ihr Blut, und sie hatte keine Ahnung, wie sie es jemals wieder loswerden konnte. Sie erhob sich, wusch sich, kämmte das Haar und steckte es zu einem Dutt auf, dann band sie sich die Haube drüber und begab sich nach unten. Aus der Werkstatt nebenan waren Hammerschläge zu hören, und es wunderte Jutta kein bisschen, dass Pater Nau und Hella samt ihren beiden Kindern in der Küche hockten.

«Ach, da bist du ja», rief Gustelies aus, und Hella sprang auf und geleitete Jutta zu dem bequemen Stuhl. Derweil hatte Gustelies schon eine schöne Tasse Bouillon mit Eistich gefüllt und reichte sie Jutta. Eifersüchtig stierte der Pater auf die Tasse. «Ich habe keine Suppe bekommen», beklagte er sich. Er sah schlecht aus, war unrasiert, mit rot geränderten Augen, und sogar seine Soutane war fleckig.

«Wie geht es dir?» Hella wippte auf jedem Knie ein Kind und blickte Jutta aufmerksam an. Ihr Auge war noch immer blau und zugeschwollen, aber die Lippe war nicht mehr so dick.

«Es geht mir nicht gut», gab Jutta zu.

Besorgt fragte Hella: «Du hast noch immer schlimme Schmerzen, oder?»

«Nein, die Schmerzen sind es nicht. Es ist die Angst, die mir so zusetzt. Ich glaube, ich werde niemals wieder auf die Straße gehen können.»

«Und ob du das kannst.» Gustelies hatte aufgehört, in dem großen eisernen Topf zu rühren, aus dem köstliche Gerüche aufstiegen. «Wir werden es gleich ausprobieren. Ich muss zum Römer. Und dir täte es bestimmt gut, ein bisschen an die frische Luft zu kommen.»

«Ich weiß ja, dass du recht hast. Aber ich fürchte mich so.»

«Das kommt nur daher, dass du nicht weißt, wer dir das angetan hat. Aber Heinz wird es herausfinden. Und dann bist du hier wieder so sicher wie in Abrahams Schoß.»

Jutta blinzelte zweifelnd, doch sie erwiderte nichts.

Der Pater grummelte vor sich hin. «Ich komme auch mit zum Römer», erklärte er. «Ich will sehen, wie der betrügerische Mönch sein Geld umtauscht. Und dann werde ich dastehen und die Hand ausstrecken. Ich traue ihm nicht mehr von zwölf Uhr bis Mittag. Wir werden zusammen die Armen beglücken.»

«Das ist eine gute Idee. Da kannst du gleich sehen, wie deine Schäfchen leiden. Außerdem brauchst auch du ein wenig Bewegung», erklärte Gustelies.

«Kannst du ihm denn verzeihen? Bruder Göck, meine ich», wollte Hella wissen.

Pater Nau zuckte mit den Schultern. «Er ist, wie er nun einmal ist. Man kann sich sein eigenes Ich nicht aussuchen.»

Gustelies sah ihn erstaunt an. «Man kann sich sein Ich nicht aussuchen. Da sagst du was. Da sprichst du wie ein großer Gelehrter.»

Pater Nau lächelte geschmeichelt, nahm Hella eines der Kinder ab, und zusammen machten sie sich auf den Weg zum Römer.

Draußen war es diesig. Die Luft war nach der Gewitternacht noch immer feucht, und es roch durchdringend nach den Abfällen aus den Gräben, die zwischen den Häusern lagen. Nebelschleier zogen über die Dächer hinweg und ließen die grauen Häuser noch trüber aussehen. Selbst die Waren in den aufgeklappten Läden der Handwerker hatten alle Farbe eingebüßt. Der Regen hatte den Straßendreck in den Rinnstein getrieben, und ein paar Ratten und Hunde durchwühlten die stinkenden Haufen. Normalerweise war an einem gewöhnlichen Werktag wie diesem etlicher Verkehr in den Gassen, doch heute lag die Stadt merklich ruhig da. «Sind die Leute alle beim Umtausch?», wollte Gustelies wissen, aber niemand antwortete ihr. Ein Reiter überholte sie, das Pferd bis hinauf zu den Schenkeln mit Straßenkot bespritzt. Die ehrbaren Bürgerinnen hatten heute wegen der Feuchtigkeit nicht die Betten in die Fenster gelegt, sodass die Nachbarinnen auch nicht über die Straße miteinander schwatzen konnten. Eine Haustür wurde aufgerissen, und eine unachtsame Magd goss Jutta und Gustelies, die Arm in Arm gingen, einen Schwall schmutziges Seifenwasser vor die Füße. Kaum waren sie auf dem Römer, hörten sie auch schon das Geschrei vor der Bankstube. Der Pater verabschiedete sich und begab sich auf die Suche nach Bruder Göck, während Gustelies und Hella innehielten. Gustelies fasste Jutta bei der Hand. «Kannst du es aushalten, in deine Wechselstube zu gehen und zu schauen, ob dort alles in Ordnung ist?», wollte Gustelies wissen. Jutta nickte, doch sie war blass, und ihre Lippen zitterten ein wenig.

An der Stube angelangt, holte Jutta den Schlüssel hervor, den sie immer an einem Lederband um den Hals trug, und wollte eben aufsperren, als Hella rief: «Halt! Schaut einmal, die Tür ist bereits offen. Jemand hat das Schloss herausgebrochen.» Auf der Stelle sackte Jutta in sich zusammen und schlotterte an allen Gliedern, sodass Hella die Kinder auf den Boden setzen und Jutta in den Arm nehmen musste. Flora und Fedor tappelten, kaum in Freiheit, um die Füße ihrer Mutter, aber Hella achtete in diesem Augenblick nicht weiter auf sie.

«Soll ich reingehen?», fragte Gustelies bang. Sie schluckte, suchte vergeblich nach etwas Knüppelartigem, öffnete die Tür einen Spalt und rief mutig: «Rauskommen, wer immer dort drinnen ist. Die Büttel haben die Wechselstube umstellt.»

Als niemand antwortete, öffnete Gustelies die Tür – und prallte zurück: Die ganze Stube war verwüstet. Der Schreibtisch war umgestürzt, der Stuhl zerschlagen. Auf dem Boden lagen die Scherben von Juttas Becher, dazwischen rollten die Kugeln des Abakus herum. Das Schlimmste aber waren die Brandspuren. Jemand hatte versucht, Juttas Hütte anzuzünden. Als Jutta dies sah, wurde sie weiß wie Milch, verdrehte die Augen und sank vor Hella zu Boden.

Währenddessen war Heinz Blettner wieder zurück in seine Schreibstube geeilt. Er war eigentlich auf der Suche nach dem Schreiber, aber dessen Platz am Pult war leer. Blettner sauste die Treppe herab, fragte die Wachen an der Tür. «Er ist vor wenigen Augenblicken herausgeschossen, als wäre ihm der Teufel auf den Fersen», wussten die zu berichten. «In Richtung St. Nikolai ist er gerannt.»

Blettner zögerte nicht lange und machte sich ebenfalls auf den Weg. Neben St. Nikolai befanden sich drei weitere Geldwechselstuben. Blettner wusste nicht genau, was der Schreiber vorhatte, aber dass er nicht zur Beichte in die Kirche gehen wollte, das war ihm klar. Kaum hatte er den Gerechtigkeitsbrunnen hinter sich gelassen, sah er auch schon die schmale Gestalt des Schreibers im abgeriebenen Wams aus einer der Stuben kommen und zur nächsten hetzen. Blettner wartete eine Weile, versteckte sich hinter dem Brunnen, und als der Schreiber auch die zweite Stube verlassen hatte, begab sich der Richter zur ersten.

«Mein Schreiber war bei Euch. Was wollte er hier? Und kommt mir jetzt bloß nicht mit Eurem Geldgeheimnis. Es geht ein Mörder in der Stadt um, und Ihr solltet vorsichtig sein.»

Der Geldwechsler schluckte und fasste sich an seine blaue Rotweinnase. «Was sollte einer wie der schon bei mir wollen?», erwiderte er vage. «Ein bisschen Geld tauschen, das wollte er.»

«Und was hat er getauscht?»

«Na, kein Frankfurter Geld. Denn das wird ja erst seit heute ausgegeben.»

«Was war es dann? Waren es Kupferstücke?»

«Kupferstücke?» Der Mann sah den Richter an, als wäre der nicht ganz gescheit. «Mit Kupferstücken handeln wir nicht. Zurzeit jedenfalls nicht.» Der Mann griff nach seinem Abakus, spielte ein wenig mit den Kugeln, um dem Richter so anzuzeigen, dass er alles gesagt hatte, was er wusste.

«Freundchen!» Der Richter beugte sich durch die Luke in die Bude hinein und packte den Geldwechsler am Kragen. «Entweder du sagst mir auf der Stelle, was der Schreiber gewechselt hat, oder du bist deine Lizenz los.»

«Die dürft Ihr mir nicht nehmen», rechthaberte der Geldwechsler. «Wir unterstehen dem städtischen Münzmeister. Ihr könnt mich nur belangen, wenn ich gegen geltende Gesetze verstoße.»

«Wie wäre es mit Behinderung der Stadtgewalt?», blaffte Blettner. «Immerhin befinden wir uns mitten in einer Mordermittlung. Ihr könnt Euch gar nicht vorstellen, wie weit in diesem Fall meine Macht reicht.»

Seufzend ließ sich der Mann zurücksinken und richtete sein Wams. «Straßburger Geld», flüsterte er.

«Straßburger? Hat er gesagt, wo er es herhat?»

Der Geldwechsler schüttelte den Kopf, und schon schoss der Richter zur nächsten Bude. «Was wollte der Schreiber hier?», fragte er barsch, in der Hoffnung, dass der Geldwechsler, dieses Mal ein jüngerer Mann, dem der Bart erst spärlich wuchs, gar nicht erst auf die Idee kam, sich auf sein Geheimnis berufen zu können. Und der Jüngere zeigte sich tatsächlich entgegenkommender. «Straßburger Geld wollte er in Rheinische Gulden wechseln.»

«Und?»

«Ich habe heute keine Rheinischen Gulden. Ich habe ihm gesagt, er soll morgen wiederkommen.»

«Wie viel wollte er denn tauschen?», fragte der Richter. «Sagt es mir am besten in Frankfurter Mark, sodass ich damit auch etwas anfangen kann.»

«Einhundert Frankfurter Mark ungefähr.»

Blettner krauste die Stirn. «So viel?»

Der Geldwechsler zuckte mit den Achseln, und Blettner schlenderte langsam über den Römer zurück. Einhundert Frankfurter Mark waren kein riesiges Vermögen, aber doch eine beachtliche Summe. Ein Kaufmann, so hatte Blettner in den letzten Tagen erfahren, hatte einen durchschnittlichen Bargeldbestand zwischen 1000 und 2000 Frankfurter Mark, ein Handwerker zwischen 500 und 1000. Der Schreiber selbst verdiente 350 Mark im Jahr, dazu kam noch ein Deputat an Holz, ein Fässchen Wein vom Lohrberg und ein halbes Schwein an Weihnachten. Er hatte also, überlegte Blettner, ungefähr ein Drittel seines Jahresverdienstes in Straßburger Währung. Woher hatte der Kerl dieses Geld?

Auf dem Weg zurück in seine Amtsstube machte er bei Markus von Mehringen einen kurzen Halt und betrachtete die Geschäfte. Noch immer standen die Leute in Zweierreihen vor der Alten Limpurg. Eddi hatte sich hinter Claudette aufgestellt und funkelte jeden Meckerer so bedrohlich an, dass der auf der Stelle verstummte. Blettner sah, wie Claudette sich eben nach hinten lehnte, sodass ihr Haar Eddis Bauch streifte. Auf Eddis Gesicht blühte ein solches Lächeln auf, dass der Richter seine schlechte Laune für den Augenblick vergaß. Aber dann fiel ihm der Schreiber wieder ein. Er drängelte sich bis zu Eddi durch und fragte ihn leise: «War der Schreiber schon hier?»

«Nö, warum auch?»

«Ich dachte, er wolle auch Geld tauschen. Sobald er auftaucht, achte genau auf die Summe.»

Eddi sah Blettner verblüfft an. «Was ist mit dem Schreiber? Hat er etwas ausgefressen?»

Blettner schüttelte energisch den Kopf. «Nein, nein. Ich möchte nur wissen, was meine Mitarbeiter so treiben.»

# KAPITEL 16

Die Stube im Malefizamt war noch immer leer, der Schreiber unterwegs. Blettner hasste es, gegenüber einem Mitarbeiter misstrauisch zu sein, doch der Schreiber benahm sich in letzter Zeit dermaßen aufsässig und seltsam, dass Blettner es quasi als seine Pflicht ansah, dessen Schreibpult zu durchwühlen. Dort lag ein Stapel Anzeigen, auf die es einfache Absagen wegen Nichtigkeit zu schreiben galt, eine Aufgabe, die der Schreiber erledigte, und hernach die Absage dem Richter nur zur Unterschrift vorlegte. Ein paar Anzeigen lagen auf einem anderen Stapel, und Blettner blätterte sie kurz durch. Es waren allesamt Beschwerden wegen der Geldschneidereien. Blettner dachte nach. Hatte der Schultheiß verfügt, dass auch diese wegen Nichtigkeit eingestellt werden sollten? Nein, das hatte er nicht. War es nicht vielmehr so gewesen, dass die Betrogenen einen Anspruch gegen unbekannt erworben hatten? Aber dieser Anspruch war ja nun, da es den Geldwechsel gab, hinfällig. Wie auch immer, der Schreiber hatte mit diesen Sachen nichts zu tun, die Anzeigenden hatten von Krafft von Elckershausen höchstselbst vernommen, dass in ihren Fällen das Gericht nicht tätig werden würde. Was also wollte der Schreiber mit diesen Akten? Blettner holte ein kleines gebundenes Notizbuch aus seiner Tasche, in das er Dinge hineinschrieb, die nicht sofort an die Öffentlichkeit kommen sollten. Er notierte sich die Namen der Akten, dann stöberte er weiter. Dabei ließ er die Tür offen, um den Schreiber zu hören, wenn er denn kam. Als dessen Schritte tatsächlich auf dem Flur erklangen, hatte Blettner gerade eine kleine Kladde entdeckt, die mit merkwürdigen Abkürzungen und Zahlen beschrieben war, aber ehe er noch einen weiteren Blick darauf werfen konnte, stand der Schreiber schon in der Tür.

«Was macht Ihr da?», wollte er wissen.

«Zuerst einmal ist dies meine Amtsstube, und ich kann hier tun und lassen, was immer ich will. Trotzdem antworte ich dir: Ich habe nach einer Nachricht gesucht, die mir erklärt, warum du nicht an deinem Platze bist. Aber gefunden habe ich keine. Also, wo warst du?»

«Ich war nur kurz ein wenig Luft schnappen. Mir war ein bisschen übel.»

«Dir ist recht oft übel in der letzten Zeit, Schreiber. Du wirst dich doch nicht angesteckt haben?»

Blettner durchquerte die Stube und ließ sich hinter seinen Schreibtisch fallen. Der Schreiber stand davor wie ein Schulbub, den man beim Schwatzen erwischt hatte.

«Und? Geht es dir jetzt besser?»

Der Schreiber nickte. «Ja, ein bisschen. Aber so richtig gut ist mir noch immer nicht.»

«Willst du nach Hause gehen?», wollte der Richter wissen.

Einen Augenblick lang herrschte Stille, doch dann war auf dem Flur ein ungeheurer Lärm zu hören, und Blettner erkannte die Stimmen seiner Frau, seiner Kinder und seiner Schwiegermutter.

Blettner seufzte, bedeutete dem Schreiber mit wedelnder

Hand, dass er gehen solle, dann faltete er die Hände vor sich auf dem Tisch und harrte der Dinge, die da unweigerlich heranlärmten.

«Heinz, du musst endlich etwas unternehmen!» Es war Hella, die als Erste zur Tür hereinstürzte und sich mit den Händen in den Hüften vor seinem Schreibtisch aufbaute. Blettner entspannte sich noch einen Augenblick, indem er auf die herrlichen Glieder seines Weibes schaute, die durch die gelben Butzenscheiben in ein goldenes Licht gehüllt waren. Dann fragte er: «In welcher Sache soll ich etwas unternehmen?»

Inzwischen waren auch Gustelies und Jutta herangekeucht und ließen sich auf die Stühle fallen, die für Wartende an der Wand aufgestellt waren. «Juttas Stube ist verwüstet. Jemand wollte sie anzünden.» Hella war ganz außer Atem.

Blettner nickte.

«Du hast das gewusst?», wollte Gustelies von ihrem Schwiegersohn wissen.

Blettner schüttelte den Kopf. «Nichts habe ich gewusst, aber geahnt habe ich es.» Er wandte sich an Jutta. «Du musst irgendetwas wissen, das dem Täter gefährlich werden, das ihn entlarven kann. Denk bitte scharf nach.»

Jutta kniff die Augen zusammen, überlegte eine Weile und schüttelte dann den Kopf. «Ich weiß doch nichts. Was soll ich auch wissen. Ich bin doch nur eine einfache Frau.»

Blettner zog die Unterlippe zwischen die Zähne, wie immer, wenn er nachdachte. «Ab heute werde ich dich unter Schutz stellen. Ein Büttel wird die ganze Nacht vor dem Goldschlägerhaus Wache schieben. Der Täter hat es einmal versucht, er wird es wieder versuchen.»

Gustelies riss die Augen auf. «Du meinst, wir sind in Gefahr?»

«Ja. Das meine ich. So, und jetzt geht nach Hause. Ich werde heute Abend auch zu Henn Goldschlag kommen. Womöglich wird Eddi dabei sein, aber jetzt muss ich Material für einige wichtige Schriftstücke sammeln.»

«Schriftstücke?» Hella hatte noch immer die Fäuste in die Hüften gestemmt. «Du sollst für die Sicherheit der Bürger sorgen.»

Blettner erhob sich, gab seiner Frau einen Kuss auf die hitzigen Wangen. «Genau das habe ich vor, Weib.» Mit diesen Worten stürmte er hinaus.

Draußen sah er sich nach dem Schreiber um und entdeckte ihn schließlich im Durchgang vom Römer zur Schirn. Von Hausnische zu Hausnische springend, folgte er dem Mann. Der Schreiber wohnte draußen an der Friedberger Warte, aber jetzt hatte er eine andere Richtung eingeschlagen. «Wo will der Kerl hin?», murmelte Blettner vor sich hin. Der Schreiber durchquerte schnellen Schrittes die Kannengießergasse und bog dann in die Gewandgasse ein. An der Ecke blieb er kurz stehen und betrachtete die Fassaden der Häuser genau. «Will er dorthin, wo er doch hoch hinauskann?», überlegte der Richter. «Ist das hier hoch genug für ihn?» Immerhin lag die Gewandgasse in einer der edleren Gegenden Frankfurts. Gleich daneben befand sich die Goldmachergasse. Blettner spähte hinter einer Hausmauer hervor und sah den Schreiber noch immer an der Fassade eines Hauses hochstarren. Gerade, als der Schreiber sich anschickte, weiterzugehen, wurde Blettner angerempelt – und Bruder Göck stand neben ihm.

«Hallo, Richter», lärmte der Mönch fröhlich.

«Pst! Pst! Nicht so laut!» Blettner packte den Mönch bei seiner Kutte und zog ihn zu sich in die Nische.

«Was ist denn los?», wollte der Antoniter wissen.

«Ich beobachte jemanden. Ich ermittle sozusagen.»

Bruder Göck spähte um sich. «Aber ich sehe niemanden.»

«Eben. Du hast mir gerade mein Vorhaben versaut.»

Hatte Blettner gedacht, damit dem Antoniter ein schlechtes Gewissen zu machen, so hatte er sich getäuscht. Der lachte, stieß den Richter in die Seite und sprach: «Dann hast du ja jetzt Zeit für ein Viertelchen Roten, oder? Ich muss dringend etwas mit dir besprechen.»

Blettner hatte eigentlich keine Zeit. Er wollte unbedingt noch heute mit dem Schultheiß reden, außerdem noch mit einem Kaufherrn, von dem er wusste, dass er gute Kontakte nach Straßburg hatte. Andererseits war sein Tag heute wirklich nicht besonders gut gelaufen, und ein Viertelchen Roter würde seine Laune ganz gewiss heben. Also ließ er sich von dem Antoniter zum «Fröhlichen Zecher» ziehen. Dort stellte sich heraus, dass auch Bruder Göck eigentlich keinen Grund zur Freude hatte. «Stell dir vor, das Mutterkloster will Inventur bei uns auf dem Antoniterhof machen.»

«Das ist nicht neu, das wusstest du bereits.»

«Ja, ja. Aber was ich nicht wusste, ist, dass man mir nicht traut.» Empört schlug er sich mit der Faust auf die Brust. «Mir, dem unschuldigsten Lamm in Gottes großer Herde.»

Blettner nickte. «Wir alle wissen, wie unschuldig du bist.»

«Gut. Also. Man hat mir befohlen, Pater Nau als Vertreter des Frankfurter Glaubens zur Inventur dazuzuholen.»

Blettner runzelte die Stirn. «Und das quält dich? Pater Nau ist dein bester Freund.»

«War, mein lieber Heinz, war.»

«Tatsächlich?»

«So wahr mir Gott helfe. Gestern erst wollte ich ihn besuchen, wollte mich nach seinem Wohlergehen erkundigen. Und was geschah? Er hat mich nicht eingelassen.»

«Vielleicht war er nicht zu Hause.»

«Doch. War er. Er ist immer zu Hause, wenn er nicht gerade bei Gustelies oder Hella herumhockt. Und bei denen war er nicht, die waren nämlich unterwegs.»

«Das hast du überprüft?»

«Und ob. Mein Leben hängt jetzt quasi von Pater Nau ab. Er muss mir helfen. Und du musst dafür sorgen, dass er mir nicht länger gram ist.»

«Wieso hängt dein Leben vom Wohlwollen des Paters ab?» Der Richter trank einen großen Schluck und setzte den Becher behutsam auf der Tischplatte ab. «Der Wein ist köstlich.»

«Ja, ja.» Bruder Göck schenkte dem Wein kaum Beachtung, und daran erkannte Blettner, dass ihm das Problem wirklich auf der Seele lag. «Es muss alles seine Richtigkeit haben auf dem Antoniterhof. Sonst werden sie mich zum einfachen Mönch degradieren, der die Kloaken reinigen muss. Ist das nicht fürchterlich?»

«Gemütlich klingt das nicht. Aber wenn dein Hof in Ordnung ist, solltest du dir darüber keine grauen Haare wachsen lassen.»

«Tja. Er ist es aber nicht. Mir fehlen noch immer die zehn Fässer Wein.»

«Ah!» Jetzt erinnerte sich auch Blettner. «Du meinst die Fässer, die du ganz allein ausgetrunken hast.»

«Wie du das sagst!», beschwerte sich Bruder Göck.

«Und wie kann ich dir helfen?»

Bruder Göck beugte sich weit über den Tisch, fasste sogar nach der Hand des Richters. «Du musst mit ihm reden. Mit dem Pater, meine ich. Sag ihm, wie oft ich ihm schon aus der Patsche geholfen habe. Sag ihm, dass man so eine enge und langjährige Freundschaft nicht beim ersten kleinen Streit aufgibt. Sag ihm, ich würde alles für ihn tun. Sag ihm, was immer du willst, aber mache, dass er mir hilft.»

Blettner kratzte sich am Kinn. «Das ist leichter gesagt als getan, mein Lieber. Der Pater ist ein erwachsener Mann und obendrein älter als ich. Von mir wird er keine Ratschläge annehmen wollen. Ich fürchte, du musst schon selbst mit ihm reden.»

«Aber er versteckt sich vor mir.» Bruder Göcks Stimme klang allmählich ein bisschen quengelig. Richter Blettner erhob sich, kramte ein paar Münzen aus seiner Börse und legte sie auf den Tisch. «Ich kann dir nicht helfen, Antoniter. Das ist allein Sache des Paters. Und ich gebe zu, dein selbstgebauter Ablasshandel war alles andere als in Ordnung. Normalerweise müsste ich als Richter der Stadt Frankfurt deinen Orden darüber unterrichten. Nun, das habe ich nicht getan. Aus alter Freundschaft. Mit dem Rest musst du selbst klarkommen.»

Er hob die Hand zum Gruß, aber Bruder Göck sah es nicht. Der starrte in seinen Weinbecher und murmelte vor sich hin: «Die Erde ist ein Jammertal und das Leben ein Graus.»

# KAPITEL 17

Als Richter Blettner zurück in seine Amtsstube kam, begab er sich als Erstes zum Pult des Schreibers. Er wollte noch ein wenig in der Kladde lesen, um zu erfahren, was die Buchstabenkürzel und Zahlen zu bedeuten hatten. Aber die Kladde war weg. Verschwunden wie der ganze Schreiber. Er wühlte noch ein wenig in dessen Pult herum, aber er fand nichts, was das rätselhafte Verhalten des Schreibers erklären konnte.

Inzwischen war es später Nachmittag geworden. Das Licht fiel fahlgelb durch die Butzenscheiben, und Blettner hatte das Gefühl, unheimlich viel getan, aber nichts erreicht zu haben. Er machte sich auf die Suche nach dem Schultheißen, aber dessen Stube war leer, auch seine Tasche war fort. Also begab sich Blettner zwei Zimmer weiter und verlangte von einem Archivar, der mit beklecksten Fingern hastige Notizen in ein Archivverzeichnis machte, die Herausgabe des Grundbuches.

«Habt Ihr eine Genehmigung vom Schultheißen dafür?», fragte der Archivar und nieste sich den Papierstaub aus der Nase.

«Nein, habe ich nicht. Der Schultheiß ist nicht mehr im Hause.»

«Nun, dann kann ich Euch leider nicht helfen. Kommt

morgen wieder und bringt das Schreiben, dann könnt Ihr nachlesen, was immer Ihr wollt.»

Blettner verdrehte die Augen. «Ich kann aber nicht warten.»

«Keine Einsicht ohne Erlaubnis!» Der Archivar betrachtete wichtig seine tintenbekleckstesten Finger.

«Sagt, Ihr scheint nicht zu wissen, wer ich bin.» Der Richter bemühte sich gar nicht erst, den Ärger in seiner Stimme zu unterdrücken.

«Jedes Kind weiß, wer Ihr seid, Richter Blettner. Aber ich kann hier für Euch keine Ausnahme machen.»

«Dann wisst Ihr vielleicht auch, dass ich in einer Mordsache ermittle. Meine Arbeit duldet keinen Aufschub.»

Der Archivar erhob sich, stellte sich zwischen den Richter und die Regale und versperrte ihm so den Zugang.

«Nun, tot bleibt tot. Da hilft Euch auch das Grundbuch nicht weiter. Kommt morgen mit der Erlaubnis, und Ihr könnt Einblick nehmen, in was immer Ihr wollt.»

«Und wenn nun noch ein Mord geschieht?»

Der Archivar zuckte mit den Achseln. «Nur, weil Ihr heute nicht ins Grundbuch schauen durftet?» Er grinste geringschätzig.

Da holte Blettner tief Luft. «Ihr verdammter Krümelkacker, ich werde mich über Euch beschweren.»

«Nein, ich werde mich über *Euch* beschweren, immerhin habt Ihr mich gerade einen Krümelkacker genannt. Das ist eine Beleidigung. Gleich morgen werde ich es melden.»

Der Richter war kurz davor, in die Luft zu gehen. Am liebsten hätte er den Krümelkacker beim Genick gepackt und in eines der Regale gestoßen, aber er hielt sich zurück, denn schließlich war er der Richter. Er hob nur den Finger, stieß damit in die Richtung des Archivars und wandte sich schließlich mit einem wütenden Schnauben ab. Der Tag war endgültig im Eimer. Blettner stürmte die Treppe hinauf in seine Amtsstube, holte seine Tasche und machte sich auf den Heimweg. Zuvor wollte er nur noch ganz kurz bei der Alten Limpurg vorbeischauen und sehen, wie die Geldgeschäfte vorankamen.

Tatsächlich herrschte dort noch immer Hochbetrieb. An der hinteren Wand standen mehr als ein Dutzend schwere, mit Eisen beschlagene und gesicherte Holzkisten. Blettner winkte Eddi zu sich heran und deutete auf die Kisten. «Sind die alle voller Geld? Voll mit beschnittenem Geld?»

Eddi nickte stolz. «Jawohl. Alles aufgezeichnet und ausgewogen. Die Münze wird morgen richtig viel zu tun haben. Ich habe ausgerechnet, dass bei jedem Geldstück weniger als zehn Prozent herausgeschnitten wurden. Aus zehn beschnittenen Geldstücken können also ganze neun neue geprägt werden. Da der Steuereintreiber aber eine Steuer von zehn Prozent erhebt und sie gleich hier einkassiert, macht die Stadt einen guten Gewinn.»

Der Richter nickte anerkennend. «So lautete auch der Plan.»

«Na ja, nicht jeder Plan geht auf in dieser Stadt.» Eddi kicherte.

«Zur Sache. Besondere Vorkommnisse?»

«Nichts.»

«Gut, Eddi. Dann komm doch nachher zum Hause von Henn Goldschlag. Wir müssen uns beraten.»

Am Abend hockten sie dann also alle zusammen: Henn Goldschlag und Gustelies, Heinz und Hella, Jutta Hinterer, Eddi und sogar Pater Nau. Nur einer fehlte, und das war Bruder Göck. Es war Freitag, und deshalb gab es Fisch. Gustelies hatte eine kräftige Suppe daraus gekocht, dazu gab es einen Salat aus Roter Bete mit Zwiebeln und frisch gebackenes Brot.

«Nun, Eddi, jetzt erzähl uns, was du heute in der Geldstube erlebt hast», forderte der Richter den Leichenbeschauer auf, doch Gustelies gebot ihm Einhalt. «Erst wird gegessen, dann wird gearbeitet. Für uns alle war dies kein Freudentag, selbst die beiden Kleinen haben viel geweint. Gott sei Dank schlafen sie jetzt.» Gustelies legte die Hand hinters Ohr und lauschte nach dem Nebenzimmer, in dem die Kinder schliefen. Alles war ruhig.

Sie aßen schweigend, nur Jutta schreckte bei jedem lauteren Geräusch auf und lächelte dann entschuldigend in die Runde.

Nach dem Essen lehnte sich Richter Blettner zurück und wischte sich die Lippen mit seinem Mundtuch. Eddi tätschelte seinen Bauch, Henn Goldschlag holte die Flasche mit dem Branntwein, und Pater Nau griff nach der Weinkanne und schenkte sich nach.

«Nun, Eddi, was war heute los in der Geldstube?»

Eddi strahlte über das ganze Gesicht. «Es war nicht schlecht. Wisst Ihr, die Claudette ist eine fabelhafte Weibsperson. Sie redet nicht, sie lächelt nur. Und wenn sie ärgerlich ist, dann kneift sie ein ganz kleines bisschen die Augen zusammen. Hier, ungefähr so.» Eddi zog eine Grimasse, die Jutta unwillkürlich zusammenfahren ließ, dann wollte er weiterschwärmen, aber der Richter hob die Hand. «Wir freuen uns alle, dass dir ein Weib so gefällt, aber uns interessiert zunächst einmal, was in der Stube vorgefallen ist. Hast du einen Blick in die Bücher werfen können?»

Eddi zog einen Flunsch, und Blettner setzte hinzu: «Nachher wollen wir alles über deine Claudette erfahren.»

Das versöhnte den Leichenbeschauer, und er tippte sich nachdenklich mit dem Finger an sein Kinn. «Na ja, die meisten Leute wollten ihr beschnittenes Geld tauschen. Ein paar kamen mit Säcken voller Kupfergeld und wollten dafür Silber haben, ein paar andere ließen sich Wechsel ausbezahlen.»

«Und gutes Geld war reichlich vorhanden?», fragte Blettner. «Das wundert mich, denn die neuen Münzen müssen ja erst geprägt werden. Ich hatte fest damit gerechnet, dass es da zu einem Engpass kommt.»

Eddi winkte ab. «Ach, woher denn! Der Schultheiß hat die Stadtkasse geplündert. Im Augenblick ist Frankfurt arm wie eine Kirchenmaus. Erst in den nächsten Tagen soll das neu gemünzte Geld dort wieder hineinkommen.»

Blettner verzog den Mund. Er ahnte, dass der Schultheiß dies nicht mit dem Rat abgesprochen hatte, aber das war wirklich nicht sein Problem. Und hatte der Kaufmann Stalburg nicht beschnittenes Geld für seinen Wein von der Stadt bekommen? Das Problem musste warten. «Sag, Eddi, waren auch welche aus dem Amt beim Straßburger?» Eddi dachte kurz nach, dann hob er den Finger. «Ja. Der Henker war da.»

«Woher hatte denn der Henker beschnittenes Geld?», wollte Gustelies wissen, die einen Teller mit Hafergebäck auf den Tisch stellte. «Er wird doch von der Stadt bezahlt.»

Blettner winkte ab. «Wir wissen doch alle, dass er die Leichen vom Galgen nimmt, sie auskocht und dann sowohl das Fett als auch das Blut und die Haare an die Apotheker verkauft. Kann schon sein, dass ihn da einer übers Ohr gehauen hat mit dem Geld. Und sonst?»

Eddi kramte in seinem Gedächtnis, alle konnten ihm die Mühe an der gefurchten Stirn ablesen, dann erwiderte er: «Na ja, ich habe dir ja schon erzählt, dass es einige gab, die auffällig viel Geld hatten, aber alles habe ich auch nicht mitbekommen. Du müsstest in die Bücher des Markus von Mehringen schauen.»

«Das lässt er niemals zu. Er beruft sich auf ein Gesetz, das nirgendwo niedergeschrieben steht. Auf das Geldgeheimnis. Nein, Eddi, ich werde ihn morgen ablenken, den Straßburger, und dann nimmst du dir die Bücher vor und schreibst ab, was dir wichtig erscheint.»

Eddi verzog das Gesicht. «Und was soll Claudette von mir denken?»

«Herrgott, Eddi. Es geht hier um Mord! Lass sie denken, was sie will.» Blettner musste sich sehr zügeln, um nicht auf den Tisch zu hauen. «War sonst noch jemand vom Amt da? Hat der betrügerische Antoniter sein Geld eingezahlt?»

«Das weiß ich!» Pater Nau hob den Zeigefinger. «Ich habe ihn abgepasst, habe ihn eigenhändig in die Stube gebracht und das neue Geld gleich an mich genommen.»

«Ach?» Blettner staunte. «Davon hat mir der Antoniter gar nichts erzählt. Sprecht ihr denn wieder miteinander?»

Pater Nau verschränkte die Arme vor der Brust. «Nein!», beharrte er. «Mit einem, der den lieben Gott bescheißt, rede ich nicht.»

Blettner sah ein, dass jetzt nicht der richtige Zeitpunkt war, um den Pater weiter nach seinem ehemals besten Freund zu befragen. Außerdem hatte er wirklich andere Sorgen. «Ich stecke fest», gab er zu. «Die Ermittlungen kommen nicht vom Fleck. Es gibt einen Mörder, den ich nicht zu fassen kriege. Es gibt Geldschneider, die wahrscheinlich schon eifrig dabei sind, das nächste Unheil anzurichten. Und ich habe keine Ahnung, wie ich weiter vorgehen soll.» Das war nicht ganz richtig, denn Blettner hatte eine leise Ahnung, die ihm aber alles andere als gefiel. «Jutta und Marlies müssen den Mörder gekannt haben. Aber leider kann sich Jutta an nichts erinnern.»

«Doch!» Jutta stemmte sich hoch und wedelte mit dem Finger in der Luft herum. «Doch. Da war ein Geruch. Ein ganz bestimmter.»

«Was für einer?» Blettner lehnte sich angespannt nach vorn.

«Ich weiß nicht. Es war ein Geruch, den ich recht gut kenne, der aber wenig mit mir zu tun hat. Lasst mich einen Augenblick nachdenken.» Sie sank zurück in ihren Stuhl und schloss die Augen.

In diesem Augenblick schoss der Pater so heftig in die Höhe, dass sein Weinbecher umfiel. Ein, zwei Resttropfen ergossen sich auf den Tisch.

«Was ist denn nun los?», wollte Gustelies wissen. «Setz dich auf der Stelle wieder hin. Du weckst mit deinem Gerumpel am Ende noch die Kinder auf.»

«Ich halte das nicht mehr aus.» Das Gesicht des Paters war puterrot geworden. Er hatte die Fäuste so fest zusammengeballt, dass die Fingerknöchel sich bläulich verfärbten. Seine wässrigen Augen wurden ganz schmal und dunkel.

«Was hältst du nicht mehr aus?», fragte Gustelies weiter und betrachtete ihren Bruder mit merklicher Besorgnis.

«Das alles hier», flüsterte der Pater heiser. «Mord und Totschlag. Geldschneiderei, Betrug am lieben Gott. Die Erde ist ein Jammertal und das Leben ein Graus, und täglich wird es schlimmer. Ich halte das einfach nicht mehr aus.» Er schloss kurz die Augen, griff sich an die Schläfe, dann stürzte er an Heinz Blettner vorbei und zur Haustür hinaus. Die anderen blickten ihm verblüfft hinterher. Nur Henn Goldschlag fragte: «Soll ich ihm nachgehen?» Aber Gustelies schüttelte den Kopf. «Ich denke, er will jetzt alleine sein.»

Und sosehr die anderen auch fanden, dass Gustelies recht hatte, so verfielen sie nun doch in bedrücktes Schweigen. Jeder wusste, dass der Pater litt, aber niemand wusste so recht, woran eigentlich. An der Welt, meinte Hella. Am Leben, dachte sich Gustelies. Er ist einfach zu einsam, glaubte Jutta. Am Verlust des rechten Gottes, mutmaßte Henn Goldschlag, und Eddi, der Leichenbeschauer, war der Ansicht, dass dem Pater eine Frau fehlte, die ihn den ganzen Tag umsorgte.

«Wo waren wir stehengeblieben?», wollte Blettner nach einer Weile wissen.

«Beim Geruch», half Henn Goldschlag aus und goss allen noch einmal vom Selbstgebrannten nach.

«Ja. Der Geruch. Jutta, ist dir dazu noch etwas eingefallen?»

Die Geldwechslerin schüttelte den Kopf. Da sprach Henn Goldschlag, der bisher recht wortkarg gewesen war. Er fragte: «Wer in der Stadt hat eigentlich die Möglichkeit, Geld zu schneiden, ohne dass es auffällt? Man braucht dazu ein paar Werkzeuge, die nicht in jedem Haus vorhanden sind. Zum Beispiel ein paar Feilen, eine Vorrichtung, um die gewonnenen Späne einzuschmelzen, Tiegel, einen guten Schmelzofen und Abnehmer für das gewonnene Silber.»

Blettner klappte die Kinnlade herunter, dann schlug er sich mit der flachen Hand vor die Stirn: «Ich Rindvieh! Natürlich! Das ist eine der wichtigsten Fragen! Oh, die ganze Aufregung hat mir mindestens die Hälfte meines Verstandes geraubt.»

Henn hatte sich zurückgelehnt und strich kurz über Gustelies' Schulter. «Ich zum Beispiel habe alle diese Dinge. Und die anderen Gold- und Silberschmiede selbstverständlich auch.»

Blettner fuhr sich mit der Hand wild durch sein Haar, das bald wirr in alle Richtungen stand. «Natürlich, ein Goldschmied.»

«Oder ein Kannenmacher», fiel Hella ein.

«Die Nadelmacher», steuerte Eddi bei.

«Die Zinngießer», erklärte Blettner, «und vielleicht sogar die Schildermacher.»

«Die Fassbinder und die Glasmacher», meinte Gustelies.

«Und am Ende sogar alle Schmiede der Stadt, vom Hufschmied bis zum – wie schon gesagt – zum Goldschmied.»

Blettner brummte der Schädel. «Aber ich kann doch nicht die halbe Stadt durchsuchen lassen», meinte er.

«Nein, das geht wohl nicht», sprach Henn Goldschlag. «Aber wenn der Eddi morgen in die Listen des Straßburgers schaut, dann kann er vielleicht prüfen, ob er bei einem dieser Handwerker eine Auffälligkeit entdeckt.»

Eddi kniff nachdenklich die Augen zusammen und überlegte so angestrengt, dass eine blaue Ader auf seiner Stirn leicht hervortrat. «Da war nichts, das weiß ich. Wenn da etwas gewesen wäre, wäre mir das aufgefallen. Nein, ich bin ganz sicher, dass kein Handwerker auffällig viel Geld umgetauscht hat.» Er hob den Finger. «Außerdem wäre das ja wirklich dämlich gewesen. Ich meine, auf die Art den Verdacht auf sich zu lenken. Er wird außerhalb der Bank Geschäfte gemacht haben, und wir sollten wohl eher die Gold- und Silberschmiede befragen, wer ihnen in letzter Zeit besonders viel Edelmetall angeboten hat.»

Plötzlich riss Jutta die Augen auf. Angstvoll blickte sie sich um, dann rief sie aus: «Jetzt weiß ich, was es war. Der Geruch. Ich weiß es. Es war der Geruch nach frischer Tinte.»

# Kapitel 18

Frische Tinte, dachte Blettner am nächsten Morgen. Wer benutzt Tinte? Ihm fiel der Schreiber ein mit seinem seltsamen Benehmen. Roch er nach Tinte? Blettner hatte keine Ahnung, wie Tinte roch, aber wenn einer diesen Geruch an sich haben musste, so doch ein Schreiber. Er stellte seine Ledertasche in der Amtsstube ab und machte sich auf den Weg zum Schultheiß. Er war müde, hatte die halbe Nacht wach gelegen und gegrübelt, und das gelbe Licht, das durch die Butzenscheiben fiel, schmerzte ihm in den Augen.

Der Schultheiß saß quietschfidel hinter seinem Schreibtisch und lärmte, als er Blettner sah: «Das war wirklich eine glänzende Idee von Euch, das mit dem Geldumtausch. Und auch, dass wir den Steuereintreiber mit in die Stube gesetzt haben, der den Umtauschenden gleich das Geld für die Stadt aus der Tasche zieht. Mein Neffe war gestern da. Er sagte, wir – die Stadt Frankfurt – hätten schon jetzt einen schönen Profit gemacht. Aber setzt Euch hin, setzt Euch erst einmal.» Der Schultheiß rieb sich vergnügt die Hände. «Am Ende werden wir vielleicht sogar befördert, mein Lieber. Oder ausgezeichnet, aber ich will nicht vorgreifen. Was treibt Euch zu mir?»

«Euer Neffe Markus von Mehringen. Was wisst Ihr über

ihn, das er mir nicht erzählt hat? Welche Art von Geschäften hat er so erledigt? Außerhalb der Firma seines Vaters, meine ich.»

Krafft von Elckershausen hob die Hände. «Ich habe keine Ahnung. Ich kenne ihn ja so wenig wie Ihr. Die Meine sagt, er habe die Juristerei studiert. Dort, in Straßburg, und zusätzlich an der Rechenschule in Florenz.»

«Und warum ist er dann nicht Advokat geworden? Oder ein Richter?»

«Keine Ahnung. Vielleicht liebt er die Abwechslung, vielleicht hat er einen gesunden Abscheu vor dem Verbrechen.»

«Und was hat er noch so gemacht, bevor er nach Frankfurt kam?»

Krafft von Elckershausen kniff misstrauisch die Augen zusammen. «Warum wollt Ihr das wissen, Richter? Er hat Euch doch schon alles über sich erzählt.»

«Oh, ich frage aus keinem besonderen Grund. Es ist nur so, dass derzeit auffallend viel Straßburger Geld im Umlauf ist.»

«Na, mit meinem Neffen kann das nichts zu tun haben. Und ach, ehe ich es vergesse: Ich habe gestern mit dem Ersten Bürgermeister gesprochen. Na?» Der Schultheiß sah den Richter beifallheischend an.

«Na, was?», fragte Blettner.

«Was denkt Ihr, worüber wir gesprochen haben?»

«Ich weiß es nicht.»

«Über Euer Haus. Über Euer neues Heim in der Goldmachergasse.»

Jetzt rutschte Blettner auf dem Stuhl hin und her. «Und was ist dabei rausgekommen?»

«Nun, Ihr kriegt das Haus. Schon nächsten Monat könnt Ihr einziehen.»

«Und wie viel kostet es?» Richter Blettner rieb Daumen und Zeigefinger aneinander.

«1500 Frankfurter Mark. Ihr dürft es nämlich sogar kaufen.»

«1500?» Dem Richter fiel die Kinnlade herab. «So viel?»

Er verdiente pro Jahr 750 Frankfurter Mark, also sollte das Haus zwei Jahresgehälter kosten. «So viel habe ich nicht.»

Der Schultheiß winkte ab. «Dieses Haus ist natürlich eine Investition in die Zukunft. Ihr werdet Euch einen Kredit besorgen müssen. Soll ich den Vertrag aufsetzen?»

Blettner überlegte. Wenn es hochkam, so konnte er 600 Frankfurter Mark bereitstellen, und da war der Verkauf seines jetzigen Hauses schon mit eingerechnet. Sie hatten in den letzten beiden Jahren viele Ausgaben gehabt. Da waren die beiden Kinder, die alle naselang etwas Neues brauchten, da waren die Möbel, die sie nach ihrer Hochzeit angeschafft hatten, da waren die Gelder, die geflossen waren, als Blettner seine Profession als Richter der Stadt Frankfurt bekommen hatte. Andererseits war das Angebot nicht schlecht. Es gäbe sicher manch einen in Frankfurt, der ohne zu zögern 2000 Mark für das Haus hingeblättert hätte. Und es lag direkt neben Gustelies' Haus. Hella würde ihm den Kopf abreißen, wenn sie erfuhr, dass er das Angebot des Schultheißen abgelehnt hatte.

«Ich nehme das Haus. Den Vertrag unterschreibe ich, sobald er fertig ist. Aber die Beschaffung des Geldes könnte ein Weilchen dauern. Es ist immerhin eine große Summe für einen Richter.»

«Es eilt nicht», beschwichtigte ihn Krafft von Elckershausen. «Ihr könnt einziehen, sobald Ihr die Märker zusammenhabt. So. Das war es von meiner Seite. Gibt es sonst noch etwas?»

Blettner zog die Unterlippe zwischen die Zähne. «Eine winzige Kleinigkeit noch. Ich müsste mal ins Grundbuch schauen, und ein Einblick in die Geschäftsbücher Eures Neffen wäre auch nicht schlecht.»

«Was wollt Ihr denn mit dem Grundbuch?», wollte der Schultheiß wissen.

«Nun, wir müssen einen Mord aufklären, einen Überfall und die Sachbeschädigung an Juttas Geldwechselbude.»

«Und Ihr meint, im Grundbuch findet Ihr den Mörder?»

«Einen Hinweis vielleicht. Der Tuchhändler Sandig hat erstaunlich viel Geld umgetauscht und angegeben, dass das Geld aus einem Hausverkauf stammt.»

«Na gut.» Er wandte sich an seinen Schreiber, ein arges Männlein mit grauem Gesicht, das hinter seinem Pult döste. «Mach den Wisch fertig, damit ich ihn unterschreiben kann.»

Und wieder zu Blettner: «Und was glaubt Ihr in den Büchern meines Neffen zu finden?»

«Na ja, Auffälligkeiten beim Umtausch zum Beispiel.»

Unwirsch wedelte Krafft von Elckershausen mit der Hand. «Hätte es Auffälligkeiten gegeben, wüsste ich davon. Auch der Steuereintreiber hat nichts bemerkt. Ach, habe ich Euch eigentlich schon erzählt, dass man ihn gestern auf dem Heimweg verdroschen hat?»

«Wen? Den Neffen?» Blettner war ganz konfus.

«Nein, doch nicht den. Den Steuereintreiber natürlich.»

Der Schultheiß kicherte. «Zwei Männer mit Kapuzen haben ihm aufgelauert und ihm das Fell gegerbt.»

«Und warum?» Dem Richter gefiel das überhaupt nicht.

«Warum? Warum? Weil er der Steuereintreiber ist. Darum. Der natürliche Feind eines jeden Bürgers. Tja, aber die Bücher meines Neffen, die kann ich Euch nicht bringen. Ihr wisst, es gibt da Regeln.»

«Ja, und die habe ich gestern von meinem Schreiber nachlesen lassen. Es gibt keine Vorschrift, die dem Richter untersagt, Einblick in die Geschäftsbücher zu nehmen, wenn dadurch weitere Verbrechen verhindert werden könnten.»

«Aber das wisst Ihr ja gar nicht.» Krafft von Elckershausen nahm von seinem Schreiber das Papier entgegen, setzte seine Unterschrift darunter, streute ein wenig Löschsand auf das Papier, pustete es mitten in den Raum und reichte Blettner das Blatt. «Da. Geht ins Archiv und schaut ins Grundbuch. Schaut meinetwegen auch in die Register der Steuereintreiber. Aber lasst meinen Neffen in Ruhe.»

Blettner nahm das Blatt, dankte und machte sich auf den Weg ins Archiv. Der Archivar hockte mit säuerlicher Miene hinter seinem Pult und tat, als hätte er Blettner weder gesehen noch gehört. Das hielt er eine Weile durch, aber als Blettner hart mit der flachen Hand auf das Pult schlug, schreckte er hoch. «Ja, bitte?», fragte er scheinheilig.

Blettner reichte ihm schweigend das Blatt.

«So, so, eine Genehmigung. Nun, Ihr müsst warten, denn ich füge gerade die neuesten Eintragungen ins Grundbuch ein. Kommt morgen wieder.» Der Archivar blinzelte selbstgefällig und beugte sich sogleich wieder über seine Arbeit. Aber Blettner war schneller. Er riss dem Mann das Buch vom

Pult, klemmte es sich wortlos unter den Arm und stiefelte damit zur Treppe. «Halt, ich werde mich über Euch beschweren», schrie der Archivar ihm hinterher, aber der Richter schenkte dem keinerlei Beachtung.

Oben in der Amtsstube war auch der Schreiber endlich eingetroffen. «Wie siehst du denn aus?», wollte der Richter überrascht wissen. «Als wärst du in den Main gefallen und mehr schlecht als recht getrocknet.»

Der Schreiber schüttelte griesgrämig den Kopf. Sein Haar hing ihm strähnig in die Stirn, sein Wams war bekleckert und schief geknöpft, die Stiefel waren bis zu den Knien mit Dreck bespritzt, und der ganze Schreiber wirkte derart kläglich und abgerissen, dass es einen Hund gejammert hätte, nicht aber Richter Blettner. «Mach dich ein bisschen zurecht. Du stellst ja der Stadt ein schlechtes Zeugnis aus, wenn du herumläufst wie ein Bettler. Wo hast du die Nacht verbracht? Etwa unter einer Mainbrücke?» Der Schreiber antwortete nicht, und so sah Blettner einstweilen auch keinen Grund mehr, in ihn zu dringen, sondern wandte sich dem Grundbuch zu. Er wollte überprüfen, ob der Tuchhändler Sandig in den letzten Wochen tatsächlich ein Haus verkauft hatte. Sorgsam fuhr er mit dem Finger die einzelnen Spalten auf und ab, blätterte Seite für Seite um, aber den Eintrag, den er suchte, fand er nicht. Der Richter nahm sich einen leeren Bogen Papier vom Pult des Schreibers und schrieb auf die erste Seite: «Tuchhändler Sandig überprüfen.» Darunter notierte er den Namen des Kaufmanns Haberkorn und fügte in Klammern hinzu: Straßburger Geld. Er war nicht zufrieden mit den Auskünften des Schultheißen, die seinen Neffen betrafen. Irgendetwas gefiel dem Richter nicht an Markus von Mehringen, aber er konnte nicht sagen, was es war. Auf gut Glück und weil er bei seinem Schreiber da auch so eine Ahnung hatte, suchte er im Grundbuch noch nach Einträgen über seinen Mitarbeiter, aber vergebens. Er schürzte die Lippen, klopfte nachdenklich mit der Spitze seiner Feder auf den Schreibtisch, dann stand er auf und verließ die Amtsstube, ohne dem Schreiber mitzuteilen, wo er hinwollte.

Gustelies war in sich zerstritten. Eigentlich war sie ein wenig wütend auf Pater Nau. Warum hatte er so einfach wegrennen müssen? Andererseits tat er ihr leid. Die Sonne schien grau für ihn, und das machte Gustelies Sorgen. Sie stieg die Fahrgasse hinauf, lief ein Stück durch die Töngesgasse bis zur Kräme und gelangte schließlich auf den Liebfrauenberg. Die Luft war dicht und schwül, sodass Gustelies immer mal wieder anhalten und sich mit einem Minzetuch den Schweiß von der Stirn wischen musste. Überhaupt war dieser Sommer nicht hell und gleißend, sondern dick und trübe wie Erbsensuppe. Nicht einmal das Gewitter hatte eine Abkühlung und Frische bewirkt. Gustelies äugte zum Himmel hinauf und betrachtete nachdenklich die Wolken, die träge über die Stadt zogen. Es wird wohl heute wieder ein Gewitter geben, dachte sie. Wenn es denn schon so weit wäre!

Sie lief weiter, den Blick zum Himmel gerichtet – und stolperte dabei über ein Bündel, das am Rande des Liebfrauenberges aus einer Hausnische herausragte. «Kruzifix!», schimpfte sie und betrachtete das Bündel genauer. Es war Pater Nau, und der war so sturzbetrunken, dass er sich nicht mehr auf den Beinen halten konnte.

«Herr im Himmel!» Gustelies bückte sich, knallte ihrem

Bruder zwei kräftige Maulschellen ins Gesicht, doch der rührte sich kaum, sondern brummte nur. «Ist das zu glauben? Ein Pater am hellerlichten Tage betrunken vor seiner Kirche. Dass du dich nicht schämst. Was sollen denn die Leute denken?» Gustelies knallte ihm noch eine, dann packte sie ihn am Kragen der Soutane und riss daran. «Komm hoch, auf die Füße mit dir!» Sie war so ärgerlich, dass sie dem jämmerlichen Gesicht des Paters keine Beachtung schenkte. Sie packte ihn mit beiden Händen und zerrte ihn auf die Füße, stellte ihn an die Wand, und dort schwankte er hin und her wie eine junge Birke im Gewitter. Dann schlang sie den Arm um seine Hüfte und trug ihn mehr, als dass er selbst lief, ins Pfarrhaus. Dort angekommen, ließ sie ihn einfach los, sodass er wie von einer Axt getroffen mitten in die Küche stürzte und dort liegen blieb. «Na, warte!», Gustelies war so empört, dass sie den Wassereimer nahm, Schwung holte und ihn restlos über dem Pater auskippte.

«Lass das», brummte der verärgert und klappte die Augen auf. «Wo bin ich?»

«In deiner Pfarrhausküche», zischte Gustelies, holte die große hölzerne Waschwanne hervor und goss weitere Eimer dort hinein.

«Zieh dich aus!», befahl sie. «Deine Soutane starrt vor Dreck, und du riechst, als hättest du die Nacht unter Ziegenböcken verbracht.»

Der Pater rappelte sich hoch, glitt in der nassen Küche aus und fiel zurück auf die Knie. Er hielt sich mit beiden Händen den Schädel und sah seine Schwester flehentlich an. «Ich wünschte, ich wäre tot!», flüsterte er. Und er sagte es mit klarer Stimme, so, als hätte er nicht gestern Abend ein halbes

Dutzend Rotweinkannen geleert. Nein, ganz deutlich kamen die Worte aus seinem Mund. «Ich wünschte, ich wäre tot. Ich ertrage das Leben nicht mehr. Es ist mir zu viel. Ruhe möchte ich, nichts als Ruhe und Frieden.»

«So, wie du dich aufführst, gibt es Zank und Streit. Warte nur ab, bis der Bischof davon erfährt.» Sie riss ihrem Bruder die Soutane vom Leib und stieß ihn regelrecht in die Wanne. Dort saß er im kalten Wasser, die Zähne klapperten ihm aufeinander, aber noch immer hatte Gustelies kein Mitleid, sondern schäumte sein Haar mit Seifenlauge ein, die ihm in die Augen rann, sodass er weinte wie ein Kind. Dann warf sie die Bürste ins Wasser, dass es hoch aufspritzte, stellte den Teller mit den Seifenflocken auf das kleine Wannenbrett und befahl: «Wasch dich. Aber gründlich. Ich weiche unterdessen deine Soutane ein.» Sie griff das Kleidungsstück mit spitzen Fingern und verkniffenem Mund, trug es nach draußen und steckte es ohne viel Federlesen in das Regenfass.

Als sie zurück in die Küche kam, war der Pater mit den Seifenflocken in der Hand eingeschlafen. Seine spitzen Knie ragten aus dem Wasser, und am Oberkörper konnte Gustelies jede Rippe einzeln erkennen. Sie erschrak. Pater Nau war schon immer ein schmächtiger Mann gewesen, aber so abgemagert hatte sie ihn noch nie gesehen. Sie setzte sich an den Küchentisch, stützte das Kinn in die Hand und überlegte. Sollte sie wirklich wieder ins Pfarrhaus einziehen und sich um ihn kümmern? War es ihre Schuld, dass er so verkam? Sie seufzte. In den letzten zehn Jahren war sie ausschließlich für ihn da gewesen, sie hatte gekocht und geputzt und dafür gesorgt, dass die Predigt rechtzeitig zum Sonntag fertig wurde. Sie hatte sein Bett frisch bezogen, hatte die Stube gewischt und seine Sachen gewaschen. Sie hatte die Kirche sauber gehalten und immer frische Blumen auf den Altar gestellt. Und nun das! War es recht von ihr gewesen, ihr eigenes Glück mit Henn Goldschlag vornan zu stellen und den Pater zu vergessen? Aber sie hatte ihn ja gar nicht vergessen. Sie war jeden Tag gekommen und hatte getan, was getan werden musste. Doch vielleicht waren es nicht die äußeren Dinge, das Waschen und Putzen und Kochen, welche dem Pater so fehlten. Vielleicht fehlte ihm einfach ein Mensch, der für ihn da war. Behutsam stand sie auf, holte ein Handtuch und weckte ihren Bruder. Dann rubbelte sie ihn ab wie ein Kind und brachte ihn ins Bett. Sie setzte sich auf die Bettkante, streichelte seine Hand und fragte: «Ginge es dir besser, wenn ich wieder hier einziehen würde?» Nicht, dass sie das wollte. Nein, sie wollte das ganz und gar nicht. Sie war glücklich mit Henn Goldschlag, und wenn sie ganz ehrlich war, dann musste sie sogar zugeben, dass sie nicht einmal mit ihrem verstorbenen Mann, dem Richter Kurzweg, so glücklich gewesen war. Aber sie war ein Weib. Von Gott gemacht, den Männern zu dienen. Und sie musste dorthin, wo sie am meisten gebraucht wurde. Eigenes Glück hin, eigenes Glück her.

Der Pater schüttelte den Kopf. «Nein, Schwester, bleib, wo du glücklich bist. Es ist nicht dein Auszug, der mir so zusetzt. Es ist die Welt, das ganze Leben im Allgemeinen.»

«Und im Besonderen?» Gustelies spürte, dass es da noch etwas ganz Bestimmtes gab, das dem Pater eine Last war.

«Im Besonderen ist es Bruder Göck. Ich habe vom Bischof den Auftrag erhalten, bei der Inventur des Antoniterhofes dabei zu sein. Ich soll bestätigen, dass dort alles seine Richtigkeit hat. Aber das hat es nicht, wir wissen es ja alle.»

«Und du haderst jetzt mit Bruder Göck, weil er dich in eine so missliche Lage versetzt hat?»

«Ja. Nein. Vielleicht. Ich habe mitgetrunken, wenn der Antoniter mit Wein hier ankam. Ich bin ebenso schuldig wie er. Nie habe ich gefragt, ob der Wein auch bezahlt ist oder woher er ihn hat. Ich habe einfach getrunken und hätte doch anders handeln sollen.» Er entzog Gustelies seine Hand. «Ich bin ein schlechter Mensch. Das sage ich nur dir, weil du mich am besten kennst. Ich bin ein schlechter Freund, ein schlechter Seelsorger, ein schlechter Prediger und ein schlechter Bruder. Und das alles drückt mir die Seele ab.»

Gustelies wollte widersprechen, aber der Pater hob die Hand. «Sag nichts. Ich will nichts hören.» Also schwieg Gustelies eine Weile. Schließlich hielt sie es nicht mehr aus und fragte: «Und was willst du jetzt tun?»

«Ich weiß es nicht. Ich habe ein bisschen Geld, das werde ich Bruder Göck geben, damit er wenigstens einen Teil des Weines bezahlen kann. Aber mir graut vor der Inventur, mir graut davor, noch mehr Verfehlungen zu sehen. Am meisten aber graut mir davor, bestimmte Dinge zu übersehen.» Er schaute sie kläglich an. «Kannst du mir nicht dabei helfen?»

Gustelies schüttelte den Kopf. «So gern ich es täte, aber ich darf nicht in den Antoniterhof. Immerhin ist es ein Kloster für Männer.»

Pater Nau seufzte. «Ja, da hast du wohl recht. So muss ich es allein durchleiden.»

«Aber vielleicht gibt es sonst irgendetwas, das ich für dich tun kann?», wollte Gustelies wissen. Sie hätte schon lange wieder zu Hause sein müssen, aber sie wagte es nicht, ihren Bruder in diesem Zustand allein zu lassen. «Willst du nicht mit mir kommen und eine Zeit bei uns wohnen?», fragte sie.

Der Pater winkte ab. «Bin ich auch ein schlechter Geistlicher, so weiß ich doch, wo mein Platz ist. Hier nämlich, im Pfarrhaus.»

# KAPITEL 19

W ie viel soll das Haus kosten?» Hella schob ihrem Mann
einen Teller Buchweizenbrei mit Grützwurst über den
Tisch, hob sich dann die kleine Flora aufs Knie und fütterte
sie mit Haferbrei. Es kam nicht oft vor, dass der Richter zum
Mittagessen nach Hause kam, und auch heute hatte er sich
nicht angekündigt, sodass Hella eine Mahlzeit improvisieren
musste.

«1500 Frankfurter Mark. Das ist günstig.»

Hella nickte. «Ja, das ist es wohl. Aber es nützt uns gar
nichts, wir haben nicht so viel.»

Blettner senkte den Kopf und zog mit seinem Löffel ein
Muster in die Hafergrütze. «Ich weiß.»

«Und was tun wir nun?»

«Sorge dich nicht, ich finde eine Lösung», versprach Blettner, hatte aber nicht die geringste Ahnung, wie er das anstellen sollte.

Hella schüttelte den Kopf. «Lass mich das machen», sagte
sie. «Du hast schon dafür gesorgt, dass man uns das Haus
anbietet. Jetzt will ich dafür sorgen, dass wir es bezahlen können.»

Blettner blickte auf, besah sein prächtiges Weib und strahlte
über das ganze Gesicht. «Du wirst das schon recht machen.»

Hätte er gewusst, welche Pläne Hella hegte, so wäre ihm wohl die Grütze im Hals stecken geblieben.

Nach dem Essen begab er sich in weitaus besserer Laune zurück ins Malefizamt. Er unterschrieb ein paar Unterlagen, die der Schreiber ihm vorgelegt hatte, dann kontrollierte er noch einmal dessen Pult, doch die geheimnisvolle Kladde konnte er nicht finden. Und wo war eigentlich der Schreiber schon wieder hin? Blettner überlegte, ob er den Schultheiß von seinem Verdacht unterrichten sollte, doch dann ließ er es sein. Bisher konnte er dem Schreiber nicht nachweisen, in dunkle Machenschaften verstrickt zu sein. Und ebenso wenig konnte er die Werkstätten der halben Handwerkerschaft nach verdächtigen Dingen durchsuchen lassen. Nein, er brauchte noch mehr Informationen. Also begab er sich zum Kaufmann Haberkorn, dem Händler, der seine halbe Verwandtschaft zum Geldtausch geschickt hatte und der überdies die besten Kontakte nach Straßburg hatte. Als er vor dessen Haus angekommen war, teilte ihm die Magd mit, dass der Herr nicht zu sprechen sei, denn er mache nach dem Mittagsmahl sein Schläfchen.

«Sein Schläfchen, ja?», schäumte der Richter. «Dann wecke ihn auf der Stelle auf.»

Die Magd kniff die Lippen zusammen und schüttelte den Kopf. «Das wage ich nicht.»

«Soll ich das vielleicht übernehmen?» Die Stimme des Richters troff vor Ironie, doch überraschenderweise hellte sich das Gesicht der Magd auf. «Oh, ja, das möchte ich zu gern erleben.»

Mit griesgrämigem Blick ließ sich Blettner die Räumlichkeiten zeigen, dann riss er die Tür auf und sah den Kaufmann in vollem Anzug, aber ohne Schuhe auf dem Bett liegen. «Heda, wacht auf!», rief er, doch der Kaufmann rührte sich nicht. Blettner griff mit beiden Händen nach dem Bettgiebel und zerrte daran herum, dabei rief er ein ums andere Mal: «Heda, hoch mit Euch!»

Endlich schlug der Kaufmann die Augen auf. «Was ist los? Brennt mein Lager? Ist Krieg ausgebrochen?»

«Nichts von alledem. Ich muss Euch befragen. In einer dringenden Angelegenheit sogar. Also steht auf, aber hastig, denn ich habe nicht ewig Zeit.»

Die Magd, die in einer Ecke stand, kicherte verstohlen. Blettner gebot ihr, ihn in einen Salon oder eine Stube zu führen und ihm das Warten mit einem Becher Rotwein zu versüßen. Die Magd huschte hinaus, der Richter ließ sich im Nebenraum auf einen Lehnstuhl fallen, und kaum hatte er den Rotwein vor der Nase, als Haberkorn auch schon zum Gespräch bereit war.

«Ihr handelt mit Straßburg, höre ich», begann Blettner. «Womit genau handelt Ihr?»

«Mit Wein aus dem Elsass, mit Fischen aus dem Rhein und mit dem Heiligen Wasser aus St. Odile.»

Der Richter hatte keine Ahnung, was es mit dem Heiligen Wasser aus St. Odile auf sich hatte, und es interessierte ihn auch nicht besonders.

«So, so. Und da kennt Ihr Euch in Straßburg gut aus, wie?»

«Das kann man wohl sagen. Aber warum wollt Ihr das wissen? Habe ich mich schuldig gemacht?»

«Keine Ahnung. Habt Ihr?», fragte Blettner lauernd und beobachtete vergnügt, wie der Kaufmann nachdenklich die Stirn runzelte.

«Nun, jedenfalls kenne ich die meisten Straßburger Kaufleute. Und andere mehr», antwortete Haberkorn dann.

«Dann kennt Ihr auch den Markus von Mehringen?», wollte Blettner wissen.

Der Kaufmann bewegte vage den Kopf hin und her. «Nicht
gut, wirklich nicht.»

«Was wisst Ihr über ihn?»

«Er ist ein Jurist wie Ihr und hat Erfahrung in Handels-
und Gelddingen.»

«Das habe ich auch schon gehört. Das wissen mittlerweile
die meisten. Mich interessiert vielmehr, was für ein Mensch
er ist. War er oft in den Würfelbuden? Mit den Hurenwei-
bern zusammen? Hockte er mit den Honoratioren in den
Weinstuben? Gibt es ein Weib? Ein heimliches Kind?»

Der Kaufmann betrachtete seine Fingernägel. «In den Würfelbuden war er wohl nicht sehr häufig. Und von den Huren
weiß ich nichts. Er hat nicht sehr viele Freunde in Straßburg,
er hielt es lieber mit den ausländischen Händlern.»

«Hat er dort Geldgeschäfte getätigt?»

«Er war kein Geldwechsler.»

«Das ist keine Antwort.»

Der Kaufmann kratzte sich am Kopf. «Dieses Gespräch
gefällt mir gar nicht.»

Blettner schnaubte ein wenig. «Ich säße jetzt auch lieber zu
Hause mit meinem Weib auf dem Schoß. Also?»

«Es hieß, er kaufte den Ausländischen ihre Währung ab
und tauschte sie, wenn der Kurs günstig stand. Er soll einigen
Gewinn damit gemacht haben.»

Der Richter hob einen Finger. «Nur, damit ich das recht
verstehe. Er kaufte von den Ungarn zum Beispiel ungarische

Pistolen, wartete darauf, dass sie im Wert stiegen, und verkaufte sie dann?»

«Genau. Das nennt man Spekulation, und Spekulanten haben überall einen schlechten Stand.»

«Tatsächlich? Und was wisst Ihr über seinen Haushalt?»

«Er war nicht verheiratet, aber es hieß, keine Magd wäre vor ihm sicher.»

«Ah, jetzt verstehe ich. Er hat sich dann die Stumme ins Haus geholt, damit es kein Gerede auf der Gasse gibt.»

Hier schüttelte der Kaufmann den Kopf. «Nein, Richter, so war es nicht. Die Claudette ist keine Magd. Sie stammt sogar aus einer angesehenen Familie.»

«Und wie kommt sie dann in von Mehringens Haushalt?»

«Ich habe keine Ahnung, weiß nur, dass sie nicht von Geburt an stumm ist.»

«Interessant. Und wie hat sie ihre Sprache verloren?»

Haberkorn wiegte den Kopf. «Die einen sagen, es war ein Unfall, die anderen sagen, es wäre die Strafe dafür, dass sie ein Geheimnis verraten habe.»

Das Blitzen in Haberkorns Augen erschien Blettner irgendwie gehässig. Er nahm sich vor, dies nachher in seinem ledernen Büchlein zu notieren, dann hakte er nach: «Was für ein Geheimnis? Und wen hat sie verraten?»

«Das weiß ich leider nicht. Ich habe Euch alles erzählt. Für den Rest müsst Ihr andere befragen.»

«Wen zum Beispiel?» Der Kaufmann blickte nun beinahe furchtsam drein, und Blettner war sich sicher, dass dieser mehr wusste, als er sagte.

«Ich habe wirklich keine Ahnung. So wahr mir Gott helfe», beteuerte Haberkorn.

«Gut, das war das eine. Kommen wir zu dem anderen», sagte der Richter, nahm seinen Weinbecher und trank den letzten Schluck. «Der Wein ist gut. Ist er aus dem Elsass?»

«Nein, vom Kaiserstuhl.» Der Kaufmann rutschte nervös auf seinem Stuhl herum. «Was wollt Ihr noch von mir?»

«Nun, mir ist da etwas Ungewöhnliches in der Geldstube aufgefallen. Ihr habt nicht nur selbst 800 Mark umgetauscht, sondern Euern halben Haushalt mit ebendieser Summe zum Wechseln geschickt.»

«Wer hat Euch das gesteckt? War es der Straßburger?» Der Kaufmann war ein wenig blass geworden.

«Das tut hier nichts zur Sache. Ich bin immerhin der Richter der Stadt und somit verpflichtet, Bescheid zu wissen.»

Der Kaufmann atmete hörbar aus, dann streckte er das Kreuz und erwiderte: «Nun, das ist ja nicht verboten, oder?»

Blettner schüttelte gemütlich den Kopf. «Verboten ist das nicht, nein, aber auffällig. Deshalb habe ich mir die Mühe gemacht, mal ein Wort mit dem Steuereintreiber zu reden. Nun, Ihr habt in den letzten Jahren weniger Gewinn gemacht und habt demzufolge weniger Steuern bezahlt. Und mit einem Schlag kommt Ihr dann mit über 3000 Frankfurter Mark daher. Da merkt der Fachmann doch auf.»

«Wollt Ihr noch einen Wein?», lenkte der Kaufmann ab.

Blettner nickte und reichte ihm ungeniert seinen leeren Becher. «Ich glaube, wenn ich mich näher mit der Sache befassen würde, käme heraus, dass Ihr der Stadt noch einiges schuldig seid», erklärte er freundlich.

Der Kaufmann stöhnte auf.

«Allerdings habe ich im Augenblick sehr viel um die Ohren. Da passiert es schon mal, dass so manches im Getümmel des Gerichtsalltags untergeht.» Blettner trank von seinem Wein. «Wirklich ein ausgezeichneter Tropfen.»

«Was wollt Ihr wissen?» Der Kaufmann hatte endlich bemerkt, dass er nicht so ohne weiteres aus der Sache herauskam.

«Alles!» Blettner lächelte freundlich. «Ich möchte wissen, in welcher Kirche Markus von Mehringen getauft wurde, was sein Vater so treibt, wie er gelebt hat in Straßburg, meinetwegen sogar, welches seine Leibspeise ist. Ich muss erfahren, ob und mit welchen Frankfurter Kaufleuten er Kontakt hatte, ob er mit bestimmten Handwerkern bekannt ist, einfach alles. Und überdies wüsste ich dasselbe gern über die Claudette. Dabei interessiert mich am meisten, wie sie die Sprache verloren hat, ob sie schon einmal verlobt oder verheiratet war, was ihr Vater arbeitet, ob es Geschwister gibt und was diese so machen. Und das alles will ich außerdem noch so schnell wie möglich wissen.»

«Und wenn ich das herausfinde, erlasst Ihr mir meine Steuerschulden?»

«Aber, Kaufmann, wie kommt Ihr denn darauf? Über die Steuer kann ich nicht bestimmen. Aber ich kann mich daran erinnern, dass ich in meinem Amte als Richter eigentlich nichts mit der Steuer zu tun habe.»

# Kapitel 20

Jutta hatte die Möhren geputzt, die Rapunzelblätter gewaschen und Zwiebeln geschält. Nun setzte sie sich für einen Augenblick auf das kleine Bänkchen, das in Gustelies' Kräutergarten stand, und hielt ihr Gesicht in die Sonne. Sie hatte kaum noch Schmerzen, und auch die Schwellungen waren zurückgegangen. Eigentlich wäre es an der Zeit gewesen, nach Hause zurückzukehren, aber Jutta hatte noch immer Angst. Richter Blettner hatte zwar für die Nacht einen Büttel vor das Haus stellen lassen, doch die Hintertür war unbewacht, und Jutta lag oft stundenlang schlaflos wach, spürte wieder und wieder die Tritte und Schläge. Sie zermarterte sich den Kopf, ob es etwas gab, das sie wusste und nicht wissen durfte, doch sooft der Richter sie auch fragte, mehr als der Geruch nach Tinte fiel ihr nicht ein. Und sie war sich nicht einmal sicher, ob es wirklich Tinte war, was sie da gerochen hatte. Eigentlich wusste sie gar nicht so genau, wie Tinte roch, sie war sich nur sicher, dass sie den leisen, unauffälligen Geruch gut kannte. Und dann war da ihre Wechselstube auf dem Römer. Augenblicklich konnte sie sich nicht vorstellen, jemals wieder einen Fuß dorthin zu setzen, aber was sollte sie sonst tun? Gut, sie hatte einige Ersparnisse, und wenn es ganz schlimm kam, so würden die wohl auch ausreichen, wenn sie sich gehörig einschränkte, aber sie fühlte sich eigentlich noch zu jung für das Altenteil. Und dann waren da noch das Konto- und das geheime Buch. Beide waren verschwunden, waren wie vom Erdboden verschluckt. Die allerwichtigsten Utensilien ihrer Arbeit. Weg. Einfach weg! Sie hatte keine Ahnung, was sie ohne die beiden Bücher anfangen sollte. Und selbst wenn sie sich dazu entschloss, die Wechselstube einfach zu schließen, so musste sie doch erst die Geschäfte vollenden, die in den Büchern beschrieben waren. Oh Gott, sie durfte gar nicht weiter darüber nachdenken. War ihr Leben nicht so schon kompliziert genug? Sie seufzte und erhob sich. Doch als sie gerade die Schweinswürste für das Abendessen braten wollte, rauschte Gustelies zur Tür herein. «Ich weiß nicht mehr, was ich noch machen soll», stöhnte sie, ließ sich auf einem Küchenstuhl nieder und trank gierig von dem Minzwasser, das Jutta ihr hingestellt hatte. «Ich war beim Pater. Und denke dir, er lag sturzbetrunken in einer Hausnische auf dem Liebfrauenberg.»

«Wirklich? Nun, der Pater trinkt gern, das ist bekannt, aber doch wohl kaum je über seinen Durst.»

«Doch, Jutta. Das tut er. Seit einer Weile schon. Aber jetzt ist eine Grenze erreicht – ich kann nicht mehr tatenlos zusehen.»

«Und was hast du vor?»

Gustelies legte beide Unterarme auf den Tisch und sah Jutta forschend an. «Das muss ich mir noch überlegen. Hast *du* schon überlegt, was du in Zukunft machen willst? Wirst du zurück auf den Römerberg gehen?»

Jutta schüttelte den Kopf. «Ich sage es nicht gern, aber ich habe eine fürchterliche Angst. Solange der Täter nicht gefasst ist, werde ich keine ruhige Minute haben. Und der Römer-berg. Na ja, ich glaube, ich wage es nicht mehr, meinem Geschäft nachzugehen. Zu viel ist passiert in der letzten Zeit. Und wenn jetzt Markus von Mehringen die Geldgeschäfte der Kaufleute erledigt, dann sind wir Geldwechsler vielleicht auch bald überflüssig.»

«Hmm», machte Gustelies und spitzte die Lippen. «Und wie wäre es, wenn du an meiner statt dem Pater den Haushalt führst?»

Jutta wich erschrocken zurück. «Aber nein, das kann ich nicht. Ich bin keine gute Hausfrau, das weißt du, ich kann ja gerade mal eine Grütze kochen, aber bei einem Braten wird es schon schwieriger.»

«Hmm», machte Gustelies wiederum und blickte nachdenklich in die Ferne. «Womöglich ist mein Einfall doch nicht so gut. Ich dachte, ich könnte zwei Fliegen mit einer Klappe schlagen. Aber was recht ist, muss recht bleiben: Du bist eine fürchterliche Hausfrau.»

Jetzt kicherte Jutta ein bisschen, doch dann wurde sie wieder ernst. «Ich muss mich wirklich um meine Zukunft sorgen», sagte sie leise. «Zum ersten Mal in meinem Leben weiß ich nicht, wie es weitergehen soll.»

Richter Blettner war recht beschwingt von seinem Besuch beim Kaufmann Haberkorn. Den habe ich gehörig aufgeschreckt, dachte er zufrieden. Und dasselbe werde ich jetzt mit dem Tuchhändler Sandig tun. Er schlenderte über die Kräme bis hinunter zum Römer, überblickte das wieder ruhige Leben auf dem beliebten Platz, blieb bei einem Feuerspucker stehen, überlegte, ob er sich bei einem der Pastetenbäcker eine Kleinigkeit kaufen sollte, hörte die Schiffsglocke des Marktschiffes und erblickte zwei Fischer, die mit vollen Körben zum Zunfthaus der Drucker gingen. Dann ließ er sein Malefizamt rechts liegen und schlenderte über den Römer zur Schirn und von dort in die Gewandgasse. Er blickte an den Hauswänden hoch, fand auch gleich die Heimstatt von Tuchhändler Sandig – und runzelte die Stirn. Irgendetwas an dieser Szene kam ihm bekannt vor. Er blieb stehen, starrte auf die Fassade, und plötzlich fiel es ihm ein: Hier hatte vor wenigen Tagen der Schreiber gestanden und wie er an der Hauswand nach oben geblickt. Doch dann war Bruder Göck gekommen, hatte den Richter abgelenkt, und als er wieder auf die Gasse blickte, war der Schreiber verschwunden gewesen.

Blettner trat zur Haustür, schlug mit dem Messingklopfer mehrmals ungeduldig gegen das Türblatt und wich zurück, als nicht etwa eine Magd, sondern der Hausherr selbst die Tür öffnete. «Seid Ihr der Tuchhändler Sandig?», vergewisserte sich Blettner vorsorglich, denn er hatte diesen Mann noch nie in Frankfurt gesehen.

«Der bin ich. Was wollt Ihr?»

«Reden will ich mit Euch.»

Der Tuchhändler trat zur Seite und ließ den Richter ein. Er führte ihn in eine gemütliche Stube, doch er bot ihm nichts zum Trinken an. «Also, was führt Euch her?»

Blettner verschränkte die Hände vor seinem Bauch, schaute sich ausgiebig um, stellte fest, dass es an kostbaren Malereien, wertvollen Gläsern und sonstigen Luxusgegenständen mangelte, wenngleich die bunten Kissen und der weiche Teppich machten, dass er sich auf der Stelle wohl fühlte.

«Es ist wohl recht klein, Euer Haus?», fragte er gemütlich.

«Nicht kleiner oder größer als andere auch.»

«Und warum habt Ihr das Haus dann verkauft? Wollt Ihr Frankfurt gar verlassen?»

Sandig runzelte die Stirn. «Wer sagt so etwas?»

«Jemand hat gehört, wie Ihr in der Wechselstube erklärt habt, das Geld zum Umtausch stamme aus einem Hausverkauf. Aber im Grundbuch habe ich darüber keine Eintragung gefunden.»

Sandig kniff die Augen zusammen und funkelte den Richter misstrauisch an. «Ich muss ja nicht jedem gleich auf die Nase binden, was ich woher habe.»

«Das stimmt!» Richter Blettner hob einen Finger. «Auch ich teile meine Geheimnisse nicht mit Hinz und Kunz. Aber mir müsst Ihr es sehr wohl anvertrauen. Also, wo habt Ihr das Geld her?»

«Ich bin Tuchhändler, mache Geschäfte wie alle anderen auch. Im Polnischen bin ich gewesen und habe dort Leinen gekauft. Günstig, sehr günstig.»

«Das freut mich für Euch. Und was habt Ihr dann gemacht? Seid Ihr nach Straßburg gereist und habt es dort weiterverkauft?»

«Wie kommt Ihr denn auf Straßburg?»

«Ach», Blettner winkte lächelnd ab. «Ich habe meine Gedanken einfach mal so schweifen lassen und dabei wohl nicht ins Schwarze getroffen. Sprecht weiter.»

«Na ja, ganz daneben ging Euer Pfeil aber auch nicht. Ich habe nämlich das Leinen vor einiger Zeit an den Kaufmann Haberkorn verkauft, und der wollte – so sagte er – die Ballen ins Kloster St. Odile bringen, damit die Mönche sich dort neue Kutten schneidern lassen können.»

«Aha, aha.» Blettner tippte sich mit dem Finger ans Kinn. «Und warum habt Ihr das auf der Geldstube nicht gesagt?»

«Weil meine Geschäfte niemanden etwas angehen.»

«Und dann hat er Euch in Frankfurter Mark bezahlt?»

«Ja. Das hat er. Zuerst wollte er mir Straßburger Geld geben, aber was soll ich in Frankfurt mit Straßburger Geld?»

«Und schon sind wir wieder bei Straßburg. Sagt, Tuchhändler, wie weit ist St. Odile von Straßburg entfernt?»

«Nun, nicht so weit. Ich würde sagen, eine Tagesreise mit der Kutsche.»

Blettner erhob sich und schüttelte dem verdutzten Tuchhändler die Hand. «Ich danke Euch schön, Ihr habt mir sehr geholfen. Noch eine letzte Frage habe ich: Würdet Ihr Euer Leinenzeug wiedererkennen?»

Der Tuchhändler schüttelte den Kopf. «Wie denn? Die Ballen waren gestempelt, aber das Leinenzeug doch nicht. Und wenn es erst verarbeitet ist oder auf andere Ballen gezogen wurde, dann kann ich es nicht mehr finden. Ebenso wenig, wie die Eierfrau auf dem Markt sagen kann, welches Huhn welches Ei gelegt hat.»

«Das sehe ich ein», erklärte Blettner, dann grüßte er und ging von dannen. Auf dem Weg ins Amt war er so fröhlich, dass er sogar ein Liedchen pfiff.


Hella wusste genau, dass ihr Mann über das, was sie vorhatte, nicht erfreut sein würde, aber sie tat es trotzdem. Das Haus, in dem die Blettners jetzt wohnten, wurde wirklich zu klein. Das Schaukelpferd der Kinder hatte nur noch in der Speisekammer Platz gefunden, das Dienstmädchen musste seine kleine Stube mit mehreren Wäschekörben und Wannen teilen, sogar der Trockenboden war vollgestellt. Sie brauchten unbedingt ein neues Haus, und zwar lieber heute als morgen. Hella hatte sich ordentlich zurechtgemacht. Sie hatte ihr Haar so lange gebürstet, bis es glänzte, hatte sich etwas rote Paste auf Wangen und Lippen gelegt und ihr Mieder so locker geschnürt, wie es gerade noch anständig war. Jetzt war sie auf dem Weg in die Bankstube des Straßburgers. Vor dem Haus der Alten Limpurg stand noch immer eine Menge Leute, doch die meisten hatten ihr Geld schon umgetauscht, sodass es Hella gelang, gleich zu Markus von Mehringens Schreibtisch vorzudringen.

«Oh, das Richtersweib. Erfreut, sehr erfreut.» Der Straßburger erhob sich und machte eine kleine artige Verbeugung. «Womit kann ich Euch dienen?»

Hella holte tief Luft, dann sagte sie mit einer Stimme, deren Zittern nur unzureichend verdeckt war: «Ich komme wegen eines Kredits für unser neues Haus.»

Der Straßburger nickte. «Ich hörte schon davon. An wie viel Geld hattet Ihr gedacht?»

«1000 Frankfurter Mark.» Die Summe kam schneller aus Hellas Mund geschossen, als sie sie gedacht hatte. Leiser fügte sie hinzu: «Wenn das möglich wäre.»

«Möglich, möglich. Möglich ist alles. Aber Ihr wisst, dass ich keinen Kredit an ein Weib geben darf, nicht wahr? So eine Vereinbarung kann nur Euer Gatte unterzeichnen.»

«Das weiß ich», erklärte Hella. «Ich bin ja auch nur gekommen, um die Vorbereitungen zu treffen. Setzt den Vertrag auf, und mein Heinz kommt dann und unterzeichnet ihn.»

«Ihr wollt also 1000 Frankfurter Mark leihen?»

Noch ehe Hella die Summe bestätigen konnte, war Eddi zu ihr getreten. «Na, was macht Ihr denn hier?»

Hella betrachtete Eddi verärgert. «Was soll ich schon hier wollen? Eine Geldangelegenheit klären.»

Eddi kicherte. «Wollt Ihr Euer heimlich Gespartes umtauschen?»

Hella schwieg auf diese Anschuldigung und sah Eddi mit der allergrößten Empörung an.

«Keine Angst, ich sage nichts. Meine Lippen sind versiegelt.» Eddi grinste noch einmal, dann wandte er sich wieder seiner Liebsten zu, die unermüdlich Geld zählte.

«1000 Frankfurter Mark», bestätigte Hella.

«Und Ihr wisst auch, dass Ihr mir ein bisschen mehr zurückzahlen müsst?»

Hella nickte. «Ich weiß, die Zinsen.»

«Aber gute Frau, wir nehmen keine Zinsen. Das ist nur den Juden gestattet. Wir sagen Gebühren dazu.»

Hella winkte ab. «Das ist mir ganz gleich, wie Ihr es nennt. Wie viel müssten wir also am Ende zurückzahlen?»

«Augenblick!» Markus von Mehringen schob einige Kugeln auf seinem Abakus hin und her und erklärte dann: «Es kommt darauf an, wie lange der Kredit laufen soll. Ich habe jetzt einmal zehn Jahre angenommen. Da laufen Gebühren von 20 Prozent an. In zehn Jahren müsstet Ihr also 1200 Frankfurter Mark zurückzahlen.»

Hella runzelte die Stirn. «So viel? Ist das rechtens?»

«Und ob, meine Liebe. Aber weil Ihr es seid und Euer Gatte mir so hilfreich zur Seite gestanden hat, will ich Euch entgegenkommen. Sagen wir, Ihr zahlt 1150 Frankfurter Mark zurück. Na, ist das ein gutes Geschäft?»

Hella runzelte noch immer die Stirn. Sie hatte gehört, dass die meisten Geldverleiher zwischen 20 und 25 Prozent Zinsen oder Gebühren nahmen. Das Geschäft mit Markus von Mehringen schien ihr deshalb tatsächlich nicht schlecht.

«Und was geschieht, wenn es Euch in zehn Jahren nicht mehr gibt?», fragte sie. «Kann da nicht eines schönen Tages jemand kommen und uns das Haus wieder fortnehmen?»

Markus lachte hellauf, als hätte er gerade einen köstlichen Witz gehört. «Ich bin in zehn Jahren noch da, darauf könnt Ihr Euch verlassen.»

«Und wenn nicht?» Hella ließ nicht locker.

«Nun, dann übergebe ich die Bankgeschäfte einfach an meinen Nachfolger. Und an diesen müsst Ihr dann Eure Schulden zahlen.»

«Und er kann uns auch einen neuen Vertrag machen, oder nicht?»

Markus von Mehringen rutschte plötzlich auf seinem Stuhl hin und her, als wäre der ungemütlich geworden. «Das wäre möglich, ist aber gänzlich unwahrscheinlich.»

Hella biss sich auf die Unterlippe. Sie hatte irgendwie ein ungutes Gefühl, das sie aber nicht benennen konnte. Doch dann dachte sie an ihr Haus, zu dem nicht einmal ein kleines Gärtchen gehörte, und sie nickte heftig. «Setzt den Vertrag auf. Der Meine wird kommen und ihn unterzeichnen. Ihm gebt dann auch das Geld.»

Markus von Mehringen sah sich um. Im Augenblick war es ziemlich ruhig in der Geldwechselstube. So ruhig, dass sich selbst Claudette entspannt zurücklehnen und Eddis Reden zuhören konnte. Der Straßburger nickte zufrieden, dann sagte er leise: «Nun, ich habe Vertrauen zu Euch. Ich könnte

Euch das Geld jetzt schon geben. Schließlich seid Ihr ja das Weib des Richters.»

Wieder hatte Hella das Gefühl, sie sei im Begriff, einen Fehler zu machen, doch dann nickte sie entschlossen, nahm die Feder, setzte ihren Namen unter das Schuldanerkenntnis und wartete.

«Wie wollt Ihr das Geld haben? In einem Sack? In einer Kiste?»

«Äh …» Hella hatte nicht daran gedacht, dass die 1000 Frankfurter Mark, von denen jede einzelne um die 200 Gramm wog, ein Gesamtgewicht von 200 Kilogramm haben würden. Nicht einen Zentimeter weit würde sie mit Sack oder Kiste kommen.

«Ihr könnt es auch so machen, dass ich in Eurem Namen das Geld der Stadt übergebe, so habt Ihr keine Sorgen mit dem Transport.» Er senkte die Stimme: «Es ist immer gefährlich, eine so große Summe im Hause zu haben. Also, wie wollen wir es machen?»

Hella atmete tief durch. «Zählt das Geld ab und macht den Vertrag fertig. Mein Mann wird kommen und alles Weitere regeln.» Sie grüßte, drehte sich um und verließ die Wechselstube, doch sie hatte noch immer dieses unbehagliche Gefühl dabei.

# KAPITEL 21

Es hat sich einfach nicht ergeben, redete Hella sich am nächsten Morgen ein. Heinz war so erschöpft nach Hause gekommen, da habe ich unmöglich von dem Geld sprechen können. Ich werde es ihm heute Abend sagen.

Sie zog die Kinder an und machte sich dann mit ihnen auf den Weg zu einer Kräuterfrau, die am Rande der Stadt wohnte. Fedor hatte sich einen bösen Husten zugezogen, und Hella wollte ein paar Kräuter dagegen kaufen. Sie setzte sich Fedor links und Flora rechts auf die Hüfte und ging los. Das Wetter war diesig. Dicke Nebelschleier ließen die Stadt grau und gedrückt wirken. Und es schien ganz so, als drücke der Nebel auch auf die Seelen der Menschen. Die Mägde, sonst geschwätzig und fröhlich, zogen ihre Wassereimer mürrisch aus den Brunnen, die Lehrjungen pfiffen nicht beim Kehren der Straße, und selbst die Hunde lagen erschöpft in den Hausnischen. Fedor hustete wieder, und zwar so stark, dass Hella richtiggehend am eigenen Leib die Schmerzen in seiner kleinen Brust spürte. Sie küsste ihn zart auf das Köpfchen und flüsterte: «Gleich wird es dir bessergehen, gleich holen wir ein Kraut für dich.»

Sie hatte dem Kleinen heute Morgen schon einen Löffel Honig eingeflößt, doch das hatte nichts geholfen. Nur dass

Flora auch von der Süßigkeit haben wollte und ihren Willen laut schreiend kundtat.

Fedor hustete wieder, krümmte sich regelrecht auf ihrem Arm zusammen, sodass Hella die Kinder absetzen musste. Sie bückte sich zu ihrem Sohn, klopfte ihm ein wenig die Brust und putzte ihm dann mit einem Tuch die Nase. Einen Augenblick nur, einen winzigen Augenblick hatte sie nicht auf Flora geachtet. Doch jetzt hörte sie im Galopp eine Kutsche heranpreschen, mitten auf der Straße, gerade dort, wo sich Flora nach einem Holzstück bückte. Hella schrie gellend auf, der Kutscher riss die Pferde zur Seite, die Kutsche kam ins Schleudern, und schon war Hella zu ihrem Kind gesprungen und presste es keuchend vor Schreck an sich.

«Du dumme Gans, kannst du nicht aufpassen?» Eine Frau beugte sich aus dem Kutschenfenster und beschimpfte Hella. «Was glaubst du? Dass die Gasse ein Spielplatz für deine Gören ist?»

Hella fiel die Kinnlade herab. Noch nie hatte jemand sie so angeschrien. Ja, sie hatte einen Fehler gemacht, aber – Gott sei Dank – war nichts passiert. «Ich bitte um Entschuldigung», stammelte sie, war aber gleichzeitig zutiefst verärgert. «Ihr seid aber auch zu schnell gefahren.»

«Ach!» Die Frau hob die Hand, als wollte sie zum Schlag ausholen, doch dann fuhr sie den Kutscher an: «Fahr endlich weiter, Trottel, wir haben noch einen weiten Weg.» Und der Kutscher gab den Pferden die Peitsche und preschte davon.

Hella hielt ihre Kinder an sich gedrückt und sah der Kutsche mit wild klopfendem Herzen nach.

Pater Nau hockte trübsinnig in seinem Pfarrhaus und starrte vor sich hin. Er hatte beschlossen, heute keinen Wein zu trinken, zumindest nicht am hellen Vormittag. Gustelies würde ihm gehörig die Ohren langziehen, sollte sie ihn mit der Weinkanne erwischen. Aber ohne Wein war das Leben noch ärger als mit. Er stand auf, um in den Keller zu gehen, tat zwei Schritte nach vorn und setzte sich wieder hin. Wie schön war es doch früher gewesen! Er war ein angesehener Mann in seiner Gemeinde gewesen, die Leute hatten bei ihm gebeichtet, ihm ihre Schuld und Sünden anvertraut. Jetzt rannten sie in die lutherischen Kirchen und sprachen direkt mit dem lieben Gott. Gustelies hatte ihn umsorgt und behütet, hatte alles Böse von ihm ferngehalten, und am Nachmittag war Bruder Göck vorbeigekommen und hatte mit ihm über theologische Fragen debattiert. Und jetzt saß er da, verlassen von Gott, verlassen von Gustelies und verlassen auch von Bruder Göck, obgleich er es ja selbst war, der sich zurückgezogen hatte. Aber das Allerschlimmste, das, was ihm jetzt das Herz so unendlich schwermachte, war eine Erkenntnis, die ihn in der Nacht wie ein Blitzschlag getroffen hatte. Nämlich die, dass er auch im Himmel vollkommen überflüssig sein würde. Die Sache lag logisch auf der Hand, wenn man sie genau betrachtete, und ebendas tat Pater Nau nun. Wer in den Himmel kam, der war gut und gottesfürchtig. War er ein Schreiner, nun, so würde sich auch im Himmel eine Aufgabe für ihn finden. Er würde vielleicht sogar dem Herrgott einen neuen Thron schnitzen dürfen. Die Kerzenmacher würden dafür sorgen, dass es im Himmel stets hell war, und die Zuckerbäcker, die Winzer, die Metzger, die Käser und all die anderen hätten genug zu tun, um die himmlischen Heerscharen zu erfreuen. Selbst für die Gaukler würde es Arbeit geben. Nur für einen nicht: nämlich für ihn, für Pater Nau. Wem sollte er denn predigen, wenn die Guten schon alle beisammen waren? Und was sollte er predigen, wenn der Herr der Welt doch zum Greifen nahe war? Gegen welche Sünde könnte er wettern an einem Ort, an dem die Sünde nicht zu Hause ist? Nein, die Sache war klar: Ein Pater würde in der Hölle Arbeit finden, im Himmel niemals. Würde er also in die Hölle kommen? Oh, er hatte solche Angst vor dem Fegefeuer. Würde Gott zulassen, dass einer der Seinen dort schmorte? Und was war, wenn er doch in den Himmel kam? Wäre er der Einzige ohne Aufgabe und ohne Ziel? Wäre das nicht ebenso schlimm wie die Hölle? Und hieß das nicht, dass es für ihn, für Pater Nau, nirgendwo einen Himmel gab? Nicht im Himmel selbst und auch nicht anderswo? Ach, die Erde war ein Jammertal und das Leben ein Graus. Sollte der Himmel wirklich so ein Elend sein? Der Pater spürte, wie ihm die Tränen in die Augen stiegen. Er stand auf, griff nach dem Kellerschlüssel. Er wollte seine Sorgen im Wein ertränken. Anders konnte er das Leben nicht mehr ertragen.

Bruder Göck hatte vorsichtig gegen die Tür des Pfarrhauses geklopft, aber niemand hatte ihm aufgetan. Jetzt schlich er um das Haus herum und spähte zum Küchenfenster herein. Doch auch da sah er niemanden. Er drückte die Klinke, war überrascht, dass die Tür offen war, trat ein und setzte sich, die Hände brav im Schoß gefaltet, an den Küchentisch. Er sah sich um, doch dann ließ ihm ein Schrei das Blut in den Adern gefrieren.

«HAAHHH!», gellte es, und Bruder Göck, erschrocken, wie er war, brüllte zurück. «HAHHH!», aber dann erblickte er Pater Nau. «Wie kannst du mich so erschrecken?», wollte er wissen. «Himmel noch eins, mir wäre beinahe das Herz stehengeblieben.»

«Und mir erst!», schimpfte der Pater. «Ich dachte, Luzifer hätte sich bei mir eingeschlichen.»

«Darauf einen Becher Wein. Nur zur Beruhigung», schlug der Antoniter vor, und Pater Nau nickte und füllte zwei Becher. Einen Augenblick lang saßen sie schweigend, um dann gleichzeitig loszureden: «Ich bin nur gekommen …», «Und ich wollte nur sagen …», und dann verstummten sie wieder und schauten in ihre Weinbecher.

«Ich wollte nur sagen», fing Bruder Göck nach einer Weile an, «ich wollte nur sagen, dass es mir ehrlich leidtut.»

«Was tut dir leid?»

«Nun, die Sache mit dem Wein und wie alles gekommen ist und dass du jetzt bei meiner Inventur dabei sein musst.»

Der Pater nickte. «Ich trage auch Schuld. Schließlich habe ich mitgetrunken und nie gefragt, woher der Wein kam oder wie er bezahlt worden ist.»

«Das stimmt.» Wieder schwiegen beide, starrten in ihre Weinbecher, unfähig, das Gespräch weiter am Laufen zu halten. Schließlich hob der Antoniter den Kopf, sah seinem Freund in die Augen: «Da reden wir immer so viel von Vergebung und Versöhnung, aber nun, da wir selbst betroffen sind, fehlen uns die Worte.»

«Da hast du wohl recht, Mönch», erwiderte der Pater und wagte ein zögerliches Lächeln. Dann hob er den Becher und sprach: «Vergeben und vergessen?»

«Vergeben und vergessen», erwiderte der Antoniter und trank seinen Becher in einem einzigen Zuge aus.

Kaum hatten sie sich vertragen, musste Pater Nau seinem Herzen Luft machen. «Die Inventur. Wir müssen damit beginnen, aber ich gestehe, mir graut davor.»

«Und mir erst!» Bruder Göck bekreuzigte sich.

Der Pater stand auf, zog die geheime Schublade am Küchentisch auf und legte ein Beutelchen mit Geld auf den Tisch. «Da, das ist mein Anteil an den zehn fehlenden Fässern. Ich habe mich erkundigt. Ein Fass kostet vier Frankfurter Mark und zwei Schilling oder vier Rheinische Gulden glatt. Hier drin habe ich zwanzig Frankfurter Mark. Mehr kann ich dir nicht geben.»

Bruder Göck fiel die Kinnlade herab. «Dein Geld? Du gibst mir dein Geld?»

«Ich habe ja auch mitgetrunken.»

«Ja, aber ich habe doch den Wein nur mitgebracht, weil ich immer bei euch gegessen habe. Und nicht ein einziges Mal hat mir Gustelies deshalb die Leviten gelesen. Immer habe ich bei euch bekommen, was ich wollte: Braten, Kuchen, alles. Mit dem Wein wollte ich mich ein bisschen revanchieren, weil ich doch sonst nichts hatte.» Er brach ab, blickte auf den Tisch und stammelte weiter: «Obgleich ich ein Mönch bin und also kein Mann im üblichen Sinne, wollte ich vor Gustelies gut dastehen.»

Verblüfft starrte der Pater ihn an, aber dann lachte er und konnte sich gar nicht gleich beruhigen. «Aber das war vollkommen unnötig. Du hättest ihr nur hin und wieder sagen sollen, wie gut es dir schmeckt oder wie sehr dir ihr Kleid gefällt.»

«Das wäre alles gewesen?» Bruder Göck konnte es kaum glauben.

«Ja. Das wäre alles gewesen.»

«Pfft. Da kenne sich wer mit den Weibern aus. Wie man es macht, ist es verkehrt.»

Pater Nau kicherte. «Das kommt nur davon, dass du die Weiber nicht kennst.»

«Aber du, was?»

«Ich habe eine Schwester, habe eine Nichte und kenne das Weibsvolk aus der Kirche. Und nun nimm den Beutel und stecke ihn weg. Ich möchte heute nicht mehr mit Sorgen behelligt werden.»

Über Mittag machte die Geldstube für eine Stunde lang zu. In dieser Zeit wurde das Geld abgezählt, in Kisten verpackt und über den Main nach Sachsenhausen in die Münze geschafft. Heute aber gab es nur wenig Geld zu zählen; Eddi hatte alles schon während des normalen Geschäftsbetriebs erledigen können. Nur einmal hatte er innegehalten, nämlich als Mutter Dollhaus kam. Sie baute sich vor Markus von Mehringen auf, blinkerte mit den Augen, spitzte ihr faltiges Mündchen und tat noch allerlei, um ihm schönzutun. «Herrgott, Mutter Dollhaus!» Eddi nahm sie zur Seite. «Wir wissen alle, dass Ihr hinter den jungen Männern her seid. Aber lasst wenigstens den Straßburger in Ruhe.»

Mutter Dollhaus kicherte und klopfte Eddi leicht auf den Oberarm. «Keine Angst, Leichenbeschauer, Ihr habt mir viel zu wenig Muskeln. Ich mag die Männer gerne etwas männlicher. Und Blut müssen sie auch sehen können.» Wieder kicherte das Weib und schielte mit einem Auge nach Markus von Mehringen. «Das ist doch mal ein hübsches Mannsbild», teilte sie Eddi mit. «Schön groß und blond, und dann mit diesen Sommeraugen. Ja, der wäre ganz nach meinem Geschmack gewesen.»

«Mutter Dollhaus!» Eddi drohte ihr mit dem Finger, aber das hinterließ bei der alten Frau keinen Eindruck. «Habt Euch nicht so, Leichenbeschauer. Ich gucke ja nur. Und heute Abend bete ich zehn Vaterunser, zehn Ave-Maria und nehme eine kalte Waschung vor.»

«Es wird wohl Zeit, dass sich der Pater eine neue Strafe für Euch ausdenkt», bemerkte Eddi. «Die kalte Waschung scheint Euch nicht mehr zu schrecken, und die Gebete auch nicht.»

«Nun, ich liebe halt, was der Herr in seiner unendlichen Güte so geschaffen hat. Und das alles noch nach seinem Bilde!» Sie gackerte wieder. «Wenn ich es recht betrachte, so würde ich am liebsten gleich in den Himmel aufsteigen.» Sie gab Eddi einen Klaps auf den Hintern, der Eddi heftig zusammenfahren ließ, dann schüttete sie ein paar Münzen, die in ein Taschentuch geknotet waren, auf den Tisch. Kaum war Mutter Dollhaus abgefertigt, nahm Eddi den Schlüssel und verschloss die Tür der Bankstube. «Ihr habt nichts dagegen, wenn ich ein wenig mit Claudette am Main entlangspaziere?», fragte er den Straßburger. Der zuckte nur mit den Achseln. «Claudette kann tun und lassen, was immer sie möchte.»

Also nahm Eddi Claudette beim Arm und führte sie – stolz wie ein Schneekönig – nach unten zum Main. Sie blieben einen Augenblick stehen und betrachteten das Gewimmel am Hafen. Ein paar Fischerboote trieben noch draußen auf dem Fluss, aber die meisten hatten schon am Ufer angelegt. Die Fischweiber packten den Fang in Körbe und Eimer und trugen ihn weg, ein Fischerjunge legte ein Netz aus, zwei raubeinige Männer mit roten Händen stritten sich lautstark. Ein paar Mägde warteten auf die Fischweiber und beschwerten sich schon jetzt darüber, dass diese in den frischen Tagesfang doch bestimmt die alten Fische von gestern gemischt hatten.

Eddi sah das alles und strahlte. «Seht Ihr, das ist meine Stadt. Es ist ein Glück, hier zu leben.» Claudette nickte. «Kommt mit, wir spazieren ein wenig am Ufer entlang.» Sie taten es, und Eddi suchte krampfhaft nach einem Thema, über das er sprechen könnte, ohne die zarte Seele seiner Gefährtin zu beschweren. «Nun, wenn ich einmal Kinder haben sollte, so werde ich sonntags immer hier mit ihnen spazieren gehen.» Claudette schwieg. «Und natürlich mit deren Mutter.» Eddi blickte sich um, ob es etwas gab, worauf er Claudette aufmerksam machen konnte, aber ihm wollte nichts auffallen. «Ich bin sehr gern mit Euch zusammen», plapperte er weiter. «Man kann an Eurer Seite über viele Dinge nachdenken.»

Claudette lächelte und schwieg. Der Weg wurde schmaler, und Eddi musste ein Stück hinter Claudette herlaufen. Er bewunderte ihr schmuckloses weinrotes Kleid, das sich so schmeichelnd um ihre Hüfte legte, er bewunderte den zarten Nacken, der unter der Haube sichtbar wurde, und hätte ihn am liebsten mit seiner Hand gestreichelt. Nein, er hätte sie am liebsten auf diese kleine Stelle in der Mitte geküsst, dorthin, wo die Haut so herrlich weiß war. Beim Laufen schwenkte sie ein wenig die Hüften. Nicht sehr, nur ein ganz kleines bisschen, aber es genügte, um Eddis Phantasie anzuregen, sich ihre Beine vorzustellen. Claudette pendelte ein wenig mit den Armen, und schon stellte Eddi sich vor, wie sie ebendiese Arme um seinen Hals schlang. Er war so hingerissen und so vertieft in die Betrachtung dieses wunderbaren Weibes, dass er ganz vergaß, sie zu unterhalten.

Eddi stieß die Luft zwischen den Zähnen hervor und dachte nach, was er noch so sagen könnte. Hatte er ihr heute schon ein Kompliment gemacht? «Äh, Eure Augen, meine liebe Claudette, strahlen mit dem Himmel um die Wette.» Das war nett gesagt, aber leider vollkommen falsch, denn der Himmel hatte sich mit grauen Wolken bedeckt. Außerdem wandte sie ihm ja den Rücken zu.

«Ich meine natürlich, an einem hellen Sommertag», berichtigte sich Eddi, hatte aber allmählich den Eindruck, dass er sich wie ein Trottel benahm. Herrgott, dachte er, da habe ich mir immer ein Weib gewünscht, das nicht zur Geschwätzigkeit neigt, und nun habe ich diese Göttin hier an meiner Seite und vermag kein gescheites Wort zu reden.

«Macht Euch die Arbeit in der Geldstube Spaß?», wollte er jetzt wissen.

Claudette blieb stehen, wartete, bis Eddi wieder an ihrer Seite war, nickte, aber nicht übertrieben begeistert.

«Habt Ihr solche Arbeit auch schon früher mal gemacht? In Eurer Heimat?»

Claudette blickte zu Boden, seufzte, dann nickte sie und zeigte auf ihren Mund.

«Wie? Ich verstehe nicht, habt Ihr etwa dabei Eure Sprache verloren?»

Claudette nickte wieder. Sie sah so verletzlich und klein in diesem Augenblick aus, dass Eddi zaghaft die Hand hob und ihr über die zarten Wangen strich. Oh, wie glatt und schön sich die Haut anfühlte, wie weich und seidig sie war. Eddi hätte gern die Augen geschlossen und das Gefühl noch viel mehr genossen, dann aber schmiegte Claudette ihr Gesicht in seine Hand und lächelte verschämt zu ihm auf. Und da durchfuhr Eddi ein Blitz. Für einen Moment leuchtete der Himmel so blau wie nie auf, die Sonne hatte ein Gesicht und zwinkerte ihm zu, der Fluss raunte ein leises Lied, und das Blut in seinen Adern schäumte so fröhlich wie ein Bach nach der Schnee-schmelze. Alle Glückseligkeit der Welt suchte sich einen Platz in seinem Herzen, und seine Brust schwoll, wurde breit wie die eines Aufladers, und dann umfasste er Claudettes Gesicht mit beiden Händen und presste, zitternd vor Aufregung, seine Lippen auf ihren wundervollen Mund.

Blettner hockte währenddessen in seiner Amtsstube, hatte sämtliche Papierstapel von seinem Tisch auf das Pult des Schreibers verfrachtet, der sich schon wieder krank gemeldet hatte. «Verflucht», hatte Blettner gedacht, als ein kleiner Junge mit der Nachricht kam. «Der Schreiber ist so wenig krank wie ich. Was treibt er eigentlich den ganzen Tag? Und vor allem, wer soll seine Arbeit machen?» Dann hatte er dem Jungen einen Kreuzer gegeben und hatte ihn weggeschickt. Jetzt hockte er hinter seinem Schreibtisch, die Beine weit von sich gestreckt, die Ellbogen auf den Tisch gestützt und den Kopf in die Hände gelegt und dachte nach. Es war verzwickt. Er war dem Mörder von Marlies, der wohl auch derjenige war, der Jutta niedergeschlagen hatte, noch keinen Schritt näher gekommen. Auch die Geldschneider übten wahrscheinlich noch immer in aller Stille ihr vermaledeites Handwerk aus. Aber alle Fingerzeige, die er bisher erhalten hatte, deuteten nach Straßburg. Allerdings war daran nichts Ungewöhnli-ches, denn schließlich war Frankfurt eine Handelsstadt, die mit allen möglichen anderen Städten in Geschäftsbeziehungen stand. Auch und vor allem mit Straßburg. Eddi hatte ihm eine Liste derjenigen gegeben, bei denen Auffälligkeiten beim Umtausch aufgetreten waren, doch er hatte auch daran nichts Besonderes entdecken können. Eins nur: Die Gold- und Silberschmiede hatten allesamt kein Geld umgetauscht. Das hieß ja wohl, dass sie kein beschnittenes Geld hatten. Vielleicht, dachte Blettner, müsste ich sie einzeln befragen. Nämlich danach, wer ihnen in letzter Zeit auffällig viel Silber verkauft hatte. Er hätte jetzt aufstehen und losgehen müssen, aber seine Beine waren so schwer, dass sie sich einfach nicht heben ließen. Den Schreiber, dachte er weiter, müsste ich auch beobachten. Was soll ich nur als Nächstes tun? Die Goldschmiede werden mir schön den Marsch blasen, wenn ich ihre Werkstätten durchsuchen lasse. Und selbst, wenn ich einen finde, der besonders viel Silber angekauft hat, so heißt das noch lange nicht, dass er sich irgendwie schuldig gemacht hat. Blettner seufzte, wünschte sich den Sonntag herbei und wusste doch schon, dass er keine Zeit zum Ausruhen finden würde, bis nicht wenigstens etwas Klarheit in die Sache gekommen war. Er war gerade dabei, sich seelisch und moralisch für einen Besuch in der Goldmachergasse zu rüsten, als die Tür auflog und Krafft von Elckershausen hereingestürmt kam.

«Die Stadt ist bankrott!», rief er und ließ sich in einen Lehnstuhl plumpsen. «Die Stadtkasse ist leer.»

«Wie das? Waren nicht bei der letzten Zählung noch 30 000 Rheinische Goldgulden vorhanden? So habe ich es im Ratsprotokoll gelesen.»

Krafft von Elckershausen winkte ab. «Schnee von gestern.»

«Die Münze müsste inzwischen aus den beschnittenen Stücken neues Geld geprägt haben. Außerdem ist da ja noch der Steuereintreiber. Hat der nicht einiges eingezahlt?»

Krafft von Elckershausen holte ein mit seinen Initialen besticktes Schnupftuch hervor und tupfte sich damit die Stirn. «Ich fürchte um das Vermögen der Stadt. Wie Ihr wisst, besteht das ja nicht nur aus der Stadtkasse, die im Augenblick tatsächlich nicht mehr so gut bestückt ist, wie sie einmal war. Jeden Tag kommt mein Neffe und fordert neues Geld von mir. Natürlich nicht aus meiner Privatschatulle.»

«Natürlich nicht.» Blettner lehnte sich zurück, recht froh darüber, dass er nun doch nicht gleich in die Goldmachergasse musste. «Erzählt mir alles genau und bedenkt, dass ich keine Ahnung von den Gelddingen habe.»

«Ich doch auch nicht!», jammerte der Schultheiß. «Ich habe doch nur den Neffen gebeten, mal einen Blick in die Rechenbücher der Stadt zu tun, aber ich dachte nicht, dass es so schlimm kommen würde, obgleich ich einen Verdacht hatte.»

Das mit dem Verdacht ignorierte Heinz Blettner geflissentlich, denn der Schultheiß hatte im Nachhinein schon immer alles vorher gewusst, und das meiste sogar besser. «Berichtet!», bat er noch einmal.

«Tja, das Vermögen Frankfurts besteht nicht nur aus Geld, sondern auch aus Grundbesitz. Der Stadt gehören Häuser, ein paar Gutshöfe draußen an der Warte, Wiesen in Richtung Bornheim, Weingärten auf dem Lohrberg, und dann hat sie noch den Zehnten, den die Pächter entrichten müssen, sodass im städtischen Besitz auch Korn, Erbsen, Linsen, Wein und Gänse sind.»

«Gänse? Was macht die Stadt Frankfurt mit Gänsen?»

Blettner hatte im Rathaus noch nie auch nur irgendein Federvieh gesehen.

«Nun, die Stadt hat gewisse Pflichten. Da wollen die Ratsherren ein gutes Essen, da kommen die Zunftmeister und wollen gefeiert werden. Da sind das Hirschessen und die Messeempfänge, und wenn gar der Landgraf oder der Erzbischof der Stadt einen Besuch abstatten, dann muss sich die Tafel ebenso biegen.»

«Verstehe. Und jetzt sind uns die Gänse ausgegangen, oder was?», wollte Blettner wissen.

«Lasst mich ausreden. Gänse gibt es noch genug. Aber wir – die Stadt – hat noch mehr Besitz, und zwar in festverzinslichen Goldgulden. Da gibt es zum Beispiel ein paar Schuldscheine von einigen Landesfürsten, die sich gegen eine Gebühr Geld von uns geliehen haben, und wir haben noch ein paar Leibrenten und Schuldscheine von anderen Städten und Dörfern. Alles ganz korrekt und verzinst … äh … mit einer Gebühr von zehn Prozent belegt. Außerdem haben wir noch Hochverzinsliches aus Anleihen an die spanische Krone, und …»

«Halt!», unterbrach Blettner. «Nur, damit ich das richtig verstehe: Wir Frankfurter haben der spanischen Krone Geld geliehen?»

Krafft von Elckershausen nickte. «Und nicht wenig, dafür aber mit einer Gebühr von nahezu 20 Prozent.»

Blettner griff sich an den Kopf. «Hört auf, mir wird ganz schwindelig von den vielen Zahlen. Sagt, gibt es jemanden hier, der genau über diese Dinge Bescheid weiß?»

An dieser Stelle wurde Krafft von Elckershausen ein wenig blass. «Na ja, der Schatzmeister ist dafür zuständig. Er führt auch die Bücher. Nun ist der arme Mann aber unglücklicherweise am Schlagfluss gestorben. Ihr wisst doch davon, Richter?»

«Natürlich, ich war sogar auf seiner Totenfeier.»

«Na ja, und ich habe die Aufsicht über den Schatzmeister. Aber warum hätte ich ihn kontrollieren sollen? Er war ein zuverlässiger Mann. Ich wusste nur nicht, dass er in oberdeutsche Bergwerke investiert hatte. Und nun stehe ich da und muss das alles aufdröseln. Ach, ich habe keine Ahnung, wie das gehen soll. Und der Bürgermeister lässt auch nicht mit sich reden. Einen unabhängigen Berater soll ich mir nehmen, damit Ordnung in die Sache kommt.»

Blettner lehnte sich zurück. Er konnte sich beim besten Willen nicht vorstellen, dass die Finanzen der Stadt ein solches Problem waren. Immerhin gab es einen kleinen Rat, der sich mit diesen Dingen befasste. Der Schatzmeister hätte niemals unerlaubt und unbemerkt finanzielle Transaktionen durchführen können. Der Richter hatte zwar keine Ahnung davon, aber er las hin und wieder die Protokolle der Ratssitzungen. Und überdies hatte er den Verdacht, dass Krafft von Elckershausen ihn mit seinen Problemen nur langweilte, weil er eigentlich wollte, dass Blettner die Ermittlungen im Mord- und Überfall einstellte.

«Ich kann Euch da nicht behilflich sein, Schultheiß, ich habe noch den Mord auf dem Tisch, und außerdem sind da die Geldschneider.»

«Nun, Ihr hättet mehr Zeit, wenn Ihr ein einziges Mal auf mich hören und glauben würdet, dass der Mord ein Unfall war.»

«Und der Überfall auf Jutta?»

Der Schultheiß winkte ab. «Ein Dummejungenstreich, nichts weiter.»

«Und die Geldschneider?»

«Nun, denen haben wir ja das Handwerk durch den Umtausch gelegt.»

«Und wenn sie auch das neue Geld beschneiden?»

Krafft von Elckershausen kratzte sich am Kopf. «Da habt Ihr recht, Richter, das wäre allerdings ein Problem!»

Er seufzte zum Gotterbarmen, dann warf er Blettner vor: «Da komme ich zu Euch mit den Sorgen der Stadt, und was macht Ihr? Statt mir zu helfen, guten Rat zu geben oder mich wenigstens zu trösten, ladet Ihr mir neue Probleme auf meine Schultern, die unter der Last allmählich zusammenbrechen.»

# KAPITEL 22

Blettner hatte für heute die Nase voll vom Malefizamt. Und er hatte auch die Nase voll von Krafft von Elckershausen, der wieder einmal mit einem Ablenkungsmanöver die Arbeit des Richters beenden wollte, damit die Stadt vor der Messe so rein und unschuldig wie ein Osterlamm erschiene. Er schloss seine Amtsstube zu und verließ das Rathaus, um dem Schreiber einen unangekündigten Besuch abzustatten. Als er aber an der Behausung des Schreibers angekommen war, teilte ihm die verwunderte Schreibersfrau mit, dass ihr Mann doch auf dem Amt sei. Im Hause wäre er jedenfalls nicht.

«Oh, so etwas Ähnliches schwante mir schon», antwortete Blettner. «Aber er ist nun einmal nicht im Rathaus, sondern er hat einen Jungen mit der Nachricht geschickt, er sei krank. Lasst mich rein, damit wir darüber reden können.»

Die Schreibersfrau wich keinen Zentimeter. «Ich weiß nichts. Ich weiß von gar nichts», sagte sie, wurde dabei aber so blass wie Quark.

Blettner reckte sich. «Ich bin der Richter der Stadt Frankfurt, und ich gebiete Euch, mich einzulassen.»

Jetzt erst gab die Frau nach und führte Blettner in die Wohnstube. Sie setzte sich ihm gegenüber auf einen harten

Stuhl, hockte auf der äußersten Kante und knetete die Hände im Schoß.

«Was ist los mit Eurem Mann?», wollte Blettner wissen. «Er benimmt sich so komisch in der letzten Zeit. Macht er das zu Hause auch so?»

Die Schreibersfrau schluckte.

«Raus mit der Sprache!», befahl Blettner.

«Er … er …»

«Was ‹er›?»

«Er ist manchmal in der Judengasse.»

«In der Judengasse? Was macht er denn dort?»

Die Schreibersfrau zuckte mit den Schultern.

«Erklärt er sich nicht?»

«Er sagt nur, dass bald alles ganz anders werde. Er sagt, wenn er geschafft hat, was er schaffen will, dann müssen wir uns nie im Leben wieder sorgen. Dann können wir in ein größeres Haus ziehen und so viele Kinder bekommen, wie wir nur wollen.»

«Und jetzt könnt Ihr keine Kinder bekommen?»

Die Schreibersfrau schüttelte traurig den Kopf. «Er sagt, es ist noch nicht so weit. Noch fehlt es an allem.»

Blettner runzelte die Stirn. «Was meint er damit?»

«Er kommt aus kleinen Verhältnissen, aber das wisst Ihr bestimmt.»

«Na ja, sein Vater war auch Schreiber. Auf der Straße zwar, aber immerhin des Lesens und Schreibens mächtig.»

«Er hat oft gehungert, als er ein Kind war.»

«Es tut mir leid, das zu hören.»

«Und deshalb will er mit den Kindern warten, bis er sicher ist, sie auch ernähren zu können.»

Blettner zog die Augenbrauen ein Stück nach oben. «Nun, solche Gedanken sind mir neu, aber sie entbehren nicht einer gewissen Logik. Er bekommt zwar ein ordentliches Gehalt, doch für einen, der hoch hinauswill, mag das zu wenig sein. Aber nun sagt mir noch, wie er zu Geld kommen will.»

Die Schreiberin presste eine Hand auf ihr Herz. «Ich weiß es nicht, Richter. Bei Gott, ich weiß es wirklich nicht.»

«Denkt Ihr, er könnte in unlautere Dinge verstrickt sein?», wollte Blettner von der verschreckten Frau wissen.

Da begann sie zu weinen. Sie barg das Gesicht in den Händen und schluchzte ein ums andere Mal.

Blettner erhob sich. Aus dem Weib, das sah er, war kein gescheites Wort mehr herauszukriegen. «Sagt Eurem Gatten, dass ich ihn sprechen will, und zwar gleich morgen früh. Und sagt ihm auch, es ist mir egal, ob er krank oder gesund ist. Solange er nicht die Pest hat, will ich ihn sehen.»

«Ich werde es ausrichten, ganz bestimmt, das verspreche ich.» Sie weinte noch immer, ihre Schultern bebten, die Tränen rannen über ihre Wangen, die Lippen zuckten. Sie hat Angst, dachte der Richter. Und ich weiß nicht, wovor. Ist der Schreiber wirklich in Diebereien oder gar in den Geldskandal verstrickt? Oder hat sie einfach nur Angst, weil sie ein ängstliches Ding ist? Weiß sie mehr, als sie sagt? Er beschloss, dem Schreiber morgen früh ordentlich einzuheizen, da fiel ihm noch etwas ein: «Sagt mir noch, habt Ihr Straßburger Geld im Haus?»

Die Schreibersfrau schreckte hoch und sah den Richter mit aufgerissenen Augen an. «Ja. Ein bisschen.»

«Und woher habt Ihr das?»

«Die Gelddinge erledigt mein Mann.»

Der Richter nickte, legte der armen Frau kurz seine Hand

auf die Schulter, dann verschwand er und freute sich so sehr wie selten auf seinen wohlverdienten Feierabend.

«Ich muss dir etwas erzählen», sagte Hella, und Blettner betrachtete misstrauisch ihre roten Wangen und die blitzenden Augen.

«Was hast du angestellt?», wollte er wissen.

«Nichts habe ich angestellt, und du sollst mir nur zuhören und mich nicht unterbrechen.»

«Erzähle!»

«Erst setz dich bitte hin.»

Jetzt bekam Blettner wirklich Angst. «Ich höre», sagte er, und seine Stimme klang angespannt.

«Du verdirbst mir die ganze Überraschung», klagte Hella. «Ich war in Sachen Familie unterwegs, und du schaust mich an, als hätte ich ein Verbrechen begangen.»

«Ein Verbrechen vielleicht nicht gerade, aber …», begann Blettner, doch Hella unterbrach ihn. «Ich habe unser neues Haus gekauft.»

«Du hast was?» Blettner sprang vom Stuhl auf.

«Du sollst sitzen bleiben und mich nicht unterbrechen. Du hast es versprochen.»

Blettner setzte sich wieder, aber er war derart alarmiert, dass er auf seinem Stuhl unruhig hin und her rutschte.

«Ich war bei Markus von Mehringen in der Bankstube. Er hat mir einen Kredit gegeben. Über 1000 Frankfurter Mark. Und weil er dich so bewundert und dir für deine Hilfe so dankbar ist, müssen wir ihm innerhalb der nächsten zehn Jahre auch nur 1150 Frankfurter Mark zurückzahlen statt der sonst üblichen 1200.»

Blettner blickte sein Weib entgeistert an. «Du treibst da einen üblen Scherz mit mir, oder? Sag auf der Stelle, dass das nicht wahr ist.»

Hella verschränkte die Arme vor der Brust. «Du hattest keine Zeit, dich um deine Familie zu kümmern, also habe ich es getan. Die 1000 Mark werden gleich an die Stadt übergeben, sobald du den Vertrag unterzeichnet hast.»

«Vertrag?» Blettner schöpfte Hoffnung. «Du hast also nichts unterschrieben?»

«Na ja, nicht so richtig.» Hella war noch immer ein wenig gekränkt über die ausbleibende Begeisterung. «Nur so eine Art Schuldanerkenntnis.»

Jetzt sprang Blettner wirklich vom Stuhl. «Das hast du gemacht?»

Hella nickte, war mit einem Mal ganz kleinlaut, und der Gedanke, dass sie erst hätte mit ihrem Mann reden sollen, regte sich nun doch wieder.

«Das mache ich rückgängig. Und zwar gleich morgen früh. Weib, was hast du uns da nur wieder eingebrockt!»

Hella biss sich auf die Lippen. «Du musst mich nicht gleich so anschreien. Wenn ich darauf warten würde, dass du etwas unternimmst, werde ich darüber zur Großmutter.»

Blettner holte einmal tief Luft und, als das noch nicht reichte, noch einmal, dann sagte er: «Wir nehmen keine Kredite bei einem auf, von dem noch nicht klar ist, was genau er will und kann. Diese Geldstube ist ganz neu. Es besteht die Gefahr, dass sie sich nicht hält. Wenn wir jemanden bitten, uns Geld zu leihen, dann nur jemanden, den wir gut und lange kennen.»

Hella hielt den Blick in ihren Schoß gerichtet und nickte.

Sie hatte ja auch dieses unbehagliche Gefühl gehabt. Und ihr Mann hatte ja recht, wenn er sagte, dass diese Einrichtung noch viel zu neu sei, um ihr trauen zu können.

«Und was machen wir jetzt?», wollte sie wissen.

Auch Blettner fühlte sich ein wenig schuldbewusst. Hella hatte ihm lange genug in den Ohren gelegen, und er hatte nichts unternommen. «Ich werde mit ein paar Leuten sprechen», sagte er. «Aber nicht mehr heute Abend. Und jetzt, Weib, möchte ich etwas essen, und du kannst mir berichten, was die Kinder tagsüber getan haben.»

Erleichtert erhob sich Hella, tischte gebratenes Hirn mit Ei auf, reichte Brot und Wein dazu und setzte sich zu ihrem Mann. Sie hatte schon früher mit den Kindern gegessen und sah ihm jetzt mit einem erleichterten Lächeln zu.

«Also, was haben die Racker heute angestellt?»

«Nun», berichtete Hella. «Fedor hat so schrecklichen Husten. Er hat am Morgen so furchtbar gekeucht, dass ich dachte, ich besorge ihm bei der Kräuterfrau einen kräftigen Thymiansud. Also nahm ich die beiden und ging mit ihnen in Richtung der Friedberger Warte. Fedor hustete wieder, und ich stellte Flora nur für einen winzigen Moment auf der Straße ab, um dem Jungen ein wenig den Rücken zu klopfen. In diesem Augenblick flog eine Kutsche in unverschämtem Galopp heran, und hätte ich mich nicht auf der Stelle auf Flora geworfen, so weiß ich nicht, was passiert wäre.»

Blettner kaute, schluckte, trank vom Wein. «Man könnte meinen, manche Leute kriegten die Zeit bezahlt. Wer saß in der Kutsche? Hast du das erkennen können?»

Hella war mit ihren Gedanken schon weiter. «Die Kinder hatten einen gehörigen Schrecken und weinten alle beide. Es hat ein Weilchen gedauert, bis ich sie beruhigen konnte. Aber dann sind wir zur Kräuterfrau, und die hat Fedor gleich mit einer Salbe die Brust eingerieben und mir den Thymiansaft verkauft. Außerdem gab sie mir noch ein wenig getrockneten Thymian, den ich in eine Schüssel mit heißem Wasser streuen und ihm ans Bettchen stellen sollte. Und?»

«Was und?» Blettner war noch in anderen Gedanken.

«Ist dir nichts aufgefallen?»

«Nein. Was denn?»

«Fedor hustet nicht mehr. Er ist gesund und munter wie ein Fisch im Wasser.»

«Darüber bin ich sehr froh», sagte der Richter, war aber noch immer in die eigenen Gedanken vertieft. «Und nun sage mir, Weib, wer in der vermaledeiten Kutsche gesessen hat.»

«Oh, jetzt, da du fragst … In dem Moment konnte ich nicht darüber nachdenken, woher ich diese Frau kenne, aber jetzt bin ich mir sicher: Es war die Frau vom Kaufmann Haberkorn, und sie hatte es sehr eilig. Die Kutsche war so vollgepackt, als hätte sie ihren ganzen Hausrat aufgeladen. Es wirkte beinahe, als wollte sie die Stadt verlassen. Na, mich kümmert es nicht, wenn sie anderswo so schnell durch die Gassen prescht.»

«Warte mal!» Blettner merkte auf. «Du sagst, sie wollte die Stadt verlassen?»

«Ja. Es schien ganz so.»

# KAPITEL 23

Blettner sprang so heftig auf, dass der Stuhl mit lautem Getöse umfiel und die Kinder nebenan weckte. Geschrei erklang, und Hella schaute ihren Mann überrascht an. «Was ist denn los? Kannst du nicht aufpassen? Jetzt dauert es wieder ewig, bis die Kleinen schlafen.»

«In der Kutsche, wer saß noch darinnen?»

«Die Haberkornin eben, die alte Mutter und ihre beiden Töchter.»

«Der Kaufmann selbst?»

Hella schüttelte den Kopf und ging in die Schlafstube, um die Kinder zu beruhigen.

«Ich muss noch einmal weg», rief Blettner ihr hinterher, griff sich sein Wams und stürmte hinaus auf die Straße. Dort blieb er einige Augenblicke reglos stehen. «Jetzt wird mir einiges klar», murmelte er vor sich hin. «Allmählich ergibt das Ganze einen Sinn. Haberkorn war der Kaufmann, dem man eine Wagenkolonne mit Leinen geraubt hatte. Er muss pleite gewesen sein. Also ist er auf den Einfall gekommen, Geld zu schneiden, um seinen Verlust wieder wettzumachen.» Kaum hatte er die Worte gedacht, hielt er auch schon einen kleinen Jungen an. «Lauf zu Eddi, dem Leichenbeschauer. Er soll gleich zum Kaufmann Haberkorn kommen. Und danach eile zum Schultheiß und richte ihm dasselbe aus.» Er gab dem Knirps ein Geldstück, und der Kleine stob davon, dass seine Holzpantinen auf dem Pflaster laut klapperten. Dann eilte Blettner in die Gewandgasse, an deren Ecke der Kaufmann ein großes Haus bewohnte. Kaum war er da, riss er am Türklopfer, als ginge es um Leben und Tod. Doch niemand öffnete ihm. Von weitem schlug die Turmuhr die achte Abendstunde. Es war noch nicht dunkel, aber beim Haberkorn waren sämtliche Läden zugeschlagen, und nicht der kleinste Kerzenschimmer drang durch das Holz. «Himmel noch eins, ich werde hoffentlich nicht zu spät sein!» Blettner umrundete das Haus, stieg über den Abfallgraben, stieß sich das Schienbein an einem Hackklotz im Hof, besah auch die hinteren Gebäude, in denen der Kaufmann Kontor und Lager hatte, aber auch dort war alles still und dunkel. Er rüttelte an den Türen, doch die waren verschlossen, die Pulte leer, die Regale ausgeräumt. «Er ist weg», murmelte Blettner. «Er ist uns entwischt.» Er blickte durch die dicken Butzenscheiben, konnte jedoch nichts Genaues im Inneren erkennen, nur eben die leeren Regale. Also setzte er sich auf eine Bank an der Rückseite des Hauses und wartete. Die Turmuhr verkündete die nächste Viertelstunde, als Eddi angehetzt kam. Er strahlte über das ganze Gesicht. «Was grinst du so?», wollte der Richter wissen.

«Sie hat mich geküsst.»

«Wer? Die Haberkornin?»

«Ach was, die doch nicht. Claudette hat mich geküsst. Ich glaube, ich werde noch in diesem Jahr heiraten. Was sagst du dazu? Eddi auf Freiersfüßen.»

«Tut mir leid, aber mir steht der Kopf jetzt ganz woanders. Erzähle mir später davon. Wir müssen in dieses Haus.»

«Ins Kaufmannshaus?»

«Ja, Herrgott, oder siehst du hier sonst noch ein Haus?»
Blettner verlor allmählich die Geduld.

Eddi hatte inzwischen den Ernst der Lage erkannt und
klinkte an der Küchentür. Auch die war verschlossen, aber
die Kellertür war offen. Und gleich zu Beginn des feuchten,
modrigen Kellerganges hing eine Fackel an der Wand. Eddi
entzündete sie und rief: «Richter, hier geht es lang.» Er ging
voran, rümpfte die Nase über den dumpfen Modergeruch,
entdeckte auf der linken Seite einen beachtlichen Weinkeller,
auf der rechten eine prall gefüllte Vorratskammer und hielt
an. «Ich habe noch nichts gegessen», erklärte er und spähte
hingerissen nach den dicken Schinken- und Speckseiten, nach
den Würsten und Schweinsblasen, die von der Decke hingen
und einen würzigen Geruch aussandten, der ihm das Wasser
im Munde zusammenlaufen ließ.

«Weiter», drängte Blettner. «Wir haben keine Zeit, um uns
den Bauch vollzuschlagen. Außerdem sind wir nicht als Gäste
hier, sondern einstweilen eher als Einbrecher.»

Eddi verzog bedauernd den Mund, dann ging er weiter. Sie
kamen zu einer Kammer, in der sich leere Säcke, Kisten, Körbe, Stiegen, Weinschläuche, Fässer und Truhen stapelten. Auf
dem Boden waren Spuren, die von hin und her gezerrten Kisten zeugten. «Da, sieh!», rief Blettner aus. «Er hat irgendetwas
verpackt.» Dann bogen sie um eine Kellerecke und gerieten
in ein kleines Gewölbe. «Leuchte mal ringsum!», befahl der
Richter dem Leichenbeschauer. Der tat, wie ihm geheißen,
schwenkte die Fackel so, dass sie das Gewölbe erleuchtete.
Und was der Richter da entdeckte, war mehr, als er vermutet
hatte. Eddi fiel die Kinnlade herab. In der Mitte des Raumes

stand ein Arbeitstisch, auf dem unzählige Feilen lagen. Der ganze Tisch glänzte silbern. Blettner trat heran, nahm ein wenig von dem Silberstaub in die Hand und rieb ihn.

«Wir haben ihn, oder?», fragte Eddi atemlos.

«Es scheint so. Entzünde die Tranlampe mit deiner Fackel, damit wir mehr sehen.»

Eddi tat wieder, wie ihm befohlen, und beide entdeckten an der hinteren Wand des Gewölbes schwarze Rußsäulen, die sich bis zur Decke zogen. Darunter befand sich ein kleiner gemauerter Brennofen. Und davor standen auf einem Tablett mehrere metallene halbrunde Tiegelchen, in denen ebenfalls Silberstaub glänzte.

«So hat er es also gemacht», stellte der Richter fest. «Er hat hier von den Rändern des Geldes die Späne abgefeilt, dann hat er sie in die eisernen Pfännchen gefüllt und im Brennofen eingeschmolzen.»

«So war es. Mit Sicherheit», bestätigte Eddi.

«Aber wohin hat er das Silber verkauft?»

«Nun, Richter, das wirst du noch ermitteln müssen.» Von oben drang Lärm in den Keller. Eine Stimme rief: «Blettner, verfluchter Hund, wo steckt Ihr denn? Holt mich von meinem Weib weg und seid dann selbst verschwunden!»

Eddi sah den Richter an. «Krafft von Elckershausen.» Blettner nickte, dann hasteten beide durch den Kellergang zurück auf den Kaufmannshof. Dort wartete der Schultheiß und war eben dabei, seine beschmutzten Stiefel mit einem Taschentuch sauberzuwischen. «Na endlich!», rief er aus, als er Blettner und den Leichenbeschauer sah. «Wo wart Ihr denn?»

«Wir haben ihn», erklärte Blettner und blähte die Brust vor Stolz. «Wir haben ihn endlich.»

«Wen habt Ihr?» Der Schultheiß betrachtete seine Stiefel, spuckte darauf und wienerte mit dem Taschentuch hinterher.

«Den Geldschneider.»

«Tatsächlich?» Krafft von Elckershausen strahlte über das ganze Gesicht. «Das ist wahrhaftig eine gute Neuigkeit.» Er betrachtete seine Stiefel, die jetzt ebenfalls strahlten, und erklärte zufrieden: «Nun denn, dann lasst uns nach Hause gehen und einen guten Schluck auf den Erfolg trinken. Gefahr ist ja nicht mehr vorhanden, nicht wahr? Der Bösewicht sitzt hinter Schloss und Riegel, nehme ich an?»

«Tut mir leid, Schultheiß, der Wein muss wohl noch warten. Die Kaufmannsfamilie samt Mutter und Töchtern hat die Stadt verlassen. Aber der Kaufmann, der Haberkorn selbst, er fehlt. Deshalb müssen wir in das Haus und nachschauen.»

Der Schultheiß verzog das Gesicht. «Hat das nicht Zeit bis morgen?»

«Nein. Er könnte sich im Haus versteckt halten und nur auf eine Gelegenheit lauern, sich ebenfalls aus dem Staub zu machen.» Blettner hatte Mühe, die Aufmerksamkeit Krafft von Elckershausens zu behalten, denn der schaute immer wieder auf seine Schuhe, die er ebenso zu bewundern schien wie sich selbst.

«Also?», fragte Blettner.

«Was also?» Der Schultheiß blickte Blettner an, als redete er nur wirres Zeug.

«Haben wir die Erlaubnis, das Haus zu durchsuchen?»

Krafft von Elckershausen zuckte gleichgültig die Achseln, dann erwiderte er: «Nun, wenn es nicht zu lange dauert. Ich habe nicht den ganzen Abend für diese Dinge Zeit.»

Eddi wandte sich ab, um wieder in den Keller zu steigen,

doch Blettner wartete noch. «Wollt Ihr mitkommen, Schultheiß?», fragte er, aber Krafft von Elckershausen winkte ab. «Nein, nein. Es reicht, wenn Ihr dort hineingeht. Ich werde hier warten.» Blettner nickte – er hatte nichts anderes vom Schultheiß erwartet – und ging Eddi hinterher. Wieder geisterten sie durch den dunklen Keller, und sowohl Eddi als auch Blettner erschraken hin und wieder vor den gräulichen Schatten, die der Feuerschein der Fackel an die Wand malte. Endlich kamen sie an eine Tür, die fest verschlossen war und augenscheinlich zur Küche führte. Zuerst rüttelte Blettner, dann Eddi an der Klinke, aber die Tür blieb zu. «Wir müssen sie aufbrechen, Eddi», sagte der Richter. «Schau mal in den Holzkeller, dort müsste ja wohl eine Axt zu finden sein.»

«Ist gut.» Eddi wandte sich um und wollte sich mit der Fackel auf den Weg machen, doch Blettner fühlte sich plötzlich recht unbehaglich im Dunkeln. «Warte, ich komme mit.»

Wenig später hielt Blettner die rußende Fackel, und Eddi schlug mit der Axt gegen die Tür. Dabei stöhnte und keuchte er, als wäre es eine wahre Lust.

«Herrgott, Eddi», beschwerte sich der Richter. «Du machst einen Lärm wie eine Katze beim Liebesspiel. Jetzt hau endlich den Lukas, oder muss ich alles selber machen.»

«Ich bin Leichenbeschauer, kein Holzfäller», murrte Eddi, doch Blettner gab ihm einen Stoß in den Rücken. «Strenge dich ein bisschen an.»

Endlich war ein Spalt in der Tür, der so breit war, dass Eddi seine Hand hindurchstecken und den Schlüssel, der von der anderen Seite steckte, herumdrehen konnte.

Kaum waren sie in der Küche, schnupperte Blettner in der Luft herum. «Es riecht nach kürzlich erkalteter Asche.»

«Es riecht irgendwie verlassen», bestätigte Eddi. Blettner bückte sich zur Feuerstelle, zerrieb ein wenig Asche zwischen den Fingern. «Alles kalt.» Dann trat er gegen die Wassereimer, die vollkommen leer waren, während Eddi mit seiner Fackel schon ins anliegende Wohnzimmer geschlüpft war. Der Raum wirkte im Feuerschein auf den ersten Blick prächtig. Aber schon auf den zweiten Blick konnte man die Schäbigkeit der gelben Seidentapeten erkennen. Sie waren an einigen Stellen so fadenscheinig, dass der Putz durchschimmerte. Auch das dunkle Holz der Möbel war an manchen Ecken abgeschabt, und auf dem Boden war ein großer heller Fleck zu sehen, auf dem wohl mal ein Teppich gelegen hatte. Auch hier roch es ein wenig dumpf, so, als ob lange Zeit nicht gelüftet worden wäre.

«Ich sage dir, hier ist niemand mehr», erklärte Eddi und zeigte auf einen Frankfurter Wandschrank, dessen Türen und Schubkästen offen standen und ihre Leere in den Raum gähnten. Nur eine einzelne Kerze fand sich noch auf dem Boden. Blettner hob sie auf und entzündete sie an Eddis Fackel.

Die beiden stiegen die Treppe empor und blieben in einem Gang mit bloßen Dielen stehen. «Normalerweise liegen im ersten Stock die Schlafzimmer», sagte Blettner, öffnete eine Tür, und Eddi leuchtete mit dem Licht hinein. Der Raum blieb trotz des Fackelscheins düster. In der Mitte stand ein mächtiges Bett, das von einem staubigen dunkelroten Baldachin überdacht war. Auf der Kommode lag eine dünne Staubschicht, unter der die Abdrücke zahlloser Tiegelchen und Fläschchen zu sehen waren. Doch der Geruch, der hier drinnen herrschte, war ein ganz anderer als im übrigen Haus. «Ich weiß nicht», murmelte Eddi, «ich hoffe, ich täusche mich, aber hier riecht es eindeutig nach Blut. Ich glaube, mir wird ganz schlecht.»

«Eddi, reiß dich zusammen», befahl Blettner, doch Eddi hatte sich bereits auf das Bett sinken lassen, allerdings nur, um sofort wieder mit einem schrillen Aufschrei in die Höhe zu springen, sich mit weit aufgerissenen Augen an der Kehle zu fassen und dann umzufallen wie ein gefällter Baum, wobei die Fackel in seiner Hand erlosch. «Eddi», rief Blettner. «Steh auf, du Drückeberger. Wir sind hier noch nicht fertig.» Aber Eddi blieb liegen und gab keinen Mucks mehr von sich. Da trat der Richter zum Bett, schlug die Decke zurück und musste sogleich seine Faust gegen die Lippen pressen, damit ihm kein Schrei entfuhr. Im Bett lag der Kaufmann Haberkorn, starrte mit toten Augen zur Decke, und um seinen Kopf hatte sich eine gewaltige Blutlache gebildet und das ganze Kissen getränkt. Sein Mund aber stand offen, und im Kerzenschein blinkte es darin.

# KAPITEL 24

Pater Nau war zwar froh, sich wieder mit Bruder Göck vertragen zu haben, andererseits aber auch ein wenig enttäuscht. Er hatte gedacht, die Versöhnung würde ihn so beflügeln, dass alle dunklen Seelenwolken auf der Stelle vertrieben wären, doch so war es nicht. Er dachte noch immer, dass die Erde ein Jammertal wäre und das Leben ein Graus. Die Sonne schien ihm kein bisschen heller, das Gras war ihm nicht grüner, und die Last auf seinen Schultern war um kein Gramm leichter geworden. Und er hatte aufgehört, sich zu fragen, warum das so war. Er nahm es hin, schaute hinauf zum Himmel, der strahlendblau über seinem Kopf hing – und seufzte. Er sah einem Hundewelpen beim Spielen zu – und stöhnte auf. Er hörte eine Magd ein Lied singen – und hätte sich am liebsten die Ohren zugehalten. Er fühlte sich auf eine Art vom Leben ausgeschlossen, die er nicht genau beschreiben konnte, selbst wenn er es gewollt hätte. Es schien, als stünde er außerhalb jeglichen Geschehens, als hätte er auf nichts den geringsten Einfluss. Seine Predigten erreichten die Ohren seiner Schäfchen nicht. Kaum waren sie aus der Kirche heraus, begannen sie wieder fröhlich und unbekümmert zu sündigen. Sah denn keiner außer ihm, wohin es mit der Welt gekommen war? Er stand am Rande, wollte rufen und schreien, vor einer Gefahr warnen, aber niemand hörte ihm zu. Auch in der Familie fühlte er sich nicht mehr geborgen, sondern als Außenseiter. Da erzählte Hella von den Streichen ihrer beiden Kleinen, und Pater Nau schaffte es kaum, den Mund zu einem Lächeln zu verziehen. Ihm taten die Kinder leid. Herrje, was würden sie in ihrem Leben noch alles zu erleiden haben! Wie konnte man sich daran erfreuen? Und Gustelies und Henn Goldschlag. Sie strahlten einander an, streichelten sich verstohlen unter dem Tisch, aber Pater Nau wusste schon jetzt, dass diese Zärtlichkeit nicht von Dauer war. Alle, die er kannte, hofften aus ihm unerfindlichen Gründen, dass die Zukunft besser sein würde als die Gegenwart. Alle. Sogar der Antoniter. Aber solange er, Pater Nau, lebte, war die Zukunft immer schlechter gewesen als die Gegenwart. Waren denn alle blind und taub?

Er trottete die Straße entlang in Richtung des Antoniterhofes. Ein helles Auflachen drang an sein Ohr, und er verzog schmerzlich den Mund, weil es in Wirklichkeit doch nichts gab, das Anlass zur Freude war. Ein kleiner Junge purzelte quietschvergnügt mit seinem Ball vor seine Füße, aber Pater Nau stieg einfach über ihn hinweg. Ein Bettler hielt ihn an, wollte wissen, ob auch die Armen in den Himmel kommen, doch der Pater schüttelte einfach den Kopf und ließ den Bettler bestürzt zurück. Endlich war er am Antoniterhof angelangt. Der Mönch, der die Tür bewachte, ließ ihn ein und führte ihn sogleich in das geräumige Lager. Dort stand schon Bruder Göck, hielt eine Schreibfeder und einen kleinen Stock in der Hand und diktierte dem Klosterschreiber, was er da gerade zählte. «110 Säcke Weizenmehl zu vier Zentnern, bestimmt zum Verkauf auf der Herbstmesse», rief er, und der

Schreiber nickte und notierte. «Ein Dutzend Fässer mit guter Butter für das Kloster in Grünberg», verkündete der Antoniter, und der Schreiber senkte die Feder und schrieb.

Pater Nau hüstelte, und Bruder Göck fuhr herum. «Ah, da bist du ja. Lass uns doch zunächst einen Becher Wein trinken, damit die Arbeit leichter von der Hand geht.»

Pater Nau nickte. Es war zwar recht früh am Morgen, aber ohne Wein war die Welt noch grauer. Sein Magen zog sich ein wenig zusammen, als er den ersten Schluck trank, doch gleich darauf entspannte sich der Pater und blickte nach draußen, wo die Sonne mit einem Mal ein kleines bisschen heller schien.

«Also, wie wollen wir vorgehen?», fragte er.

«Nun, ich zähle, du zählst nach, ob alles seine Richtigkeit hat, dann notiert der Schreiber die Zahlen, und am Ende rechnen wir aus, ob die Ware mit den Büchern übereinstimmt und der richtige Geldbetrag in der Lade liegt.»

«Hast du eingezahlt, was ich dir gestern gegeben habe?», wollte der Pater wissen. Er tat nur so, als ob ihm das wichtig wäre, im Grunde war es ihm vollkommen gleichgültig. Er war bestürzt gewesen, als der Mönch den Herrgott beschissen hatte, aber mittlerweile fragte er sich, ob der Herrgott das überhaupt bemerkte. Und wenn er es bemerkte, warum er dann nicht sogleich strafte. Wenn er es nicht bemerkte, dann musste man wohl selbst überlegen, ob man eine Strafe verdient hatte. Stand es dem Menschen denn zu, sich selbst zu strafen oder über andere zu richten? Eigentlich doch nicht. Pater Nau hätte diesen Gedanken noch weiter verfolgen mögen, aber im Augenblick fehlte ihm dafür die Kraft. Überhaupt war es mit Gott so eine Sache. Wie hatte der Herr im Himmel einen Luther zulassen können? Warum hatte er nicht Donner und Blitz auf ihn geschickt und seine an die Wittenberger Schlosskirche geschlagenen Thesen verbrannt? Oder eben Bruder Göck. Der stand da vor ihm, die dicken Backen glänzten gesund und rot, die Augen funkelten, der Mund lachte. Keine Spur von Reue. Waren dem Herrgott die Menschen gleichgültig geworden? Auch darüber wollte Pater Nau nachdenken, und auch dazu fehlte es ihm an Kraft.

«Sechzehn Fässer Salpeter, zwanzig Scheiben Wachs mit vierundachtzig Zentnern», rief der Mönch und sah sich nach dem Pater um. «Hast du das auch gezählt?»

Pater Nau nickte. Er hatte nicht gezählt, sondern nur blicklos auf die Fässer und das Wachs gestarrt. Warum sollte er zählen, wenn es den Herrn doch nicht kümmerte?

«Zweiundzwanzig Fässer Wein», rief nun Bruder Göck. «Notiere es gleich auf, Schreiber.»

Der blickte hoch. «Mir scheint, Ihr habt Euch verzählt, Bruder. Ich sehe weniger Fässer.»

«Ach, was siehst du schon aus deiner Ecke. Ich stehe genau davor, habe einen viel besseren Überblick. Zweiundzwanzig Fässer. Schreib es auf.»

Der Schreiber schüttelte bockig den Kopf. «Der Pater soll erst sagen, ob es stimmt.»

Bruder Göck wandte sich nach seinem Freund um, sah ihm einen Augenblick lang in die Augen, dann zupfte er ihn am Ärmel. «Zweiundzwanzig Fässer, nicht wahr?»

Und Pater Nau nickte und wiederholte: «Zweiundzwanzig Fässer.»

Der Schreiber, ebenfalls ein Antoniter, runzelte zweifelnd die Stirn, doch dann notierte er, was von ihm verlangt wurde.

Richter Blettner wusste wieder einmal nicht, was er als Erstes tun sollte. Da war das Schuldanerkenntnis, das Hella unterschrieben hatte. Das musste auf der Stelle rückgängig gemacht werden. Und dann war da der Mord. Ihm wurde noch immer ganz schwummerig, wenn er daran dachte. Die Leiche hatte so grauenvoll ausgesehen, dass sie Blettner bis in seine Träume verfolgt hatte. Und weitergekommen waren sie gestern auch nicht mehr. Blettner hatte Krafft von Elckershausen gerufen, und gemeinsam hatten sie den ohnmächtigen Eddi aus dem Haus geschafft. Dann war Blettner zum nächsten Nachtwächter gelaufen und hatte ihn beauftragt, das Haus des Haberkorn die ganze Nacht zu bewachen. Unterdessen hatte Krafft von Elckershausen ein spätes Fuhrwerk mit Heu angehalten, hatte Eddi daraufgeladen und dem Fuhrknecht Anweisung erteilt, den ohnmächtigen Leichenbeschauer nach Hause zu bringen.

Nun stand Blettner in seiner Amtsstube und wartete auf den Schultheiß. Als dieser endlich kam, machte er schon beim Eintreten klar, dass er heute ein besonders vielbeschäftigter Mann war. Er blinzelte mit den Augen und wischte sich den Schweiß von der Stirn. «Nun, Richter, ich denke, Ihr müsst heute alleine zum Kaufmann Haberkorn gehen, um die Todesursache genau festzustellen. Vielleicht haben wir Glück, und es war gar kein Mord.»

«Was soll es denn sonst gewesen sein? Der Mann lag mausetot, aber vollständig angezogen in seinem Bett. Sogar die Stiefel hatte er noch an. Von seinem Kissen kann er ja wohl kaum erschlagen worden sein.»

«Richter, das sollten die bestimmen, die sich damit auskennen. Der Leichenbeschauer muss her.»

Blettner winkte ab. «Der wird mir bloß wieder ohnmächtig.»

Der Schultheiß überlegte einen Augenblick. «Dann nimm den Henker mit.»

«Und Ihr, Schultheiß, könnt wirklich nicht?»

«Oh, nein, auf gar keinen Fall. Gleich werden der neue Schatz- und der Münzmeister zu mir kommen und Bericht erstatten. Am Ende steht die Stadtkasse doch besser da, als ich fürs Erste angenommen habe. Das ist ungeheuer wichtig, Richter, schließlich steht die Messe vor der Tür.» Er seufzte noch einmal abgrundtief, um anzuzeigen, dass das kommende Gespräch eigentlich über seine Kräfte ging, dann verschwand er.

Blettner rief nach dem Büttel und schickte ihn zum Henker, mit der Nachricht, dass dieser beim Haberkornhaus gebraucht werde. Da es einige Zeit dauern konnte, bis der Henker dort eintraf, stattete er zuvor noch der Geldstube im Haus der Alten Limpurg einen Besuch ab.

«Ah, der Richter!» Markus von Mehringen strahlte über das ganze Gesicht. «Ich ahne schon, warum Ihr gekommen seid.»

Die gute Laune des Straßburgers zerrte an Blettners Nerven. «Wie kommt Ihr dazu, mein Weib ein Schuldanerkenntnis unterschreiben zu lassen? Ist das in Straßburg so Sitte? Nun, hier läuft es anders, hier entscheiden noch immer die Männer.»

Markus von Mehringen breitete die Arme aus und strahlte noch immer, wenn auch ein wenig angestrengter. «Nun, Euer Weib ist nicht wie die anderen Weiber», erklärte er. «Euer Weib ist klug, und außerdem ist sie mit Euch, dem Richter, verheiratet. Hätte ich auch nur den geringsten Zweifel daran gehabt, dass sie nicht in Eurem Sinne handelt, dann hätte ich ihr das Papier niemals vorgelegt. Aber so ist nun alles vorbereitet, das Geld ist abgezählt und wartet nur darauf, seinen neuen Wohnsitz in der Stadtkasse aufzuschlagen.»

Blettner brummte: «Gebt mir den Wisch.»

«Einen Augenblick.» Von Mehringen wühlte auf seinem Schreibtisch herum und reichte Blettner ein Blatt Papier, auf dem sein Siegel prangte. Blettner nahm das Papier, las es – und dann zerriss er es in zwei Hälften. «So, da habt Ihr Euer Schuldanerkenntnis. Ihr könnt das abgezählte Geld ruhig wieder zu Euren Beständen schaffen, es gibt keinen Kredit zwischen uns und Euch.»

Markus von Mehringen blieb der Mund offen stehen: «Aber … aber die Unterschrift. Euer Weib hat gezeichnet. Ihr müsst den Vertrag erfüllen.»

«Ihr wollt mit dem Richter streiten?» Blettner fühlte den Ärger in seinen Adern pulsieren. «Das wagt Ihr?»

«Nun», Markus von Mehringen befeuchtete sich die Lippen und richtete sich kerzengerade auf. «Ich bin immerhin der Neffe des Schultheißen.»

«Ihr seid lediglich der Neffe seiner Frau. Weiter nichts.»

«Und doch müsst Ihr der eingegangenen Verpflichtung nachkommen. Da stand es schwarz auf weiß, und Gott sei Dank habe ich eine Kopie davon.»

«Mit der Kopie könnt Ihr Euch den Allerwertesten säubern!» Blettner schäumte regelrecht. «Sie ist die Tinte nicht wert, mit der sie beschrieben wurde. Hier in Frankfurt gilt, dass ein Mann die Verträge unterzeichnet, falls das Weib nicht alleinstehend ist.»

Mit diesen Worten wollte er gehen, doch Markus von Mehringen hielt ihn auf. «Nun gut, ich will keinen Ärger mit Euch. Ich komme Euch entgegen. Zahlt mir eine Gebühr von fünf Frankfurter Mark für meine Arbeit, und wir vergessen die Sache.»

«Fünf Mark? Wofür?»

«Ich hatte Umstände. Die Urkunden mussten erstellt und kopiert werden, das Geld gezählt und so weiter und so fort.»

Blettner lachte laut auf, aber es war kein fröhliches Gelächter. «Steckt Euch den Wisch … ach …» Mit diesen Worten ging er nun wirklich und hörte Markus von Mehringen hinter seinem Rücken her schimpfen. Blettner konnte nicht umhin, den Alleingang seiner Frau im Nachhinein ein wenig zu bewundern. Zwar dachte er nicht im Traum daran, mit dem Straßburger Geldgeschäfte zu machen, aber dass Hella bei von Mehringen vorstellig geworden war und ihre Frau gestanden hatte, das war schon etwas. Und verstehen konnte man auch, dass sie nicht länger untätig herumsitzen hatte wollen. Sie war und blieb eben seine wunderbare, eigensinnige Hella.

Der Richter begab sich auf der Stelle in die Gewandgasse. Vor der Tür des Kaufmanns wartete schon der Henker, und Blettner war froh darum, denn allein mit einer Leiche in einem Haus zu sein, gruselte ihn dann doch etwas.

«Nun, Henker, wie stehen die Geschäfte?», grüßte er den Mann, mit dem er schon so oft zusammengearbeitet hatte.

«Gott sei Dank gibt es auf der Welt reichlich Spitzbuben, sodass unsere Fleischtöpfe gut gefüllt sind.» Der Henker, eigentlich ein wortkarger und ernster Mann, lächelte den Richter an. «Der Herrgott hat uns noch ein Kind geschenkt. Gestern Abend ist meine Frau niedergekommen.»

«Herzlichen Glückwunsch zum neuen Henkerlein. Was ist es denn?»

«Ein Junge. Der fünfte nun.»

Blettner schlug dem Mann anerkennend auf die Schulter, dann betraten sie das Haus. «Henker, brauchst du mich da oben?», wollte Blettner wissen, doch der Henker antwortete nicht, sondern stampfte einfach die Treppe hinauf, und Blettner folgte ihm seufzend. Er wusste genau, dass er bei der Untersuchung der Leiche dabei sein musste, aber er hatte so überhaupt keine Lust, den Toten noch einmal zu sehen.

Oben angekommen, betrachtete der Henker den Getöteten, schloss ihm dann die Lider, verlangte vom Richter eine Kerze und leuchtete damit in den Mund und in die Nasenlöcher des Toten. «Da ist etwas», erklärte er, fuhr dem Leichnam im Mund herum, angelte ein Geldstück daraus hervor und reichte es dem Richter.

«Ein Straßburger Taler!» Blettner staunte.

Derweil hatte der Henker dem steifen Kaufmann auch in die Ohren geschaut, nun drehte er ihn um, sodass er auf dem Bauch zu liegen kam. Die Wunde am Hinterkopf klaffte weit auf. Eine graue Masse hatte sich um die Wunde gelegt, und man sah einen winzigen Teil der Schädeldecke.

«Erschlagen», stellte der Henker fest.

«Kein Zweifel?»

Der Henker schüttelte den Kopf. «Fast keinen. Er hätte auch unglücklich gestürzt sein können, aber dann hätte er sich wohl kaum noch in sein eigenes Bett gelegt.»

«Wo genau ist es passiert?» Blettner sah sich um, dann stieß er die Fensterläden auf, um ein wenig mehr Licht in den Raum zu lassen. Der Henker deutete auf den Boden, auf dem etwas Blut zu sehen war. «Ich denke, dort. Nein, halt. Wäre es so, so müsste eine Schleifspur zu erkennen sein. Eine Blutspur des Toten, der auf das Bett gezerrt wurde. Nein, ich bin sicher, er ist hier in seinem Bett getötet worden.»

«Im Bett?» Blettner runzelte die Stirn. «Aber das hieße ja, Haberkorn kannte seinen Mörder so gut, dass er ihn in sein Schlafgemach gelassen hat.»

«Oder der Täter kam unerkannt in diesen Raum.»

«Nein, Henker, so kann es nicht gewesen sein.»

Fragend neigte der Henker den Kopf.

«Wenn es so wäre», gab der Richter zu bedenken, «dann läge der Tote nicht vollkommen bekleidet in seinem Bett, verstehst du? Wäre der Täter unerkannt gekommen, so müsste der Kaufmann im Schlafrock gewesen sein. Aber das ist er nun einmal nicht, und deshalb denke ich, dass er seinen Mörder kannte.»

«Eine Hübschlerin? Immerhin war seine Alte nicht da.» Der Henker hatte die Stirn nachdenklich gerunzelt. «Oder einer seiner Prokuristen, mit denen er sehr vertraut war.»

Noch einmal ging der Richter um das Bett herum, betrachtete die Leiche von allen Seiten. Dann befahl er dem Henker: «Schaff den Toten weg, aber begrabe ihn noch nicht. Vielleicht muss ich später noch einmal einen Blick auf ihn werfen. Oder ich kriege den Leichenbeschauer dazu, seiner Arbeit nachzugehen. Kannst du jetzt schon etwas mehr sagen, als dass der Haberkorn einen heftigen Schlag auf den Kopf bekommen hat?»

«Nein. Das wäre es erst einmal.»

Blettner sah sich im Raum um, hob den Schürhaken, der vor dem Kamin lag, in die Höhe und untersuchte ihn im

Licht des Fensters. «Ich kann kein Blut daran erkennen. Aber das ist nicht verwunderlich. Auch bei der Marlies und der Jutta gab es keine Tatwerkzeuge. Nun, Henker, wir sprechen uns später noch. Ich komme bald zurück, aber bring ruhig schon die Leiche fort.» Mit diesen Worten eilte Blettner davon. Er hetzte durch die Straßen und kam vor dem Haus des Henn Goldschlag zum Stehen. Ungestüm trommelte er an die Haustür.

«Herrgott im Himmel, was ist denn los?», wollte Gustelies wissen, als sie ihren erhitzten Schwiegersohn vor sich sah.

«Ich brauche die Jutta», stieß Blettner hervor. «Und einen Becher Wasser.»

«Komm rein.»

Gustelies eilte voraus in die Küche, Blettner hinterher, und fand dort Jutta, die am Küchentisch saß und gerade begonnen hatte, Bohnen zu schnippeln. Nach Luft ringend ließ er sich neben ihr nieder, trank dankbar den ganzen Becher Wasser auf einmal aus, dann fragte er: «Jutta, denk bitte genau nach. Gab es in der letzten Zeit mehr Straßburger Taler als sonst?»

Jutta runzelte die Stirn. «Doch, ja. Nicht wirklich viele. Nur an ihrem letzten Tag, da schickte die Marlies einen Jungen zu mir und ließ anfragen, ob ich noch Frankfurter Mark hätte. Ein Kunde wollte wohl eine größere Summe Straßburger Taler eintauschen.»

«Und wer war das?»

Jutta schüttelte langsam den Kopf. «Wer war das, wer war das nur? Ich habe ihn gesehen, und ich weiß, dass ich ihn kannte, wenn auch nicht gut. Aber wer war es?»

Sie schloss die Augen und schüttelte erneut den Kopf. «Ich komme einfach nicht darauf. Warum fragst du eigentlich?»

«Der Haberkorn ist ermordet worden. Und seine Familie hat die Stadt verlassen.»

«Ach, was?» Gustelies, die eben eine Pfanne geschrubbt hatte, hielt inne. «Ermordet? Vom selben Täter, der es auch auf Marlies und Jutta abgesehen hatte?»

«Das wissen wir noch nicht. Deshalb ist es auch unabdingbar, dass sich die Jutta genau an ihre letzten Tage in der Wechselstube erinnert.»

Jutta blickte kläglich drein. «Ich würde dir so gern helfen, aber ich kann einfach nicht. Ich bin mir ja noch nicht einmal sicher, ob ich mich bei dem Tintengeruch nicht getäuscht habe, denn eigentlich riecht Tinte ja nicht besonders stark.»

Blettner erhob sich. «Na gut, vielleicht kommen wir später noch darauf zurück. Aber jetzt bitte ich dich, mit mir zu kommen. Du weißt über Finanz- und Handelsdinge Bescheid, du musst mir die Bücher des Haberkorn lesen.»

Jutta wurde ein wenig blass.

«Was ist?», fragte der Richter. «Fühlst du dich nicht wohl?»

Jutta schüttelte den Kopf. «In ein Mordhaus? Mir graut davor.»

Blettner fasste nach Juttas Hand. «Ich weiß, es wird nicht leicht für dich sein, aber ich brauche unbedingt jemanden, der mir dabei hilft und dem ich vertrauen kann.»

Während Juttas Augen hilfesuchend flackerten, knallte Gustelies die Pfanne auf den Ständer. «Ich werde mit Euch kommen», erklärte sie, «und der Jutta eine Stütze sein.»

«Nein! Halt!» Blettner hob die Hand. «Du weißt, dass der Schultheiß dir verboten hat, zu ermitteln.»

«Ach, der Schultheiß.» Gustelies machte eine wegwerfende Handbewegung. «Der Schultheiß hat immer etwas einzuwenden, aber ist der Täter dann gefasst, so ist er doch froh.» Sie trocknete sich die Hände ab, schaute noch einmal nach dem Herdfeuer, richtete ihre Haube und hakte Jutta unter. «Nun los, worauf warten wir noch?»

Vor dem Haberkornhaus lud der Henker mit seinem Gehilfen, dem Stöcker, gerade die Leiche des Kaufmanns auf einen Karren. Der Tote war nur mit ein paar leeren Mehlsäcken zugedeckt, und beim Aufladen fiel sein Arm herab und baumelte über die Seitenwand. Ein Aufschrei ging durch die Menge der Schaulustigen. «Was gibt es hier zu glotzen?», wollte der Richter wissen und machte dem Henker ein Zeichen, dass er endlich davonfahren solle. Dann wandte er sich an eine dicke Nachbarin. «Habt Ihr etwas zur Lösung des Falles beizutragen?»

«Ich? Gott bewahre!» Die Frau hob abwehrend beide Hände. «Man soll nichts Schlechtes über die Toten sagen.»

Blettner trat nahe an sie heran. «Vielleicht nicht über die Toten. Aber das hier war ein Ermordeter. Wollt Ihr Euer Gewissen auf ewig belasten, indem Ihr dem Richter etwas verschweigt?»

Die Dicke bekreuzigte sich. «Nun, dann ist es etwas anderes. Ja, der Haberkorn. Gemocht haben ihn hier die wenigsten. Seine Töchter, stellt Euch das einmal vor, die waren sogar zu hochnäsig, um unsereins zu grüßen. Fast schon hat es mich gefreut, dass der Haberkorn im letzten Jahr so viel verloren hat. Aber ich bin nicht gehässig.»

«Ja, genau!», mischte sich jetzt eine andere ein. «Da gab es ja den Überfall, und hernach war er in der ganzen Stadt verhasst.»

Blettner erinnerte sich vage, von diesem Überfall gehört

zu haben, aber Genaueres wusste er nicht. Das Verbrechen hatte nicht in seiner Zuständigkeit gelegen. «Wer weiß mehr darüber?»

Ein Mann mit zornesroten Wangen trat vor. «Ich kann mehr berichten. Der Haberkorn kam aus Florenz, hatte Samt und Seidenstoffe, darunter auch Brokat, sowie Baumwolle, Gewürze, Korallen und Glas gekauft. Auf der Ostermesse im letzten Jahr hat er sein Zeug verkauft und dabei ordentlich Gewinn gemacht. Und den Gewinn hat er sogleich wieder investiert, und zwar in polnische, hessische und rheinländische Tuchwaren, in westfälische Leinwand und in schlesisches Leinen, aber sein Geld allein hat dafür nicht ausgereicht. Also hat er andere Leute gefragt, ob sie sich an dem Geschäft beteiligen wollen. Auch mich hat er gefragt, und – der Herr vergib mir diese Sünde – ich habe zugestimmt.»

Blettner runzelte die Stirn. «Wie ging das Geschäft vor sich?»

«Am Ende waren wir zu viert. Wir haben alle in das Leinenzeug investiert. Dann hat sich Haberkorn auf den Weg ins Elsass gemacht, und wir anderen sind hier vor Ort geblieben.»

«Nun, ich habe gehört, das wäre bei Kaufleuten so üblich. Ich meine, dass sie sich zu Gesellschaften und derlei Dingen zusammenschließen.»

«Ja, da habt Ihr wohl recht, aber in diesem Falle trugen wir Geldleihgeber alle Risiken. Sogar bis zum völligen Verlust der Waren.»

Blettner schob das Kinn vor. «Und warum habt Ihr einem solchen Geschäft zugestimmt?»

Der Mann schluckte. «Nun, bei einem Erfolg hätten wir, seine Kompagnons, 75 Prozent des Gewinns eingestrichen.»

«Fünfund…» Blettner hatte es die Sprache verschlagen, und er blickte fragend zu Jutta.

«Ja, ich habe von solchen Geschäften gehört. Sehr riskant, aber unter Umständen auch sehr gewinnbringend. Andererseits ist dies ein eindeutiges Depositionsgeschäft.»

«Ein *was*?» Blettner hatte diesen Begriff noch nie gehört.

«Depositionsgeschäfte sind unter Kaufleuten üblich. Reiche Kaufleute leihen gegen eine Gebühr anderen Kaufleuten Geld, das sie selbst derzeit nicht brauchen.»

«Tatsächlich?» Blettner konnte sich bei Gott nicht vorstellen, dass er einem anderen Richter Geld lieh, ja, er konnte sich gar nicht vorstellen, Geld außerhalb der Familie zu verleihen, aber schließlich war er auch kein Kaufmann. «Wie ging es weiter?», wandte er sich an Haberkorns einstigen Kompagnon.

«Mit den Sachen wollte er dann nach Straßburg, um sie dort zu verkaufen.»

«Nun, das ist bei einem Kaufmann so üblich, sagte die Geldwechslerin gerade», erwiderte Blettner. «Ein Schurkenstück kann ich darin nicht ausmachen.»

«Jetzt kommt es ja erst!» Der Mann hob anklagend einen Finger. «Die Kolonne wurde überfallen und ausgeraubt. Und dabei habe ich eine Menge Geld verloren. Beinahe bankrott bin ich dabei gegangen. Und den anderen Geldgebern erging es wohl nicht besser.»

«Dass eine Kolonne überfallen wird, kommt auch häufiger vor. Ihr habt gewusst, worauf Ihr Euch einlasst.» Blettner konnte gut verstehen, dass der Mann wütend war, aber, beim Herrgott, Haberkorn hatte ihn schließlich nicht gezwungen, das Geschäft mit ihm zu machen.

«Aber ich dachte doch nicht, dass ich alles verliere. Die Wege nach Straßburg sind nicht gefährlicher als andere. Ich wundere mich noch immer, dass er nicht ein bisschen was hat retten und uns einen Teil davon auszahlen können.»

«Nun, Haberkorn war doch ebenfalls ruiniert. Wovon hätte er Euch auszahlen sollen?»

Der Mann bebte regelrecht vor Zorn. «Anzeigen sollen hätte ich den Haberkorn.»

«Und warum habt Ihr es nicht getan?», wollte Blettner wissen, aber Jutta legte eine Hand auf seinen Arm. «Nun, die Gewinnspanne ist sehr hoch. Da wären Fragen laut geworden. So ist der Herr aber nur ein betrogener Betrüger.»

Blettner nickte. «Raffiniert, oder? Hat es noch mehr von Euch getroffen?»

Noch ein Mann trat nach vorn, und Blettner erkannte in ihm einen bekannten Gewandschneider. «Ihr habt Euch auch übers Ohr hauen lassen? Aber Ihr seid doch gar kein Kaufmann.» Blettner musterte den Mann ungläubig.

Der Mann nickte. «Ich weiß. Die Meine hat's von Anfang an gewusst. ‹Schuster, bleib bei deinen Leisten›, hat sie gesagt. Und spätestens als ich erfuhr, dass keiner der anderen Kaufleute mit Haberkorn eine Gesellschaft gründen wollte, hätte ich einen Rückzieher machen sollen. Aber ich habe es nicht getan.»

«Warum nicht? Wenn Ihr es doch besser gewusst habt», fragte Blettner nach.

«Ich kenne mich mit den italienischen Finanzdingen nicht aus. Ich habe geglaubt, was der Haberkorn mir sagte. Immerhin war schon sein Vater ein ehrbarer Händler.»

Blettner machte sich eine Notiz in sein ledergebundenes

kleines Buch, als ein dritter Mann sich zu Wort meldete: «Ich habe gehört, dass es bei dem Überfall auf die Warenkolonne einen Toten gegeben hat. Aber ob es stimmt, das weiß ich nicht.»

Blettner merkte sich diese Information, von der er noch nicht wusste, ob sie wichtig für ihn war. Fest stand im Augenblick nur, dass der Haberkorn ermordet worden war und dass er einige seiner Geschäftspartner über den Löffel balbiert hatte. Er legte eine Hand auf Juttas Rücken. «Komm, lass uns hineingehen.» Doch Jutta machte sich steif. «Halt, Heinz, einen Augenblick noch.» Sie wandte sich an Haberkorns ehemalige Handelsgenossen, die gerade dabei waren, ihre Anschriften und Namen für den Richter zu notieren. «Wer waren der Dritte und Vierte in Eurem Bunde?» Der Gewandschneider, der kurz zuvor gestanden hatte, dass auch er sich betrogen fühlte, zuckte nur mit den Schultern. Der Empörte aber sagte: «Ich bin nicht sicher, aber ich glaube, eine Geldwechslerin war dabei.»

# Kapitel 25

Blettner saß am Schreibtisch des Kaufmanns Haberkorn und spielte nachdenklich mit der Löschsanddose herum, während Jutta, die, seit sie das Haus betreten hatte, an Kraft und Energie zu gewinnen schien, gemeinsam mit Gustelies die Geschäftsräume durchsuchte. Eddi, der nun auch wieder hierhergefunden hatte, ging ihnen dabei zur Hand. Blettner tippte sich mit dem Finger gegen das Kinn. Er spürte ein Wissen in seinem Kopf, das er partout nicht zu fassen kriegen konnte. Trotzdem war ihm, als stünde die Auflösung des Falles kurz bevor. Da war also der Haberkorn, der mit einer Warenladung Leinen beinahe Bankrott gemacht hatte. Und hernach war er auf die abenteuerliche Idee verfallen, Geld zu beschneiden, um seine Verluste wieder wettzumachen. Aber woher hatte er das Geld, das er beschnitten hatte? Bankrott war bankrott, da hatte man kein Geld mehr. Nicht einmal mehr, um die wichtigsten Geschäfte am Laufen zu halten und schon gar nicht für Geldschneidereien.

Blettner stand auf und ging im Zimmer umher, um besser nachdenken zu können. Hatte Haberkorn heimlich Geschäfte gemacht? Aber mit wem? In Frankfurt sicher nicht. Zwar waren die Handelsleute alle sehr diskret, aber irgendetwas wäre bestimmt durchgesickert, zumal Haberkorn ja bestimmt von seinen ehemaligen Kompagnons beobachtet worden war. Eben hatte Blettner den Zipfel einer Idee zu fassen bekommen, als Jutta ins Zimmer stürzte. «Hier ist es!», schrie sie mit hochrotem Gesicht.

«Was denn?»

«Mein geheimes Buch.»

Blettner zog die Augenbrauen hoch. «Das geheime Buch, das dir aus der Wechselstube gestohlen worden ist?»

«Genau das. Wie kommt das hierher? Woher hatte der Haberkorn das?» Sie stockte. «Meinst du, er war es, der mich überfallen hat?» Sie wirkte plötzlich wieder so verstört und angstvoll wie am Abend nach dem Überfall.

«Ich weiß es nicht. Aber ich werde es herausfinden. Bitte gib mir das Buch, ich muss es mir ansehen. Vielleicht finden wir ja darin einen Hinweis.» Blettner setzte sich wieder an den Schreibtisch, Jutta rückte einen Stuhl daneben, und dann blickten beide aufmerksam in Juttas Notizen.

«Siehst du etwas, das dir im Nachhinein auffällig erscheint?», wollte Blettner wissen, aber Jutta schüttelte den Kopf.

«Denk an die Gold- und Silberschmiede. Hat von denen jemand bei dir etwas eingezahlt?»

Wieder schüttelte Jutta den Kopf. «Ich bin eine altmodische Geldwechslerin», erklärte sie. «Ich wechsle nur, weiter nichts. Andere Geldwechsler richten für ihre Kunden auch Konten ein. Und wenn die wieder etwas wechseln wollen, so müssen sie nicht das umgetauschte Geld mit sich herumtragen, sondern schreiben es einfach ihrem Konto gut oder heben ihre Wunschwährung direkt davon ab.»

Blettner staunte. «So wie die Italienischen?»

Jutta nickte. «Ich habe das nicht gemacht, weil ich nicht so viel Bargeld bei mir haben wollte. Weder in der Wechselstube noch in meinem Haus.»

«Und trotzdem bist du überfallen worden.»

«Ja. Aber die Gold- und Silberschmiede waren trotzdem nicht bei mir. Und bei den anderen auch nicht, glaube ich.»

«Woher willst du das wissen?», fragte Blettner, dem siedend heiß einfiel, dass er diese Spur bisher vernachlässigt hatte. Aber er konnte nun einmal nicht alles auf einmal tun.

«Die Gold- und Silberschmiede sind nicht dumm. Wenn einer von ihnen ein Konto gehabt hätte, so hätte er gewiss nichts davon abgehoben, um einen Geldschneider zu bezahlen. Das wäre viel zu auffällig gewesen. Außerdem denke ich, dass auch der Haberkorn nicht blöd war. Er wird das eingeschmolzene Silber anderswo verkauft haben. Vielleicht ist er mit dem Marktboot nach Mainz gefahren? Oder bis nach Büdingen geritten?»

«Du hast recht.» Blettner war sehr erleichtert, dass diese Sache nun geklärt war und er nicht an jedem Haus in der Goldmachergasse klingeln musste.

«Glaubst du, die Marlies war an Haberkorns Geschäft beteiligt?», wollte Blettner jetzt wissen.

«Es sieht ganz so aus. Sie hat mit mir nicht darüber gesprochen, aber vorstellen könnte ich es mir sehr gut. Sie war immer darauf aus, ein Schnäppchen zu machen. Und meist hat es geklappt, weil sie sich wirklich gut mit Gelddingen auskannte. Besser noch als ich. Aber solange ich mir dieses Buch auch anschaue, ich kann darin nichts Merkwürdiges oder Verdächtiges finden.»

Pater Nau saß auf der Küchenbank, vor sich ein paar Bogen grobes Papier und das Tintenfass samt Feder. Er war rasiert und gekämmt, hatte eine saubere Soutane an und wirkte so energiegeladen wie lange nicht mehr. Gerade arbeitete er an einer Predigt. Und diese Predigt sollte es in sich haben. Ja, es würde die beste Predigt sein, die er jemals gehalten hatte. Es würde eine Abrechnung sein, ein Aufruf, beinahe schon eine Kampfschrift. Er hatte begriffen, dass dem Teufel auf dieser Erde nicht beizukommen war, aber er wollte es wenigstens noch ein letztes Mal versuchen. Er tunkte die Feder ins Tintenfass, strich sie ab und schrieb auf das Papier: «Wucherer und andere Geldbetrüger dürfen nicht die heilige Kommunion empfangen, und sie erhalten kein christliches Begräbnis. So haben es die Bischöfe und der Papst verfügt. Doch da die Sünde niemals ruht, so ruht auch der Sünder nicht und geht seinem gierigen Tagwerk nach, als ob es kein Morgen gäbe. Und auch das Geld schläft nie. Besonders das geliehene und verliehene Geld nicht, nicht das beschnittene und das falsche Geld. Geld erzeugt ohne Unterlass neues Geld, so wie die Sünde ohne Unterlass zu neuer Sünde führt. Es ist ein Teufelskreis, aus dem es nur mit Hilfe Gottes ein Ausbrechen gibt. Und jedes neu erschaffene Geld ist unecht, schändlich und verachtenswert.» Er tunkte die Feder wiederum in sein Fass und dachte über die Frage nach, ob Geld an sich schon sündhaft sei, aber da Geld auch dazu diente, die Armen und Kranken zu speisen und Kerzen für den Altar zu kaufen, verwarf er den Gedanken wieder. Nein, dachte Pater Nau. Ein Geldstück an sich ist nicht mehr als eine geprägte Scheibe aus Metall. Erst, was die Menschen damit anstellen, ist allzu oft eine Sünde. Und dann wusste er mit einem Schlag nicht, wie er weiterschreiben sollte. Ihm war, als hätte er das alles schon gesagt, hätte schon lange genug wider die Sünde gepredigt. Die meisten seiner Reden waren ungehört geblieben, aber das war nicht seine Schuld. Die Welt war, wie sie war. Und er hatte nichts mehr zu sagen, nichts mehr zu geben: keinen Trost, keinen Rat, noch nicht einmal Vergebung. Er hatte, und das wurde ihm plötzlich so klar, dass es ungeheuer schmerzte, noch nicht einmal mehr den Glauben an Gott. Denn wozu war Gott da, wenn er all das zuließ, was schlecht war in der Welt? Nun, er hatte den Menschen den Verstand gegeben, doch der Mensch nutzte ihn nicht so, wie Gott es gewollt hatte. Hatte Gott gefehlt? Warum hatte er den Menschen so fehlerhaft gemacht? Um sich im Himmel nicht zu langweilen? Egal, dachte der Pater. Ich bin es müde. Ich bin des Lebens müde, so unsagbar müde. Er schraubte das Tintenfass zu, streute Löschsand über das Papier, rollte hernach die Bogen zusammen, strich noch einmal glättend über seine Soutane, dann ging er hinüber in die Kirche, um die freitägliche Abendmesse zu halten. Sein Körper fühlte sich an wie ein Sack alter Lumpen. Die Beine wollten ihn nicht so recht tragen, und am liebsten wäre er ins Bett gegangen und niemals wieder aufgewacht. Warum sollte er auch aufwachen? Wer brauchte ihn denn? Er hatte nichts mehr zu sagen und nichts mehr zu geben. Mühsam kletterte er auf die Kanzel und ließ den Blick über die kleine Gemeinde schweifen. Da saßen die, die immer dort saßen. In der zweiten Reihe hockte Mutter Dollhaus und blickte ihn erwartungsvoll an. Weiter hinten erkannte er ein paar Marktweiber, vorn saßen die Patrizierinnen und wedelten gelangweilt mit ihren Fächern. Pater Nau kniff die Augen zusammen, doch sosehr er auch schaute, er konnte nur wenige Männer ausmachen. Da war der alte Schuster Linde, der kaum noch gehen konnte. Da hockten zwei Lehrbuben, die miteinander kicherten, aber alle diese Leute waren fromme Christen, die seine Predigten im Grunde nicht brauchten. Sie wussten auch ohne ihn, was gut und rechtens war, und die, die es nicht wussten, die waren nicht da. Die machten Geschäfte, scheffelten und zählten vielleicht gerade an diesem Freitagabend ihr Geld. Sollte er wirklich denen predigen, die hier vor ihm saßen? Er seufzte, dann stimmte er ein Lied an, und die Gemeinde fiel scheppernd ein.

# KAPITEL 26

Richter Blettner saß in seinem Büro, schon wieder Juttas geheimes Buch vor sich, und überlegte. Warum hatte Haberkorn – denn dass es Haberkorn war, der Jutta überfallen und bestohlen hatte, daran bestand für ihn gar kein Zweifel – das geheime Buch gestohlen? Es *musste* einfach irgendetwas darin stehen, dass einen Hinweis gab. Blettner hatte ja von Anfang an geglaubt, das Jutta etwas wissen musste, das dem Täter gefährlich werden könnte. Aber im ganzen Buch fand sich nicht ein einziger Eintrag, der den Haberkorn betraf.

Jetzt fiel sein Blick auf den Zettel, auf dem er die Namen der beiden anderen Haberkorn-Opfer und den von Marlies notiert hatte. Wer war der vierte Mann im Bunde? Blettner stand auf, ging unruhig hin und her. Sein Schreiber war schon wieder verschwunden, aber darum würde sich Blettner später kümmern. Er würde dem Kerl die Ohren langziehen oder aber sich gleich um einen neuen Schreiber kümmern. Denn irgendetwas war mit dem Mann nicht in Ordnung. Plötzlich hatte Blettner eine Idee. Wie von der Tarantel gestochen stob er zu seinem Schreibtisch und blätterte wild in Juttas Buch herum. Er hatte vor Aufregung die Zunge zwischen die Lippen geschoben und fuhr mit dem Finger Zeile für Zeile die

Eintragungen entlang. Und da! Da hatte er es. Einen kleinen Hinweis. Überrascht ließ sich Blettner auf seinen Stuhl fallen. Er hatte es die ganze Zeit geahnt, aber einfach nicht wahrhaben wollen. Jetzt las er es schwarz auf weiß und schimpfte sich in Gedanken einen Trottel. Dann schlug er das Buch zu, versteckte es in einer abschließbaren Lade und machte sich auf den Weg.

Unten, vor der Tür, lungerten die Stadtknechte herum. «Wer von euch hat meinen Schreiber heute gesehen?», wollte Blettner wissen. Die Büttel schüttelten die Köpfe, und Blettner nickte, als hätte er es geahnt. Dann ging er gemächlichen Schrittes zurück zum Haberkornhaus. Er betrat das Kontor, durchstöberte jede Schublade und jedes Regal, alle Kästchen und Körbchen, doch er fand nicht, was er suchte. «Verflixt, wo sind die Bücher des Haberkorn hin? Sie müssen doch hier irgendwo sein?» Er suchte weiter und beschloss gerade, ins Wohnhaus zu gehen und dort nachzuschauen, als ein Prasseln und Zischen ihn aus seinen Gedanken riss. Er wirbelte aus dem Kontor heraus – und stand vor dem brennenden Haberkornhaus! «Verflixt, verflixt, Himmel, Arsch und Wolkenbruch, wer war das?», aber lange Zeit zum Überlegen hatte er nicht. Schon eilten die ersten Nachbarn mit Wassereimern herbei, doch Blettner befürchtete, dass das Haus nicht mehr zu retten war. Er trat auf die Straße, schnappte sich die dicke Nachbarin und fragte: «Habt Ihr etwas gesehen? Wisst Ihr etwas? War hier wer, der nicht hergehört?»

Die Nachbarin schüttelte den Kopf. «Niemand. Eigentlich.»
«Und uneigentlich?»
«Na ja, das wisst Ihr doch selbst am besten. Vor zwei Stun-

den, Ihr wart gerade weg, da kam ein Herr vom Rat der Stadt und sagte, er müsse sich hier umsehen. Ach ja, und eine Frau war hier. Keine von uns. Jedenfalls nicht aus unserer Straße. Und wie eine Magd sah sie auch nicht aus.»

«Ein Herr vom Rat der Stadt?» Blettners ganze Aufmerksamkeit richtete sich auf den Mann.

«Ja. Seinen Namen hat er mir nicht genannt, der Herr. Dafür war er sich wohl zu fein.»

«Wie sah er aus?»

«Groß war er, hager und mit wildem Blick. Ich dachte erst, er wäre ein weiterer Unhold, doch er trug das Stadtwappen am Wams.»

«Haarfarbe?»

Das Weib zuckte mit den Schultern. «Da war keine Farbe, er sah aus, als hätte er im Ascheimer geschlafen. Ach ja, und an den Fingern hatte er Tinte.»

«Mein Schreiber», murmelte Blettner vor sich hin. «Wusste ich es doch.»

Er dankte der Nachbarin und überlegte, ob es an der Zeit war, den Schultheiß zu unterrichten, doch dann ließ er es sein und begab sich direkt an die Friedberger Warte zum Hause des Schreibers. Dort angekommen, schob er die Hausfrau sanft zur Seite und betrat ohne Aufforderung das Haus. «Schreiber», brüllte er. «Komm heraus. Ich weiß alles.»

Und wirklich trat der Schreiber aus einer Kammer, und Blettner dachte, dass die dicke Nachbarin recht gehabt hatte: Der Schreiber sah wahrhaftig aus, als hätte er in einem Ascheimer geschlafen. Sein Haar stand ihm in struppigen Büscheln vom Kopf ab, als hätte er sich gerade heftig gerauft. Das Gesicht war grau, die Augen von dunklen Schatten umgeben. Alles in allem bot der Schreiber ein so klägliches Bild, dass er Blettner beinahe leidtat.

«Ich habe schon auf Euch gewartet», gab der Mann kleinlaut zu und führte Blettner in eine kleine Kammer, die wohl sein Studierzimmer war.

Blettner ließ sich nieder, faltete die Hände vor dem Bauch und forderte: «Erzähle. Aber von Anfang an.»

Der Schreiber schluckte, nahm einen hastigen Zug aus dem Wasserbecher, dann fing er an, sprach mit so leiser Stimme, dass Blettner ihn kaum verstehen konnte. «Lauter», befahl der Richter, und der Schreiber hob die Stimme, doch noch immer war sie blass und klanglos: «Ihr wisst, dass ich nicht ewig Euer Schreiber bleiben wollte?»

«Das hast du oft genug gesagt.»

«Nun, im letzten Jahr ergab sich für mich die Gelegenheit zu einem guten Geschäft», fuhr er fort, wobei seine Stimme nun doch ein wenig trotzig klang.

«Du hast in die Haberkorn'sche Gesellschaft investiert. Du bist der vierte Mann.»

Der Schreiber blickte auf, jetzt offenen Trotz zeigend. «Wenn Ihr schon alles wisst, warum lasst Ihr mich dann erzählen?»

«Weil ich eben doch noch nicht alles weiß. Zum Beispiel, woher du das Geld für euer Geschäft hattest.»

«Meine Frau. Sie hatte geerbt. Und da ich weiß, dass Geld sich vermehrt, wenn man es arbeiten lässt, habe ich mit dem Haberkorn einen Vertrag gemacht.»

«Wie viel hast du ihm gegeben?»

Wieder schluckte der Schreiber und musste erst etwas Wasser trinken, bevor er antworten konnte: «Alles, was ich zur Verfügung hatte: 350 Frankfurter Mark.»

«Ein ganzes Jahresgehalt?» Blettner riss die Augen auf, während der Schreiber nickte und seinen Blick auf den Boden richtete.

«Mein lieber Mann, du bist recht verwegen.» Blettner lehnte sich bequem zurück und betrachtete seinen Schreiber nicht ohne Mitleid. «Du dachtest, du hättest am Ende 600 Mark, nicht wahr? Und die wolltest du wieder investieren und immer so weiter, bis du das Geld für die Lizenz zum Geldwechsler zusammenhättest.»

«Woher wisst Ihr das?» Der Schreiber war verblüfft.

«Auch wenn du es nicht glaubst, so höre ich dir doch zu, wenn du etwas sagst. Ich wette sogar, du bist dem Haberkorn auf die Schliche gekommen. Du hast gewusst, dass er der Geldschneider ist. Aber statt ihn anzuzeigen, bist du zu ihm und hast ihn erpresst.»

«Nicht erpresst. Nein!» Der Schreiber fuchtelte mit einer Hand in der Luft herum. «Ich wollte nur wiederhaben, was er mir gestohlen hat. 350 Frankfurter Mark sollte er mir geben.»

«Wieso gestohlen? Ich denke, die Warenkolonne ist überfallen worden.»

«Ja. Nein.»

«Was nun?»

Der Schreiber seufzte zum Gotterbarmen. «Werdet Ihr ein gutes Wort vor Gericht für mich einlegen?», wollte er wissen.

«Bisher weiß ich von keiner Straftat. Aber wenn du mir jetzt alles genau erzählst, kannst du sicher sein, dass ich wohlwollend richte.»

Der Schreiber richtete sich ein wenig auf. «Ihr habt schon von Strauchdieben und Raubrittern gehört?»

«Schreiber, du faselst. Ich bin der Richter. Es gibt wohl kaum jemanden, der mehr über Raubritter weiß.»

«Dann wisst Ihr ja auch, dass es Raubzüge auf Bestellung gibt.»

«Du willst damit sagen, dass der Haberkorn von dem Überfall wusste?»

«Nicht nur wusste, er hat ihn sogar in Auftrag gegeben. Kurz vor Straßburg ist die Kolonne ganz nach seinem Plan ‹überfallen› worden.»

«Schreiber, woher weißt du das?»

Der Schreiber druckste ein wenig herum. «Ich habe mich mehrmals mit Markus von Mehringen unterhalten. Er hat mir erzählt, dass er viel Geld mit hessischem Tuch verdient hat, das er an die Mönche in St. Odile verkauft hat.» Der Schreiber brach ab, schüttelte entrüstet den Kopf, dann sprach er weiter: «Gelacht hat er, weil er das Tuch so billig gekriegt und so teuer weiterverkauft hat. Ich habe ihn gefragt, ob die Ballen gestempelt gewesen sind, und er hat noch lauter gelacht und berichtet, dass sie es nicht gewesen wären. Da habe ich eins und eins zusammengezählt.»

Blettner hingegen war verwirrt. «Ich glaube, Schreiber, ich kann dir nicht ganz folgen. Der Haberkorn hat den Auftrag erteilt, die Kolonne zu überfallen, aber in Wirklichkeit hat er sie zu einem sehr günstigen Preis verkauft und den Überfall nur gespielt? Ist das so weit richtig?»

«Ja.»

«Und inwieweit steckt der Straßburger Markus von Mehringen in dem Geschäft?»

«Oh, ich glaube nicht, dass er von dem Überfall wusste. Einer der Strauchdiebe muss ihm das Tuch angeboten haben.

Der Bankmann hat sich damit gebrüstet, dass er einen einfachen Händler so vor dem Ruin gerettet hätte.»

«Und warum sollte Haberkorn das tun? Er hätte doch selbst das Tuch an die Mönche verkaufen können.»

«Ja, das hätte er, und dann wäre dies ein ordentliches Geschäft gewesen, bei dem die Teilhaber seiner Handelsgesellschaft 75 Prozent des Gewinns bekommen hätten. So aber hat er nicht nur unsere Gelder einbehalten, sondern hat obendrein noch die Waren günstig verkauft. Das heißt, er hat für ein und dasselbe Tuch eigentlich zweimal abkassiert.»

Jetzt hatte auch Blettner verstanden. «Und dann bist du zu ihm gegangen und hast deinen Anteil gewollt. Hast du ihn denn bekommen?»

Der Schreiber nickte kläglich. «Ja, das habe ich, aber jedes einzelne Geldstück hat sich mir in die Hand gebrannt.»

Wieder begriff Blettner einen Zusammenhang. «Er hat dir das Geld in Straßburger Talern ausgezahlt, und diese Taler wolltest du bei den Geldwechslern in Frankfurter Mark umtauschen?», und in Gedanken fügte er hinzu: Und all diese Umtauschereien hast du in deiner kleinen Kladde vermerkt, aber verschlüsselt.

«Ja, so war es», erklärte der Schreiber. «Und seither hatte ich keinen Tag mehr Ruhe.»

«Hat dich etwa dein Gewissen geplagt?»

«Zu Anfang nicht, aber dann, als die Marlies erschlagen und die Jutta überfallen wurde, habe ich es mit der Angst bekommen.»

Blettner griff nach dem Wasserkrug und schenkte sich großzügig ein. «Hast du gedacht, der Haberkorn hat sie auf dem Gewissen?»

«Ja.» Der Schreiber nickte. «Er hat ja auch mehrfach versucht, bei ihnen seine Straßburger Taler einzutauschen.»

«Tja, da könntest du wohl recht haben, denn immerhin haben wir Juttas geheimes Buch in seinem Haus gefunden. Aber eines verstehe ich noch nicht so ganz. Du sagst, der Haberkorn hätte einen Riesenreibach gemacht. Warum hat er dann das Geld beschnitten?»

«Ganz einfach.» Der Schreiber kam allmählich wieder in sein Element. «Als Kaufmann hatte er jeden guten Ruf in Frankfurt verloren. Mit einem, dem eine Kolonne gestohlen wird, macht man keine Geschäfte mehr. Das Vertrauen ist ruiniert, denn die halbe Welt weiß ja, dass es gekaufte Überfälle gibt. Er musste sich also nach einer neuen Geldquelle umschauen.»

«Und wer hat nun den Haberkorn umgebracht? Warst du das etwa, Schreiber?» Blettner hockte vor lauter Anspannung auf der vordersten Stuhlkante.

«Nein, ich war es nicht! Ich hatte doch keinen Grund dazu! Er hat mir das Geld gegeben, und noch 50 Straßburger Taler obendrein, damit ich den Mund halte. Wenn, so hätte eher er einen Grund gehabt, mich umzubringen. Und ich bin sicher, er hätte es über kurz oder lang zumindest versucht.»

«Und wer hat dann den Haberkorn getötet?»

Der Schreiber zuckte mit den Schultern. «Wenn ich das wüsste, dann würde ich ruhiger schlafen. So habe ich Angst um mein eigenes Leben.»

# KAPITEL 27

Im Hause von Henn Goldschlag und Gustelies qualmten die Töpfe. Gustelies rührte mit einem Holzlöffel in einem riesigen Topf, aus dem köstliche Düfte stiegen. Hella deckte den Tisch, während Henn Goldschlag und Pater Nau je ein Kind auf den Knien wippten und Jutta Wein aus einem Schlauch in einen großen Krug füllte.

«Wo Heinz nur bleibt?», fragte Hella in die Runde. «Wenn es ums Essen geht, ist er doch sonst immer pünktlich zur Stelle.»

«Der Leichenbeschauer fehlt auch noch», warf Pater Nau ein, aber Jutta winkte ab. «Vielleicht spaziert er mit seiner Liebsten am Main entlang.»

Doch Jutta täuschte sich, denn im selben Augenblick wurde der Türklopfer betätigt, und Eddi kam in die Küche geschlendert. «Gott zum Gruße euch allen. War das nicht ein wunderbarer Tag?»

Hella blickte ihre Mutter fragend an. Es war heiß und trüb gewesen, kein Lüftchen war gegangen, und die Leute hatten in ihren Kleidern geklebt. «Na ja, ein prachtvoller Sommertag, wie es sich für einen Juni gehört, war das nun wahrlich nicht.»

«Ich fand den Tag wunderschön!» Eddis blaue Augen strahlten, und er schaute gut gelaunt aus der Wäsche.

«Hast du dich heute wieder mit deiner Claudette getroffen?», wollte Gustelies wissen.

«Ja, das habe ich. Und wir haben über die Hochzeit gesprochen.»

«Gesprochen?»

«Na ja, ich habe gesprochen. Ich habe ihr einen Antrag gemacht.»

«Und? Hat sie zugestimmt?»

Eddi kratzte sich am Kinn. «Tja, das ist schwer zu sagen bei einer, die nicht sprechen kann. Aber am Ende wird sie mich heiraten. Immerhin hat sie mich schon einmal geküsst.»

Jutta und Gustelies wechselten einen skeptischen Blick, aber Eddi merkte das nicht.

Jetzt kam auch Richter Blettner endlich an, küsste Weib und Kinder und ließ sich seufzend auf der Küchenbank nieder. «Dieser Schreiber!» Er schüttelte den Kopf und kicherte, und danach erzählte er, was er vom Schreiber erfahren hatte.

«Dann war es also wirklich der Haberkorn, der mich überfallen und Marlies getötet hat.» Jutta machte große Augen, dann seufzte sie, als wäre ihr ein schwerer Stein von der Brust gefallen. «Es ist gut, dass er tot ist», sprach sie weiter. «Von jetzt an muss ich wohl keine Angst mehr haben. Und du bist dir auch ganz sicher, Heinz?» Das war Blettner noch nicht, aber beinahe sicher. «In den nächsten Tagen werden wir Gewissheit haben. Aber alle Indizien sprechen dafür. Und hast du nicht auch gesagt, dass der Haberkorn bei dir Straßburger Taler tauschen wollte?»

«Ja, das habe ich. Aber das Geschäft kam nicht zustande, weil ich keine Frankfurter Mark mehr hatte.»

«Nun, du hast aber gewusst, dass er Straßburger Geld hatte. Und wenn das ruchbar geworden wäre, so hätten seine Handelskompagnons wohl gewusst, dass sie genarrt worden waren.»

«Aber die Frage, wer den Haberkorn ermordet hat, die bleibt», gab Gustelies zu bedenken. «Oder hast du da schon eine Spur?»

Blettner schüttelte den Kopf. «Eine richtige Spur habe ich noch nicht, aber immerhin den Zipfel einer Spur.»

«Nun rede schon.» Hella stieß ihrem Mann den Arm in die Seite.

«Nein», widersprach er. «Ich muss erst noch einige Erkundigungen einziehen.»

Gustelies stellte den eisernen Topf auf den Tisch und tat jedem großzügig auf. Pater Nau sprach – ein wenig widerstrebend, fand Gustelies – das Gebet, dann aßen alle schweigend, wie es im Haus von Henn Goldschlag üblich war. Danach aber, als alle Teller abgeräumt und alle Becher mit gutem Rotwein gefüllt waren, hob Henn Goldschlag die Hand. «Ich habe euch etwas mitzuteilen», begann er. «Nein, wir, Gustelies und ich, haben euch etwas mitzuteilen.»

Er räusperte sich, suchte nach Worten, doch Hella war schneller. «Ihr wollt heiraten.»

Verblüfft sah Henn sie an. «Ja, das wollen wir.» Und da juchzte Hella laut auf, umarmte ihre Mutter, drückte Henn einen Kuss auf die Stirn, und dann standen auch alle anderen auf und gratulierten und umarmten. Und Gustelies bekam rote Wangen wie ein junges Mädchen, und ihre Augen glitzerten vor Glück. Es dauerte eine Weile, bis sich die allgemeine Aufregung gelegt hatte, dann hob Henn Goldschlag zum zweiten Male seinen Weinbecher. «Es gibt noch etwas, das wir mitteilen möchten.» Er nickte Gustelies zu, dann wandte er sich an Heinz und Hella: «Wie ihr wisst, habe ich keine Erben. Aber euch habe ich so liebgewonnen, dass ihr mir wie eigene Kinder seid. Deshalb haben Gustelies und ich beschlossen, das Haus der Marlies zu kaufen und euch zu schenken.»

Hella riss den Mund auf und ließ sich zurück auf ihren Stuhl fallen, während Blettner die Stirn runzelte und eine Hand hinter das Ohr legte, als hätte er sich gerade verhört.

«Natürlich machen wir das nicht nur aus Großzügigkeit, sondern aus purem Eigennutz.» Er lachte ein wenig, und Gustelies erhob sich, trat neben ihn und fasste glücklich seine Hand. «Wir werden älter, und es tut gut zu wissen, dass gleich nebenan jemand wohnt, der uns im Alter zur Hand gehen kann. Das werdet ihr doch tun, oder?», fragte er.

Und wieder fiel ihm Hella um den Hals, küsste ihn auf die Stirn und rief dabei: «Ja! Ja! Aber das hätten wir sowieso getan, dazu braucht es kein Haus.»

Und nun erhob sich auch Heinz und bat um Ruhe. «Euer Angebot ist großzügig und rührt mich beinahe zu Tränen. Aber erlaubt uns bitte, das Geschenk zurückzuweisen und stattdessen einen Kredit daraus zu machen.»

Heinz blickte Henn an, und Henn sah zurück. Für einen kurzen Augenblick sprachen sie nur mit den Augen. «Ich bin erwachsen», sagte Heinz. «Ich möchte selbst für meine Familie sorgen.» Und Henn Goldschlag erwiderte mit einem Zwinkern: «Das verstehe ich gut, ich würde nicht anders handeln.» Und dann umarmten und küssten sich wieder alle, doch ehe die Rührung unangenehm wurde, begannen die Kinder zu quengeln, und der normale Ablauf eines gewöhnlichen Abends war wiederhergestellt. Nur Pater Nau blieb zurückhaltend. Und er verabschiedete sich auch als Erster, während die anderen noch lange zusammensaßen und darüber sprachen, was dieser aufwühlende Tag alles gebracht hatte.

Der nächste Morgen war für Pater Nau kein strahlender Morgen, obgleich endlich einmal wieder die Sonne mit voller Kraft am Himmel stand. Heute war der Tag, an dem Bruder Göck Frankfurt verlassen sollte. Der Pater machte sich im Morgengrauen auf den Weg, um seinen besten Freund zu verabschieden. Als er auf dem Antoniterhof ankam, stand Bruder Göck schon abfahrbereit da und hatte die traurigsten Augen der Welt. «Mir ist, als ob gleich die Sonne vom Himmel fiele», sagte er leise, und Pater Nau wusste genau, was er meinte. Er umarmte den Freund, hielt ihn einen Augenblick lang sehr fest und sagte: «Ich werde dich unglaublich vermissen.» Und Bruder Göck wischte sich eine Träne aus dem Augenwinkel und erwiderte: «Und ich dich erst, das kannst du dir gar nicht vorstellen. Aber ich habe schon einen Einfall, der uns wieder zusammenbringen könnte.»

Pater Nau lächelte schmal, nicht gerade erpicht darauf, dem grandiosen Einfall des Antoniters zu lauschen, aber der sprach bereits weiter: «Was hältst du davon, wenn du deine Pfarrei hier aufgibst und ebenfalls in unseren Orden eintrittst? Ich habe mich erkundigt, das ist gar nicht so schwer. Du musst nur deinen Orden um Erlaubnis fragen und dir eine gute Begründung einfallen lassen. Na, wie gefällt dir das?» Aufgeregt trat Bruder Göck von einem Bein auf das andere. «Na?»

Aber der Pater erwiderte sein Lächeln nicht. «Das wird wohl nicht möglich sein, mein lieber Freund», erwiderte er.

«Warum denn nicht? Grünberg ist nicht so weit entfernt, du könntest sogar hin und wieder deine Familie besuchen.»

«Es wird trotzdem nicht gehen.»

«Nun sage mir doch, warum nicht», drängte Bruder Göck.

«Gott hat wohl anderes mit mir vor», entgegnete Pater Nau, dann umarmte er den Mönch noch ein letztes Mal, flüsterte ihm ein «Gott segne dich» ins Ohr und verließ den Antoniterhof, ohne sich ein einziges Mal umzudrehen.

# KAPITEL 28

Wer war Haberkorns Mörder? Wer? Und wer hatte sein Haus angezündet? Nun, ein großer Schaden war nicht entstanden. Das Feuer hatte rechtzeitig gelöscht werden können. Und vielleicht war es auch tatsächlich nur eine brennende Kerze gewesen, die am Ende er selbst, der Richter, nicht ausgeblasen und die im Schlafzimmer das Bett zum Brennen gebracht hatte. Krafft von Elckershausen jedenfalls hatte das Feuer als Unglück abgetan, und dieses Mal hatte ihm der Richter zugestimmt, jedoch nicht ohne ein schlechtes Gewissen dabei zu haben. Aber wer um alles in der Welt war der Mörder des Kaufmanns?

Blettner hatte sich diese Frage schon hundertmal gestellt, ohne eine befriedigende Antwort darauf zu finden. Er lief durch die morgendlich aufgeregten Straßen der Stadt und dachte nach. Beinahe hätte er Mutter Dollhaus übersehen, die mit einem leeren Weidenkorb unterwegs war. «Na, Richter», plärrte die alte Frau. «Da habt Ihr jetzt ja einen feinen Herrn neben Euch in der Alten Limpurg hocken.»

«Ihr meint Markus von Mehringen?»

«Ja. Diese blonden Haare, und die blauen Augen dazu. Und Muskeln hat er auch.» Mutter Dollhaus hatte rote Wangen bekommen. «Ein richtiges Mannsbild.» Sie stockte, dann fügte sie hinzu: «Ich möchte nur wissen, was es mit dieser Stummen auf sich hat.»

«Was sollte es denn mit ihr auf sich haben?», wollte Blettner wissen.

«Na ja, ich klatsche nicht gern, wie Ihr wisst, Richter.»

«Natürlich nicht», erwiderte Blettner und dachte bei sich, dass er wohl keine größere Klatschbase als Mutter Dollhaus kannte.

«Aber die Nichte meines Patenkindes hat eine Anstellung bei dem Straßburger bekommen. Und was die mir erzählt ...» Sie wedelte drohend mit der Hand.

«Was erzählt sie Euch?»

Jetzt wich Mutter Dollhaus doch zurück. «Ach, nur Kleinigkeiten. So hin und wieder. Nichts, was einen Amtmann interessieren würde.»

«Mich interessiert alles. Also, Mutter Dollhaus?»

«Na ja. Sie ist ja stumm, die Claudette. Und meine Patenkindnichte hat erzählt, dass sie es nicht immer war.» Sie trat einen Schritt auf Blettner zu und raunte: «Man soll ihr die Zunge herausgetrennt haben, weil man sie daran hindern wollte, Dinge auszusprechen, die anderen viel Verdruss bereiten könnten.»

Blettner zog die Stirn kraus. «Soll das heißen, sie hat ein Verbrechen beobachtet, und damit sie die Verbrecher nicht verraten kann, hat man ihr die Zunge herausgeschnitten?»

Mutter Dollhaus nickte. «So habe ich es gehört.»

«Und wer hat ihr die Zunge abgeschnitten, und wann soll das gewesen sein?»

«Noch nicht lange her, Richter. Noch gar nicht lange her. Der Markus von Mehringen hat sie aus Mitleid zu sich genommen. Da war sie schon stumm. Muss alles im letzten Jahr passiert sein.» Die alte Frau blickte den Richter wichtig an. «Kümmert Euch mal darum.» Dann hinkte sie davon.

Blettner schaute ihr kopfschüttelnd nach. Mutter Dollhaus war wirklich eine schlimme Tratschtante, aber manchmal erfuhr sie auch Dinge, die anderen verborgen blieben. Fest stand für den Richter nur, dass Claudette aus Straßburg kam und nicht sprechen konnte. Aber war das sein Problem? Gewiss nicht. Er hatte einen Mörder zu fangen und wusste wieder einmal nicht, in welche Richtung seine Ermittlungen laufen sollten. Nachdenklich begab er sich ins Amt und war bass erstaunt, den Schreiber hinter seinem Pult vorzufinden. «Du hier?», fragte er. Und der Schreiber trat unruhig von einem Bein auf das andere. «Tja, ich bin Euer Schreiber. Und ich dachte mir, dass Ihr mich vielleicht braucht.» Er brach ab, betrachtete seine Schuhspitzen. «Das heißt, wenn Ihr mich überhaupt noch haben wollt.»

Blettner seufzte, setzte sich in seinen Stuhl und beguckte den Schreiber, als hätte er ihn noch nie gesehen. «Wenn du mir gestern alles gestanden hast, dann hast du bis auf den versuchten Diebstahl der Haberkorn'schen Geschäftsbücher kein Unrecht begangen. Du bist habgierig, und das ist eine Todsünde, hat aber mit deiner Arbeit hier nicht viel zu tun.»

Bei dem Wort «Todsünde» war der Schreiber zusammengezuckt.

«Allerdings weiß ich nicht, ob ich dir noch so vertrauen kann, wie ich es bisher getan habe», fuhr Blettner fort. «Du arbeitest hier an einer Stelle, bei der Vertrauen das Wichtigste ist.»

Der Schreiber wurde noch kleiner, sackte richtiggehend

zusammen. «Mein Vertrauen wirst du dir wieder verdienen müssen, und das kann eine ganze Zeitlang dauern», setzte der Richter hinzu.

Der Schreiber nickte bedrückt. «Ich werde mir alle Mühe dieser Welt geben», erklärte er feierlich. «Ihr könnt Euch auf mich verlassen wie auf Euren Bruder.»

«Da wir gerade dabei sind, muss ich dich nach deinem Alibi fragen. Also: Wo warst du in der Nacht, als der Kaufmann Haberkorn zu Tode gekommen ist?»

Der Schreiber guckte entsetzt. «Ihr verdächtigt mich?»

«Du warst einer, der von ihm betrogen wurde. Du siehst ein, dass dich das nicht unverdächtig erscheinen lässt. Also, wo warst du?»

Der Schreiber schluckte. «Im ‹Roten Ochsen› bin ich gewesen und habe mich betrunken.»

«Von wann bis wann?»

«Von ungefähr sieben Uhr abends bis zur Sperrstunde um Mitternacht.»

«Dafür hast du natürlich Zeugen?»

«Natürlich!», erwiderte der Schreiber. «Der Wirt Eduard hat mich gesehen, und auch die anderen Saufbrüder werden sich gewiss an mich erinnern.»

«Gut!» Blettner strich auf einem Zettel, den er vor sich liegen hatte, den Namen des Schreibers durch. «Die Marlies kann es auch nicht gewesen sein, da sie ja tot ist», murmelte er vor sich hin und strich auch deren Namen. «Und die anderen beiden haben auch Alibis. Einer der beiden war auf einer Zunftversammlung, und der andere hat bei seinen Schwiegereltern zu Abend gegessen. Tja, aber wer war es dann?»

Pater Nau hatte am Abend zuvor seine Predigt gehalten, fühlte sich nun aber um keinen Deut besser. Die, die ihm zugehört hatten, brauchten seine Worte nicht, und die, die sie brauchten, waren nicht in der Kirche gewesen. Und dann war da noch der Antonitermönch. Er war zwar noch nicht lange fort, doch Pater Nau war sich beinahe sicher, dass er im Weinkeller der Antoniter in Grünberg bereits einen neuen Freund gefunden hatte, dort fröhlich zechte und sich einen Teufel um die Welt oder um seinen alten Freund aus Frankfurt bekümmerte. Die Erde war ein Jammertal und das Leben ein Graus. Ja. Das war eigentlich das Allerschlimmste für Bernhard Nau. Früher hatte er diesen Satz mit einer leisen Koketterie ausgesprochen. Mit einem winzigen Lächeln in den Augenwinkeln. Jetzt hatte er begriffen, dass der Satz die Wahrheit war. Die Erde war ein Jammertal und das Leben ein Graus. Hätte er das früher gewusst, wären diese Worte nicht so leichtfertig über seine Lippen gesprungen, aber nun war es zu spät. Er hatte damit den Teufel beschworen, und der Teufel hatte ihn erhört. Ihm war zum Weinen zumute, aber er hatte keine Tränen mehr. Alles in ihm war versiegt: das Lachen, die Worte, sogar die Tränen. Er stöhnte leise auf, hielt sich mit beiden Händen den Kopf und wünschte sich wieder einmal, endlich zu schlafen und nie wieder aufzuwachen.

Ein Klopfen an der Tür beendete seine trüben Gedanken. Stöhnend erhob er sich und öffnete. Draußen standen Eddi, der Leichenbeschauer, und die Bankgehilfin Claudette. «Was kann ich für euch tun?», wollte Pater Nau wissen.

Eddi strahlte ihn an wie ein Vollmond und erklärte: «Wir wollen heiraten. Hänge das Aufgebot aus.»

Müde und kraftlos, unfähig, sich mitzufreuen, winkte der

Pater die beiden herein. Er platzierte sie am Küchentisch und legte einen Bogen Papier vor sich hin. Er notierte Namen und Herkunft von Eddi, dann schob er der Stummen das Blatt hinüber, damit sie die Angaben selbst machen konnte. Derweil Claudette schrieb, beobachtete der Pater den verliebten Leichenbeschauer. So glücklich hatte er ihn noch nie erlebt. Eddi war plötzlich ein ganz anderer Mann geworden. Erwachsen irgendwie. Und größer und breiter. Hatte das die Liebe bewirkt? Der Pater mochte es kaum glauben. Dann war Claudette fertig, reichte Nau die Papiere zurück und blickte zugleich wehmütig und glücklich ihren zukünftigen Ehemann an.

«Nun, dann werde ich das Aufgebot aushängen. Gleich heute Nachmittag werde ich es tun.» Er kicherte ein wenig, aber es war kein frohes Kichern. «Dann hängt ihr zwei beiden direkt neben Gustelies und Henn Goldschlag, die auch vom Heiratsvogel gepickt worden sind. Nur eines wäre noch zu tun bis dahin.»

«Was denn?», wollte Eddi wissen und blickte besorgt um sich.

«Nun, ihr müsst beichten. Bei dir ist es einfach, du kannst Worte gebrauchen, aber wie machen wir es mit Euch, Claudette?»

Er blickte die junge Frau an, die einen Bogen Papier und eine Feder in die Hand nahm und dem Pater so bedeutete, dass sie eine schriftliche Beichte ablegen wollte.

«Gut. So mag es auch gehen», sagte er. «Ich werde allerdings dabei sein, wenn Ihr Euer Herz erleichtert. Alles wird ablaufen wie eine richtige, normale Beichte. Ihr, mein Kind, werdet in den Beichtstuhl kommen und Eure Sünden vor Gott und mir, seinem Stellvertreter an diesem Ort, aufzeichnen. Ich werde das Papier lesen und Euch dann die Absolution erteilen. Einverstanden?»

Claudette nickte, aber aus ihren Augen war das freudige Glitzern verschwunden. Pater Nau wunderte sich. Sie sieht aus, dachte er, als hätte sie an einer schweren Last zu tragen.

«Bitte, Pater, kann ich dir gleich jetzt beichten?», fragte Eddi. «Der Richter braucht mich heute noch.»

Pater Nau nickte und erhob sich. Er wandte sich an Claudette. «Ihr auch?», doch die junge Frau schüttelte den Kopf. «Also gut, dann erwarte ich Euch, mein Kind, heute Abend zur sechsten Stunde. Bitte seid pünktlich.» Er geleitete die beiden zur Tür, verabschiedete sich von Claudette und begab sich mit Eddi hinüber in die Liebfrauenkirche zu den Beichtstühlen.

Im Haus von Gustelies und Henn Goldschlag standen die Zeichen auf Abschied. Jutta packte gerade ihre Sachen in einen Wäschekorb, während Gustelies auf der Bettkante hockte und ihr dabei zuschaute. «Du wirst mir fehlen», sagte sie leise, doch Jutta lachte. «Bald wirst du verheiratet sein. Mit allem, was dazugehört. Glaube mir, ich würde da nur stören.»

Energisch schüttelte Gustelies den Kopf. «Niemals wirst du mich stören. Du bist meine beste Freundin seit Kindertagen. Ich habe dich immer gerne um mich. Was wirst du tun, wenn du wieder zu Hause bist?»

«Den Schlosser werde ich kommen lassen. Er soll mir eiserne Riegel an alle Türen machen.»

«Das meine ich nicht. Wirst du deine Geldwechselstube wieder aufmachen?»

Jutta schüttelte den Kopf. «Mag der Haberkorn auch über-führt sein als der, der mich überfallen hat. Die Angst ist ge-blieben. Ich denke, dass Eddi alsbald heiraten wird. Und wahrscheinlich wird Claudette übers Jahr schon einen Säug-ling in den Armen wiegen. Ich werde demnächst noch einmal bei Markus von Mehringen vorsprechen. Vielleicht braucht er eine neue Hilfe.»

Gustelies nickte. «Das klingt gut. Mir ist es auch lieber, dich nicht mehr in deiner windigen Bude auf dem Römer zu wissen.» Sie lächelte. «Und wer weiß, vielleicht triffst du ja in der Bank einen, der dir schöne Augen macht.»

Jutta lachte. «Von Männern habe ich einstweilen genug. Der Fuhrmann, weißt du, hatte im Frühjahr um meine Hand angehalten. Ich sollte aber zu ihm nach Vilbel ziehen und obendrein nur seinen Haushalt versorgen.»

Gustelies lachte.

«Was gibt es da zu lachen?» Jutta verzog beleidigt den Mund.

«Meine liebe Jutta, du hast so viele Begabungen, aber die zur Hausfrau, die fehlt dir ganz offensichtlich.»

Jetzt lächelte auch Jutta. «Stimmt. Und deshalb habe ich dem Fuhrmann auch einen Korb gegeben. Er hat nicht lange um mich geweint, glaube ich. Jedenfalls hörte ich, dass er sich bereits eine neue Frau gesucht hat, die fleißig in seinen Koch-töpfen rührt.»

«Bist du traurig deshalb?»

Jutta wiegte nachdenklich den Kopf. «Eigentlich nicht. Ich bin beinahe mein ganzes Leben lang mein eigener Herr gewe-sen. Wahrscheinlich hätte ich es gar nicht ertragen, dass mir plötzlich jemand sagt, wo es langgeht.»

Pünktlich zur sechsten Abendstunde erschien Claudette in der Kirche. Sie war auffallend blass, und dem Pater schien es, als würden ihre Hände zittern. Er setzte sich in den Beichtstuhl, sprach die Worte, die er immer zu Beginn einer Beichte sprach, doch statt dann zu sagen: «Erleichtere dein Herz und beichte, wo, wann und wie du dem Herrn zuwidergehandelt hast», forderte er Claudette auf, ihre Sünden niederzuschreiben. Er hatte zu diesem Zwecke Schreibzeug im Beichtstuhl bereitgelegt. Und während sie das tat, faltete Pater Nau die Hände zum Gebet und hielt Zwiesprache mit seinem Herrn. Ganz versunken war er, so sehr, dass er die Geräusche, die Claudette neben ihm machte, gar nicht hörte. Pater Nau hatte lange nicht gebetet. Es hatte nichts zu beten gegeben, nichts zu gestehen, nichts zu danken, nichts zu erbitten. Ihm war, als wären zwischen ihm und Gott alle Worte gesagt gewesen, doch heute Morgen, als er aus dunklen Träumen erwacht war, da hatte er etwas in sich gespürt, das er schon lange verloren geglaubt hatte: Hoffnung. Ein ganz kleines bisschen Hoffnung nur, das aber ausgereicht hatte, um ihn jetzt in ein tiefes, langes Gespräch mit seinem Herrn versinken zu lassen. «Lieber Gott», betete Pater Nau mit aller Inbrunst, die er aufbringen konnte. «Gib mir die Kraft, die Schönheit deiner Schöpfung wieder zu bewundern. Schenke mir Licht, Herr, damit ich dein Licht in die Welt tragen kann. Gib mir die Worte wieder, um deinen Namen preisen zu können. Und vor allem nimm die Müdigkeit von meinen Schultern.» Er hatte die Augen geschlossen, die Hände gefaltet und das Gesicht zur Decke des Beichtstuhles gerichtet. Und mit einem Male fühlte er, dass er dem Herrn, seinem Gott, ganz nahe war. Ihm wurde ganz warm, alle Wunden schienen zu heilen, und er fühlte sich leicht und unbeschwert. Er sah ein strahlendes, gleißendes Licht und in dem Licht ein gutes, väterliches Gesicht mit einem liebevollen Lächeln auf den Lippen. «Komm nach Hause», sprach der freundliche Mund. «Ich werde dich mit offenen Armen empfangen.» Und durch Pater Nau floss eine Welle der Glückseligkeit, wie er sie noch nie zuvor gespürt hatte. «Ja, ich komme», sagte er in Gedanken und fühlte seinen Körper leicht und luftig. Und dann war ihm, als flöge etwas aus seiner Brust, erhöbe sich in die Lüfte, um einen Platz in den warmen, weichen Händen des Weltenherrschers zu finden.

# Kapitel 29

Blettner tigerte in seiner Amtsstube auf und ab. Er war mürrisch, konnte sich selbst nicht leiden. Warum, in Gottes Namen, hatte er nicht die leiseste Ahnung, wer Haberkorns Mörder war? War dieser Jemand so geschickt gewesen, dass er tatsächlich alle Spuren verwischt hatte? Oder war es jemand gewesen, der von außerhalb gekommen war, gemordet hatte und wieder verschwunden war? Hatte Haberkorn noch mehr heimliche Feinde in der Stadt? Er kam mit seinen Gedanken einfach nicht weiter. Schließlich war er so verzweifelt, dass er dem Schreiber von seinen Sorgen erzählte. Ja, er erwähnte sogar den Straßburger Taler, den der Kaufmann im Mund hatte, als Blettner ihn tot in seinem Bette fand.

«Einen Taler im Mund?», fragte der Schreiber nach. «Nun, wenn ein Toter einen Taler im Mund hat, so denke ich, dass er wegen eines Geldgeschäftes ermordet wurde.»

«Schreiber, so weit war ich auch schon.»

«Ja, aber habt Ihr auch bedacht, dass es ein *Straßburger* Taler war? Das bedeutet wohl, dass der Mord mit seinen Straßburger Geschäften zu tun hatte, oder nicht?»

«Auch darauf bin ich schon gekommen, Schreiber. Wenn du keine besseren Einfälle hast, dann halte doch lieber den Mund.»

Plötzlich fiel ihm etwas ein. «Schreiber, ich habe gehört, dass es bei dem vermeintlichen Überfall einen Toten gegeben haben soll. Wie ist das möglich, frage ich mich. Der Überfall war doch geplant, oder nicht?»

Der Schreiber nickte. «Ein geplanter Überfall heißt aber nicht, dass die Schutzleute, welche die Kolonne begleitet haben, von dem Überfall wussten. Es kann gut sein, dass es zu einem Handgemenge gekommen ist. Ich habe den Haberkorn gefragt, ob das mit dem Toten stimmt. Er hat mich beruhigt. Kein Schutzmann sei umgebracht worden. Aber dann machte er eine Bemerkung, die ich nicht vergessen kann: ‹Wenn das verfluchte Weib nicht gewesen wäre, wäre alles gutgegangen.›»

«Das verfluchte Weib? Wen meinte er damit?»

Der Schreiber zuckte mit den Achseln. «Ich habe keine Ahnung, aber ich denke mir, dass vielleicht jemand diesen Überfall beobachtet hat. Jemand, der zufällig in der Nähe war.»

«Jemand, der zufällig in der Nähe war», wiederholte Blettner nachdenklich und tippte sich mit dem Finger an das Kinn. Dann hatte er es plötzlich sehr eilig. «Schreiber, du hältst hier die Stellung. Schick einen Büttel zum Verlies, damit dort neues Stroh ausgelegt wird. Kann gut sein, dass wir noch heute eine Verhaftung vornehmen müssen.» Mit diesen Worten eilte er davon.

Unten, in der Geldstube der Alten Limpurg, herrschte heute weniger Betrieb als sonst. Die meisten hatten ihr Geld umgetauscht. Markus von Mehringen war damit befasst, seine Kontobücher in Ordnung zu bringen. «Ach, Richter», begrüßte er Blettner leutselig. «Gut, dass Ihr kommt. Meint

Ihr, ich könnte mal einen Blick in die Geschäftsbücher der Geldwechslerin Marlies werfen? Sie hatte bestimmt Kunden, die weiter betreut werden müssen. Ich hörte sogar, sie hat für einige Konten geführt.»

«Die Geschäftsbücher der Marlies sind nicht aufgefunden worden. Wahrscheinlich sind sie im Hause vom Haberkorn verbrannt. Aber ich bin wegen einer anderen Angelegenheit hier.»

«Habt Ihr Euch die Sache mit dem Kredit etwa noch einmal überlegt?»

«Nein, gewiss nicht. Wir bekommen das Geld zinsfrei von meinen Schwiegereltern. Gleich morgen werde ich die Summe der Stadtkasse übergeben.» Blettner wischte sich mit einem Taschentuch über die Stirn. «Wenigstens diese Sorge bin ich nun los, und wenn alles gutgeht, dann ziehen wir schon im nächsten Monat um.»

«Herzlichen Glückwunsch», wünschte der Bankmann, aber es klang nicht so, als ob der Wunsch von Herzen käme. «Und was führt Euch zu mir?»

«Eure Gehilfin. Woher habt Ihr sie? Wie lange ist sie schon bei Euch? Wie und wo hat sie die Sprache verloren? Das alles wüsste ich gern.»

Markus von Mehringen zog die Stirn in Falten. «Etwa ein Jahr ist sie bei mir», erklärte er.

«Und wie ist sie zu Euch gelangt?»

Markus von Mehringen rutschte unruhig auf seinem Stuhl herum. «Sie hatte ihr Elternhaus verlassen müssen, und sie wusste nicht, wohin. Und als Stumme und ohne Aussteuer hätte sie auch keinen Mann gefunden. Also habe ich sie zu mir geholt, als ich merkte, wie gut sie rechnen kann.»

«Wo habt Ihr sie denn getroffen?», fragte Blettner weiter. «Sie wird ja wohl nicht eines Tages bei Euch an der Tür geklopft haben.»

Markus von Mehringen zerrte am Kragen seines Wamses herum, als wäre der plötzlich zu eng geworden. «So ähnlich war es schon», gab er kleinlaut zu.

«Wie ähnlich?»

«Na ja, eines Tages klopfte sie tatsächlich an meiner Tür.»

«Und weil Ihr so ein guter Christenmensch seid, da habt Ihr sie zu Euch genommen. Edel, wirklich sehr edel, aber leider nehme ich Euch das nicht ab.»

Wieder rutschte Markus von Mehringen auf dem Stuhl hin und her, als hätte jemand kleine Steinchen auf die Sitzfläche gestreut. «Sie hatte einen Brief dabei», murmelte er leise.

«Was stand in dem Brief?», hakte Blettner nach.

«Nichts Besonderes. Nur, dass sie eben praktisch allein auf der Welt sei und nicht wisse, wo sie hinsolle.»

Blettner holte aus und schlug mit der flachen Hand so heftig auf den Schreibtisch, dass das Tintenfass in die Höhe sprang. «Erzählt mir keine Märchen. Ich kenne Euch nicht besonders gut, aber eines habe ich schon gemerkt: Ihr tut nichts, ohne dass es Euch etwas einbringt.»

Markus von Mehringen verzog beleidigt das Gesicht, aber Blettner beugte sich vor und zischte: «Entweder, Ihr erzählt mir jetzt alles, oder ich sorge dafür, dass Eure Bank so schnell wieder geschlossen wird, wie sie aufgemacht hat.» Diese Macht hatte er zwar nicht, doch das musste von Mehringen ja nicht unbedingt wissen.

«Also gut. Ich hatte ja das gute Geschäft mit dem hessischen und polnischen Tuch gemacht. Mir war klar, dass es dabei nicht mit rechten Dingen zuging, denn so billig ist Tuch einfach nicht zu haben. Aber ich wollte gar nicht wissen, woher es stammte, und es störte mich auch nicht, dass die Ballen ungestempelt waren. Ich habe ihnen einfach meinen Stempel aufgedrückt, damit die Mönche in St. Odile sicher sein konnten, dass alles seine Richtigkeit hat. Und dann stand da eines Abends plötzlich dieses Mädchen vor meiner Tür. Sie hielt mir den Brief hin, und darin stand, dass sie den Überfall auf die Kolonne aus Frankfurt beobachtet hätte. Ihr Vater besitzt ein kleines Gut in der Nähe von Straßburg, auf dem Schafe gezüchtet werden. Eines der Lämmer war entlaufen, und Claudette war dem Tier in den Wald gefolgt, um es zurückzubringen. Nun hatte der Händler aus dem Hessischen, dessen Namen ich bis heute nicht kenne, obgleich ich mir inzwischen denken kann, wer es war, Claudette kauernd hinter einem Baum gefunden, kaum dass der Überfall vorüber war. Ihm war gleich klar, dass sie alles gesehen hatte. Und weil er nicht wollte, dass sie über das sprach, was sie gesehen hatte, schnitt er ihr die Zunge ab.»

Blettner riss die Augen auf. Er hatte mittlerweile vermutet, dass Claudette etwas mit dem Haberkorn zu tun haben musste, aber eine solche Gräueltat hatte er sich einfach nicht vorstellen können.

«Was noch? Was weiter?»

«Claudette wollte nicht mehr auf dem Hof ihres Vaters bleiben. Sie hatte Angst, dass Haberkorn eines Tages zurückkommen und sie umbringen würde, denn schließlich ist eine tote Zeugin noch besser als eine stumme Zeugin.»

«Ihre Angst war wohl berechtigt», dachte Blettner laut. «Aber warum hat Haberkorn sie dann nicht gleich getötet?»

«Nun, die Räuber waren ja dabei, und außerdem noch ein paar der Schutzleute. Sie hätten den Tod des unschuldigen Mädchens nicht geduldet.»

«Aber dass Haberkorn ihr die Zunge herausgeschnitten hat, das konnten sie dulden?» Blettner war fassungslos.

«Sie waren Räuber, und in der Welt der Räuber herrschen eigene Gesetze. Dort ist es normal, einen möglichen Verräter am Sprechen zu hindern.» Markus von Mehringen tat, als käme so etwas jeden Tag vor.

«Und Ihr habt sie dann aufgenommen, weil Ihr so ein guter Christenmensch seid? Tut mir leid, das glaube ich einfach nicht.»

«Glaubt, was Ihr wollt. Aber es ist wahr, ich hatte ein schlechtes Gewissen, weil ich ja ahnte, dass ich ein Geschäft mit Räubern gemacht hatte. Ich dachte, ich könnte diese Schuld abtragen, wenn ich Claudette zu mir nehme und für sie sorge. Als ich aber recht schnell merkte, wie gut sie mit Zahlen umgehen kann, war ich regelrecht froh. Und nun würde ich sie nur sehr, sehr ungern wieder hergeben.»

Obwohl Markus von Mehringen bestimmt kein Ausbund an Moral war – schließlich hatte er eine Bank gegründet und war mit der Schultheißin verwandt –, glaubte Blettner ihm nun.

«Wo ist sie jetzt?», wollte er wissen.

Markus von Mehringen seufzte. «Euer Leichenbeschauer, der Halunke, will sie mir wegnehmen. Er hat sie abgeholt, und die beiden wollten zu einem Pater, um ihr Hochzeitsaufgebot zu bestellen.»

«Zu Pater Nau?»

«Ja, ich glaube, so heißt er.»

# KAPITEL 30

Wie von der Tarantel gestochen rannte Blettner über den Römer, dann die Krämergasse hinauf, über den Liebfrauenberg. Nach Luft schnappend riss er die Kirchentür auf – und erstarrte.

Sonnenlicht fiel durch die Buntglasfenster und beleuchtete die beiden Beichtstühle, sodass der rote Samt in einem goldenen Ton glänzte. Aber vor den Beichtstühlen lag Pater Nau reglos auf dem Boden, während Claudette ihm die Hand hielt und seine Wange streichelte.

Blettner hastete hin, kniete neben dem Pater auf dem Boden nieder, hielt sein Ohr an dessen Brust und wusste dann sicher, was er schon geahnt hatte. «Pater Nau ist tot», sagte er leise. Claudette nickte und strich dem Pater noch einmal über die Stirn. Und Blettner, bestürzt bis auf den Grund seiner Seele, sah dem Pater ins Gesicht. Und was er da sah, stimmte ihn tatsächlich ein wenig froh, obgleich dieses Gefühl beim Anblick eines Toten gewiss nicht passend war. Der Pater lächelte. Ja. Er lächelte. Und seine Züge waren entspannt, als wäre die Last, die er zeit seines Lebens mit sich herumgetragen hatte, endlich, endlich von seinen Schultern gefallen.

«Er ist tot», sagte er noch einmal, und dann schloss er ihm die Augen. Schloss sie ihm für immer. Und Claudette fasste nach des Richters Hand und drückte sie leicht. Dann erhob sie sich und schrieb mit dem Finger in den Staub auf dem Boden: «Ich hole Eddi.»

«Danke, Claudette», erwiderte der Richter, und schon schloss sich die Kirchentür hinter dem Mädchen.

Blettner hielt noch immer die Hand des Paters und hatte Mühe, die Tränen zurückzuhalten. Er hatte den Onkel seiner Frau immer gemocht. Ja, er hatte ihn geliebt. Und er hatte auch bemerkt, wie sehr der Pater in letzter Zeit gelitten hatte. Vielleicht ist es besser für dich, dass du jetzt tot bist, sprach der Richter in Gedanken mit dem Toten. Verstehe mich bitte nicht falsch: besser für dich. Wir hätten dich noch liebend gern viele, viele Jahre um uns gehabt, aber ich glaube, die Veränderungen hättest du nicht mehr ausgehalten. Ja, alles verändert sich gerade: Henn und Gustelies werden heiraten, Hella, die Kinder und ich werden ein neues Leben in ihrer Nachbarschaft beginnen, Bruder Göck ist fort, und auch Juttas Leben wird nicht so bleiben, wie es bisher war. Und du, mein lieber Pater, du hasst Veränderungen. Aber wir werden dich schrecklich vermissen. Und in unseren Gedanken wirst du lebendig bleiben, solange wir leben.

Noch einmal drückte Heinz Blettner dem Pater die Hand und sprach im Stillen ein Gebet, in dem er dem Herrn dafür dankte, dass es den Pater gegeben hatte. Dann blickte er sich nach der Kirchentür um, in der Hoffnung, dass Eddi, der Leichenbeschauer, eintreffen möge. Da fiel sein Blick auf zwei beschriebene Seiten, die vergessen neben dem Beichtstuhl lagen. Er nahm die Seiten und las: «Beichte und Geständnis von Claudette: Ich beichte vor dem Angesicht des Herrn, dass ich den Kaufmann Haberkorn ermordet habe. Damit habe ich eine Todsünde begangen, und doch weiß ich nicht, wie ich es hätte anders machen können. Er hat mich in der Bank beim Geldumtausch erkannt. Seitdem hat er mich verfolgt. Ging ich mit Eddi spazieren, ritt er auf seinem Pferd an uns vorüber, um mir zu zeigen, dass er da war, dass er immer wusste, was ich gerade tat. Trat ich aus unserem Haus, so stand er im Torbogen des Nachbarhauses, sodass ich mich nicht mehr allein heraustraute. Und er schrieb mir Briefe, und in einem stand, dass meine Tage gezählt wären. Oh, ich hatte solche Angst. Gerade jetzt, wo das Leben an Eddis Seite für mich so schön zu werden versprach, drohte er mir mit dem Tod. Und dann ging ich eines Abends zu ihm. Ich wollte mit ihm reden. Nichts sonst. Wollte ihm mitteilen, dass ich das Geheimnis für immer bewahren würde, wenn er mir doch mein kleines Glück lassen wollte. Doch er lachte nur. Und dann zog er mich an sich, riss an meinem Kleid, zerrte meine Brüste aus dem Mieder. Ich war wie von Sinnen in diesem Augenblick. Ich griff nach dem Kerzenleuchter auf dem Nachttisch, einem eisernen Leuchter von einigem Gewicht. Und dann schlug ich ihm damit auf den Schädel. Er brach zusammen, fiel rückwärts mit dem Oberkörper auf das Bett. Kurze Zeit war ich wie gelähmt, doch dann hob ich seine Beine ebenfalls auf das Bett, wischte den Leuchter sauber und stellte ihn in die Küche, damit es so aussah, als hätte er schon immer dort gestanden. Ich bereue meine Tat nicht. Auch wenn ich weiß, dass ich dafür in die Hölle komme. Haberkorn hat mein Leben zerstört, und ich bitte Gott darum, dass ich ihm vergeben kann und dass Gott mir die Kraft gibt, eines Tages meine große Sünde zu bereuen.»

Blettner stand der Mund offen, als er diese Beichte gelesen

hatte. Dann aber erhob er sich, begab sich zum Altar, auf dem das ewige Licht brannte. Er hielt die beiden Seiten in die Flammen und sah zu, wie diese bis auf ein kleines Häufchen Asche verbrannten.